他们在遗忘前讲述，
我们在失去前记录。

爱与哀愁

说出你的家族故事

李宇宏 编著

ZHEJIANG UNIVERSITY PRESS
浙江大学出版社

序：走近彼此，走进历史

来香港攻读硕士学位一年，对大多数人来说，这一晃而过的经历不过是一个新鲜体验。内地来的同学，各自带着他们自己或者父母的期待，希望迎来人生路上的拐点。

2011年至2017年间，近100位香港及内地的年轻人，考入香港城市大学媒体与传播系硕士班，遇上一位姐姐般和蔼可亲又魅力十足的年轻导师，跟随她走进奇妙的纪录片摄制领域。同学们第一次拿起摄像机，自编自导，写文案、查资料、拍摄、剪辑、配音、配字幕。9个月内，每人完成了15分钟左右的短片。导师李宇宏也没料到，同学们如此投入，初试啼声，居然就有几部获得纪录片节及相关活动的奖项。

短片主题为"族印·家庭相册"。功课将离家的学子再带回各自的家庭，不只当下的家，也使他们走进源远流长的家族历史。纪录片不足以表达他们短暂而丰盛的这段人生经历，于是有了这本书。

本书收录了28篇文章，大多讲述家人的故事。虽然拍摄对象、题材各不相同,但不少都围绕代际关系。两代人之间的距离与时代变化的速度成正比。这两三代人赶上人类日新月异的科技飞跃,同时,中国内地的社会变迁快得令人目眩。可想而知,"90后"和父母不容易融洽相处,但这些年轻人的真实告白依然令人惊诧:

> 今天是 2016 年 10 月 2 日,距离我上一次认真地和我爸说话,已经有 407 天了。在这期间,我给他发过四次短信,他回了一次。我给他打过一次电话,他没接。我们坐在一起吃饭的次数不过十次,面对面说过的句子不过十句,我好像不在乎……(莎漫,《富二代》)

> 当他给我选好了研究生的专业才通知我的时候,我用沉默代替所有呐喊。很多时候,我的感觉就是,我只想要一个苹果,结果他给了我一车的榴莲。为什么呢?因为榴莲是水果之王,因为榴莲最贵。(曾心竹,《苹果与榴莲》)

拍摄和访谈,无形中让你从第三者的客观角度去了解长辈的经历,观察他们的举止为人。你的父母、祖父母往往有过令你尴尬的时候,做过令你不赞同的事情,你或许非常不满他们对你的要求或过度的爱。你通常没有耐心倾听他们行为背后的理由。但当你手握摄像机时,视角和态度就变了。你得不断地追问"为什么",于是掀开尘封往事,你渐渐了解他们的委屈、偏见和大环境的局限。拍摄纪录片的"功课"给了你耐心,让你学会理解别人,学会换位思考,变得宽容,从而让你和家人彼此真正地接近。

　　我要讲的是信仰这个主题，关于爷爷、爸爸和我的故事。拍摄《我们的信仰》这部纪录片是一个契机，让我重新理解和认识我的家人。（刘茜，《我们的信仰》）

　　6岁时父亲离家的周红豆，通过拍摄，"和爸爸之间的距离不知不觉缩短了"。曾以为横在彼此中间的矛盾一辈子都解不开，结果云开日出，父女和解。记录家史家事，当然并非是弥合家庭关系的万灵药。几位同学的影片没有"大团圆"的结局，但他们坦诚的态度值得赞许。纪录片最重要的"真实"，同学们对此把握得很好。导师李宇宏功不可没，大概也因为"90后"是令人刮目看的一代人。

　　自小就熟悉的祖母可能是个絮絮叨叨的老太太，祖父则是沉默寡言的老头。你也许未曾多想，他们也曾是孩子，是少男少女。在镜头前听他们讲述一生如何走过来，不仅让你重新认识自己的亲人，也让长辈牵着你的手，踏入历史的长河，感受历史的温度。

　　生于1924年的奶奶，历经了军阀割据、抗日战争、国共内战、土地改革、人民公社、十年动乱、改革开放。生过九个孩子，养大七个。从大小姐变为小贩，60岁后找到信仰。（周凤婷，《东堰桥头》）

　　余婷的两位姑妈分别住在大陆乡下和台北，分离30年后才第一次见面。历史书上有一节叫作内战，这些生离死别的故事让你对历史有一点真实的感受。

　　这些20世纪初中期出生的长辈，无论地位如何，几乎都有过不凡的经历。那一代人无论身处何方，都躲不过动荡时期深重的苦难。民族患难之中的个人经历,情节往往超乎小说家的想象。等这一代人离开,这些精彩的故事也将消失。人在社会动乱中挣扎、受伤,记下种种悲欢离合、世态炎凉,而使我们更了解文化、制度与人性,这是难逢难遇的。最大的收获,莫过于学会独立思考。

俄罗斯历史学家潘佐夫谈到对苏联历史的研究时说:"1917—1952 年这 35 年的历史是极其悲剧性的,研究这段历史让人撕心裂肺。所以许多人宁愿佯装不知。然而如果后人不能与先辈产生共鸣,那么先辈的痛苦经历就毫无意义了。"香港城市大学媒体与传播系的这个口述史纪录片项目,永源基金会发起的大学生家族故事影像记录"家·春秋"项目,都有抢救历史、传承文化的意义。

希望更多年轻人拿起摄像机、录音机,记录下长辈的故事。你会发现,在跟随他们走进历史的同时,你们也接近了彼此。

熊景明

2017.12.11

目　录

篇一　信念

　　看见了那棵树投下的长长的影子？我们和花朵在大地上投下影子。没有影子，就没有活下去的力量。

　　　　　　　　　　　　　　——切斯瓦夫·米沃什

篇二　失去

　　他们的哀愁自我消解，他们的日子飞逝。

　　　　　　　　　　　　　　——辛波斯卡

篇三 爱与和解

让我在你的沉默中安静无声。并且让我借你的沉默与你说话,你的沉默明亮如灯,简单如指环,你就像黑夜,拥有寂寞与群星。 —— 聂鲁达

信念

看见了那棵树投下的长长的影子？

我们和花朵在大地上投下影子。

没有影子，就没有活下去的力量。

——切斯瓦夫·米沃什

信女

文/王颖淇

文摘

"今天是九月初一，我村掌位，公祖在上，信女小英今日早来上香，祈求公祖保佑我的大儿子刻苦读书，事业发展顺利，次女小妹努力读书，生活顺遂，一家人日吃香，夜睡实，健健康康，快快乐乐，年年稻谷丰收。"

序

海南岛的习俗以百越文化为主根，有闽南、中原文化等的影子，是人神共奉的天下。大到每个县城，小到每个村庄，供奉的神明都不尽相同。由各个村子的村民先祖来历决定风俗，以"公祖婆祖"为统称。

婆祖分片区供奉，一般5个或6个村庄为一片，每5年轮一次到各村供奉。我们老家三江地区供奉的就是冼太夫人。她是南北朝时期带领海南岛黎民归顺朝廷、开发海南的女大将军。

我们村叫港门山村,早先村里有王氏宗祠和村庙、土地庙、各家祖屋神位。宗祠供奉的是863年前王氏渡琼始祖、宋朝帝师王居正公第19世祖万芳祖移居到本村的先祖神位,后因年久失修,加之"破四旧"等运动,公祖庙及神位,甚至土地庙,早已被清除,至今仍未复建。村庙供奉的是关公弟子;各家祖屋神位,俗称"家神",是村民供奉近五代去世的亲人的标志。千百年来,村民对"公祖婆祖""家神"的供奉意喻着祈求"家神"与"公婆"守护这片区域,保佑风调雨顺,子孙平安。

我们村里的公期祭神仪式,呈现了摆案集众,拜祭"公祖",包括"请神""过火山""上刀梯""贯铁杖""军坡戏"等仪式,是祭拜形式中最热闹的,会在每年的开春、正月举行。

海南人对于拜神仪式的虔诚是浸透到骨子里的。大概是过去贫苦和动乱的生活,让这座海岛的人只能从过去战胜的祖先和天上的神明身上寻找精神寄托。

1. "你好,我叫徐安平"

故事要从1942年说起。小英和她的哥哥们在河边用清水洗净自己满是泥巴的双脚之后,穿着有破洞的鞋向家的方向走去。她大概不知道此时她的母亲已经帮她订了一门亲事。小英回到家的时候,母亲已经收下了聘礼,正站在先祖神位前还愿,嘴里念念有词。映着烛火的光,小英觉得母亲今天特别容光焕发。

作为童养媳,小英嫁到婆家的仪式很简单,两家人向公祖说明两人生辰八字、相冲相克事宜以及这门亲事,表达对未来的祝愿后,在朴素的饭桌上一起吃顿饭,便算过了门。

对于13岁的小英来说,就是换了一个地方干活。而值得小英开心的是多了一位新婚先生作为玩伴，从此小英的家庭成员多了一个婆婆和一个先生。

"你好，我叫徐安平"，小英怎么也不会忘记她和先生初次见面时的场景。小英的公公在婆婆生下徐安平之后回了泰国和自己的大房妻子生活，从未回来探望过，只有书信来往。小英和安平的相处很是融洽。这个婆家的家境比娘家好太多了，小英也不敢奢望什么，干活勤勤恳恳。这样的生活持续了两年。

1944年，中国进入抗日战争末期，此时国民党急需壮士增兵。小英的婆婆为让安平躲避征兵，让其即刻逃回泰国，但她嫌弃小英家境贫困，提出不让小英跟着回去。安平听后不同意，偷偷地把当时的结婚戒指卖了给小英作路费。但在与母亲僵持许久之后，安平妥协了，并对小英承诺必定会回来接她。

带着安平的承诺，小英和她的婆婆生活在一起，一过又是3年。这一年是1947年，中国正值第三次国共内战阶段，国内因战乱而动荡，人心惶惶。

小英公公大房妻子的小儿子鸣九从泰国来海南读书，遇上周末便回家乡探望小英的婆婆。那天，小英的弟弟一禾也来到家里，两人便在田间放牛玩耍。这时，突然一阵哄闹，不知是土匪还是国民党的人闯入这个村庄，用枪指着鸣九和一禾，威胁他们回家取财物。小英回忆，一帮人来势凶猛，面目狰狞，借着梯子接二连三地从家里的瓦顶上飞下来，那一刻，小英眼见婆婆将唯一的财物藏进了尿盆里，她一寸也不敢移动，不敢吱声。那些个强盗一边嚼着槟榔，一边搜刮着家里的财物。翻箱倒柜无果后，气急败坏，无情地随手用刀划开了鸣九的肚子，大笑着离去。小英慌张地哭了，拿棉被盖上鸣九外漏的肠子，包着一直哭喊的他，不知所措地守了一夜，直至鸣九最后断了气。

回国读书的鸣九遇害的消息传到泰国大房妻子的耳朵里。她认为小英的先生安平在泰国备受她的照顾，而她的儿子鸣九一回国就被二房妻子和她的儿媳小英害死了。大房妻子一怒之下，将小英、一禾和她的婆婆告上了法庭。审讯持续了将近两个月，而最终法庭因为证据不足无法断案。此事在相邻的村里引起了不小轰动，小英一家人外出免不了遭人侧目。

审讯结果令在泰国的大房妻子心有不甘，决定报复。她试图毒害同住的安平。在泰国的家里，唯一疼爱安平的只有他的表姐。她为了保护安平，将金银首饰变卖之后让安平有多远走多远，再也不要回来了。

这一走，没有给安平和小英道别的机会。怀揣着那个初次见面的场景，守着当年的承诺，她的先生从此杳无音讯，而小英等了13年。

小英，就是我的奶奶。

2. 姑姑

1962年，小英经人介绍下嫁到港门山村一户贫困的人家，男方小她7岁。同年，我的父亲出生了。

小英，也就是我的奶奶，和我的阿公没有感情，可以说仅是露水夫妻。

阿公为人正直，书只读到小学，但写得一手好字。当时村里的对联都是他写的。因此，他被选当上了连长（当时是兵团体制），相当于现在的乡干部，管理将近500户人家，这一干就近30年。

在"文革"期间，批斗作为对任何"不正常"行为的惩罚。奶奶和阿公两人经常吵架,甚至大打出手。为此,阿公被召去挨了"思想工作"的批斗,经批斗审核,组织上建议两人再生一个孩子以缓和夫妻关系。

因此,在这样一个家庭环境下,1967年,我的姑姑出生了。

为了拍摄纪录片,我有机会和姑姑促膝长谈的那一个下午,她提得最多的就是奶奶,也就是小英。说起奶奶,她笑着说奶奶时常提起,当年阿公家里连个"四脚凳子"都没有,是奶奶的勤恳持家才让这个家慢慢吃上饭的。

"1978年,分田到户政策实施后,家里的稻谷总是收成最好,产量最高的。"说到这里,姑姑兴奋地说道,"有一年,政府为了奖励我们,还给我们送了一辆单车!这一切都是奶奶给我们的。"

当时,我的爸爸已经去了市区读书,阿公在农忙时节会去镇上开会。姑姑说,相比起阿公偏爱自己的哥哥,姑姑和奶奶感情更深厚,她受奶奶影响更深。奶奶会鼓励她即使没能去学校也应该多看书,人要有知识,才能经历得起一生的磨难,才会走得更远。对于这一点,她牢记于心。

因为没有钱,姑姑只能一边跟着奶奶务农一边偷偷地在村里的学校听别人上课。她经常和同伴脱了鞋,踮起脚尖偷偷溜进别人的教室。

家里选择让自己的哥哥读书,姑姑也没有表示太多的不理解。固有的思想让她觉得,自己该是这样的境遇吧。当年家里一个月只能吃上一次猪肉,但是姑姑和奶奶只能吃猪血和猪肠,阿公会把猪肉风干后拿到市里给正在读书的我的爸爸。

姑姑说,即使生活贫困吃不上饭,奶奶也从未错过任何一个拜神祭祖的仪式,每逢祭祀的时间,先祖位头花、纸钱、蜡烛、香火、鞭炮等,一样都不会少。

只有逢拜神吉日,奶奶才会带着姑姑去集市,姑姑说挑选花花绿绿的拜神用品比挑选玩具还开心。从记事起,姑姑就学着请神的奶奶,嘴里一样念念有词:

> 今天是九月初一,我村掌位,公祖在上,信女小英今日早来上香,祈求公祖保佑我的大儿子刻苦读书,事业发展顺利,次女小妹努力读书,生活顺遂,一家人日吃香,夜睡实,健健康康,快快乐乐,年年稻谷丰收。

这一念,就念了几十年。

3. "工作难,结婚难,生子也难"

姑姑喜欢大笑,调侃起自己"艰难"的生活也绘声绘色,手舞足蹈。她笑着概括自己的人生:"姑姑的一生都是困难的,工作难,结婚难,生子也难。"

因为小时候没有机会读书,成年之后的姑姑在我爸爸的帮助下,得到了一个机会可以接受培训去农场当老师。在奶奶的鼓励下,聪颖、学习能力强的姑姑在两年之后的 26 岁时,考取了教师资格证,进入农场里的一间小学当教师。姑姑说,那时的老师必须是全能的,语文、数学、音乐和体育都要教。在当教师的第一年,她带了一个有 12 人的一年级班,很有成就感。当时的教师工资是 180 元一个月,学校却因为经营困难发不出工资。后来,学校提出姑姑的年纪较大,建议姑姑不要继续教书。就在此时,掀起一阵农村户口转城市户口的热潮,姑姑就在爸爸的帮助下转为海口市户口。

这本应该是开心的事,但在姑姑看来,自己学历不高,在海口根本找不到工作,这成为她人生中一件后悔的事情。姑姑到处打零工,靠我爸爸、奶奶接济的生活持续了两年。然后,经人介绍,她与现在的丈夫相识。姑丈家境贫困,没有学历,当时也靠打零工生存,而姑姑年龄较大,亦没有工作,学历不高,两人没有相互嫌弃之由,便走到了一起。

两人生活拮据,结婚时并没有宴请,只是向神明和祖先请愿,说明情况,希望佛祖和先人保佑两人今后生活顺遂,大富大贵。奶奶对于姑姑下嫁到姑丈家心里总有不甘,姑姑也是到结婚那天才知道,姑丈家徒四壁。姑姑用一句海南谚语调侃:"抬头望屋顶,出太阳时似金钱孔,下雨时如珍珠吊。"

姑姑的婆家在海口市的城中村里。用姑姑的话说,城中村的人没有经历过耕种犁田的务农生活,骨子里都特别懒。姑姑的婆婆就是这样,不仅嫌弃姑姑是外乡人,还从来不干家务活,也从来没有帮补家用。

姑姑在结婚的第二年怀上了第一个孩子,姑姑的婆婆从未照顾过她。即使怀着孕,家里一切大小事务均由姑姑一手打理。对此,姑姑不止一次向奶奶哭诉。而奶奶虽然心有不舍,也不得不对姑姑说,嫁入了别人家,对内就该努力尽好媳妇的本分,婆媳关系向来难处,只有尽到自己媳妇的责任,今后才能立得住脚。

奶奶的坚毅深深地影响着姑姑。就如年轻时的奶奶,姑姑在婆家干活勤勤恳恳,对于家内事务从不怠慢一分。而即使如此,也不招婆婆的待见。最令姑姑心凉的是,当婆婆得知姑姑的第一胎是女儿时,提出分家,请姑姑搬出去住,姑丈因此气愤地带着姑姑搬了出去。

4."两子为福"

姑姑和姑丈两人经过勤奋的工作,省吃俭用,在2004年终于买上了自己的第一套房子。生活上渐渐有了起色,但姑姑在自己的婆家和村里仍然"抬不起头"。受重男轻女、"两子为福"的农村风俗影响,姑姑陷入了必定要怀上儿子的思想漩涡。

那还是计划生育抓得较严的年代,姑姑冒险怀上了第二胎。三个月时产检,是女孩,不行。紧接着第三胎,还是女孩,不行。姑姑很失望但坚决不放弃,和奶奶走遍全海南岛的医院,看病吃药,又走遍了全海南岛的公祖庙和婆祖庙,用尽了一切方法。奶奶年轻时因下田干活伤了的脊椎由于各种奔波弯得更厉害了,为此苍老了许多。姑姑于心不忍,甚至和奶奶商量着捡一个男婴来养。

经人介绍,姑姑和奶奶前往一个据说求子灵验的公祖庙。庙里的师傅算出,姑姑一直没有怀上男孩,是因为姑丈先人的灵魂没有安居之所,姑姑一家必须兴建公祖屋,以最佳方位安放先人灵位,以最丰盛的供品供奉先人,先人感受到诚意,才会给姑姑一家带来男丁。

2007年,怀着非男丁不可的执念,姑姑即刻按照"高人"的指点完成了所有指令,将存款的大部分用来兴建公祖屋。说来也巧,就在公祖屋建成的第二年,41岁的姑姑告诉奶奶她又怀孕了,全家人仿佛下了一个赌注。

就在姑姑沉浸于紧张与喜悦交织之中时,奶奶因脑中风摔伤昏迷,医生诊断出奶奶的小脑血管受到压迫,说话与认知能力会渐渐减弱。全家人都懵了。

四天过后,奶奶恢复神智醒来,说话已经不利索了。然而看到姑姑的第一眼,她就皱起眉头,指了指姑姑的肚子,手指笨拙地比着"一",然后是"八"。姑姑说,她理解奶奶的意思,奶奶忧心于她怀的孩子不知是男是女。奶奶已找人算过孩子的出生吉日,那是在怀孕后的第八个月,姑姑只能点点头。

往后的日子,奶奶病情恶化得很快,行动不便,大小便不能自理,偶尔会进出几个简单的字,但渐渐认不出身边的人。奶奶坚毅地走着这一生,她无疑是家里精神上的顶梁柱。奶奶的倒下让姑姑时常处在崩溃的边缘,姑姑每每谈到自己因怀孕而不能照顾奶奶时,总是心生愧疚而落泪。

五个月后,姑姑检测出自己怀的还是女孩。她不相信,随即做了第二次检查才得出结果是男孩。姑姑像小学生拿到了一张高分的成绩单一样,激动地拿着检验结果告诉奶奶。可惜奶奶时而清醒时而迷糊,即使姑姑跟奶奶说了好几次这个好消息,奶奶也已经分不清了。

几个月后,奶奶去世了,坚毅的她还是带着生前对女儿未怀上男孩的遗憾走了。

5.小英走了

海南人对葬礼的仪式很讲究,对一个人即将走向死亡看得很坦荡。奶奶在临死之际意识不太清醒,无法告诉亲人自己即将离开。但人去世前总会有那一刻回光返照,与亲人一一对过眼神。我爸爸从外地赶回来,奶奶突然神志清醒,点头示意知道儿子回到她身边了,三个小时后便去世了。人在回光返照时,身体会出现一些征兆。亲人在看到这些征兆之后,会将难过暂时收起,将老家的客厅清空,不留任何一件家具,敞开前后大门,将老人放在客厅里,让她独自等待死亡,让路过客厅的牛头马面、黑白无常将安详的她带走。

奶奶过世入棺后,家人必须遵照仪式,从祖屋上门抬进,下门抬出,亲人紧跟其后。在下葬后,亲人围着墓转一圈,每人在墓前放置一块带着青草的新土,头不可回,直接离去,三载过后方能祭拜。

仪式结束后,下起倾盆大雨。家人欣慰地说,下葬后便开始下雨是少见的天人相应现象。就如清明时节总是雨纷纷,因为降雨正是人间与阴间打开通道的时刻。大概是因为奶奶生前从未落下一次祭拜,神明感受到她的虔诚,奶奶此时到了阴间必定过得顺遂、安详。

按照习俗,奶奶入土后,家人给奶奶烧了纸钱、纸房子、纸仆人、纸电视等,随后木偶戏开台,连唱三天。

而姑姑因怀孕,喜事与丧事不宜相撞,从头至尾不可以参与。

6. "母亲" 与 "儿媳"

一段时间后,这个家人盼望已久的男孩终于出世了。姑姑认为自己在婆家和村里该得到应得的尊重了,日子也一定会越来越顺遂。但是,姑姑没有想到,早年自顾自地生孩子,忽略了对其他孩子的照顾。

姑姑的大女儿小婷有过一段封闭自我的时期。即使小婷现在已经成熟懂事,但在和她聊起儿时的种种时,她还是有些别扭。在叛逆的青春期,原本成绩很好的小婷在知道姑姑怀上弟弟后性格大变。她说,家里并不富裕,生活勉勉强强,自己从小到大一点点小的要求家里都因为经济状况而满足不了,那为什么生完之后还要生?为什么一定要生儿子?她甚至因此怀疑过自己和妹妹在家中的意义。

在姑姑忙于生子的时候,小婷很长一段时间都住在她奶奶家里。她成日与奶奶争吵,她奶奶会因为一些鸡毛蒜皮的小事动手打她,好几次打出血。她说她已经习惯了,也不需要跟姑姑说,觉得没人可以帮助她。

小婷听到过她奶奶与姑姑的对话,她奶奶三番五次地让姑姑劝小婷别读书了,女孩子不需要读那么多书。小婷说,这对她当时的情绪影响很大,再加上课业繁重,她也开始疑惑女孩子是不是需要读书。渐渐地,她开始不愿和人说话,觉得家里人随时会剥夺她上学的权利,她感觉自己很无助。

在小婷封闭自己、不愿与外人交流期间,姑姑向先祖以及公婆祖诚心祈求希望事情有所转机。每逢祭祀,她总是向神明祈求希望大女儿身心健康,有一天能理解妈妈的苦衷。

一次,在一个以求学出名的公祖庙里,她遇到了几位与自己际遇相同的母亲。同是因为求子,大孩子觉得受到冷落而自我封闭。相似的际遇让她们一下子就聊得很投机。从其他几位母亲的口中,相似的经历、相似的想法突然让她察觉到自己的不是。这一刻她才突然醒悟,这样的生活不是她想要的。地位和尊重算什么呢?孩子才是最重要的。如果因为求男丁,而对其他孩子不负责,自己该是一位多不称职的母亲。

姑姑开始像年轻时的小英一样,抽出更多的时间和小婷交流,鼓励小婷读书。这才让她感受到自己是一位真正的母亲。

小婷说自己现在可以继续读书,考到大学,全因妈妈的鼓励。即使自己的妈妈学历不高,只会说:"妈妈永远都支持你读书,不管别人说什么,妈妈付出多少。只要你愿意读下去,妈妈把房子卖掉都可以。"年少的她感受到了妈妈的难处和爱。

在计划生育管制严格的时期,姑姑的第二个女儿小杉出生。为了躲避计生人员的监察,小杉自出生后没几天就被送到了她奶奶家里,连一口母乳都没吃过。

对于这段经历,二女儿小杉本该没有记忆。但每当小杉住到她奶奶家的时候,她奶奶就跟小杉一次又一次地提起。小杉在学校写作文的时候,清晰地引用了她奶奶对她说的话:"我妈妈是个狠心的人,只喜欢姐姐,只为了生男的,我是家里最不受照顾的一个孩子。我小时候连一口母乳都没喝过。"小杉是个自尊心很强的孩子,在学习上非常自觉,令姑姑欣慰的是,小杉以优异的成绩从普通初中保送到重点高中。然而对于姑姑在她小时候疏于照顾的事,时至今日,小杉每每和姑姑起争执时都会提起,这大概会成为母女间永久的裂缝。

如今姑姑通过自己的努力撑起了整个家,内外家务事她都亲力亲为,还自己管理了一片菜地,自给自足。在她身上,总能看见小英的坚毅。她也牢记小英的嘱托,"带着信仰,做事总不会差。知足者常乐"。

故事背后的故事

制作完成这部纪录片的时间是 2014 年,还没有二孩政策。虽然这是一部很优秀的纪录短片,我们也还是担心如果放在公共平台播出,会不会对姑姑以及姑姑超生的孩子们产生不好的影响。

没想到世界变化快。现在到处都在鼓励多生娃,姑姑似乎也从"落后分子"一下子变成了生娃模范。

能够掌控自己命运的人实在太少了,尤其就女性而言。即使是在 21 世纪的今天,生育能力,特别是生育男孩的能力,仍然是判断很多中国女性价值最主要的指标;牺牲和服从仍然是很多女性人生的主旋律。如果你恰巧生在海南或者福建等省份,要服从的除了长辈和族人,还有供奉的各路神仙。

姑姑在香火中成长。对各路神仙的笃信支撑她走过所有人生的苦难,也让她信命,安命。从小英到姑姑,再到下一辈的孩子们,不知道哪个时代能让更多的女性不用随波逐流,有掌握自己命运的能力,有可以说 yes 或者 no 的机会。

因为纪录片导演范俭的作品《摇摇晃晃的人间》,我有机会认识诗人余秀华女士。在传统中国女性中,余女士与众不同。虽然身患疾病,但是她的女性意识,她对爱情的渴望,并没有因此有任何的削弱。她在一个非常残酷的生存空间里,顽强地保持思想上的独立,在诗歌中表达她的挣扎,在现实生活中为自己的幸福抗争。在中国,虽然有很多健康的受过良好教育的女性,但能够像余秀华这样努力掌控自己命运的人,也是凤毛麟角。

同样生长在海南的王颖淇是个幸运的姑娘。她也是家中的大姐姐,小弟弟只有几岁,但是她和姑姑的命运截然不同。她硕士毕业,父母给予了她很好的培养和教育。颖淇特别爱自己的弟弟,一家人和乐幸福。

很多的家庭悲剧源于传统观念的影响和桎梏。一旦观念转变,会让很多人的成长记忆除去阴霾,阳光灿烂。

唐山大地震

文/乔元武

文摘

没有经历过的人似乎真的很难理解这种感受。生与死就在一念之间，活好当下的每一秒，对于经历过地震的人们来说，是很自然的一种选择。

序

唐山是一个历史渊源很深的城市，这里曾是中国近代工业的摇篮。李鸿章办洋务时，跟英国人一起在这里办了开滦矿务局。为了把挖出来的煤炭运给北洋海军，不久后，中国第一条铁路也修在了这里。

但今天的唐山，没有一点点历史留下的痕迹。宽阔平坦的道路，拔地而起的高楼，市区里最老的建筑，也不过是带着些许 80 年代风味的小红砖楼。这是一座重建的城市，1976 年的大地震几乎夷平了市区范围内的一切建筑物。

即使是那场震惊世界的大地震，这个城市也早已肃清了大部分痕迹，仅留下几处遗迹供后人凭吊。

我们这一代人，从一出生就学会了和地震这件事"和平相处"。小学一年级的时候，学校就人手一册地给我们印发了《防震减灾常识》。手册教给我们地震的原理、前兆、逃生技巧、灾后重建等知识，蓝色的封皮我到今天都记忆犹新。逢年过节随长辈访友的时候，他们遇见一些不算熟悉的人，往往会互相聊聊自己在地震中失去了哪些家庭成员，仿佛这样就拉近了彼此的距离。小时候我对这些细节从没有深思过，直到长大后才发觉一个城市的人能如此坦然地面对至亲的离开，并不是一件容易的事情。

作为后来人，我对那场地震既陌生又熟悉。那个年代影像器材远未普及，虽然长辈们都亲身经历过，但我在家里从没见过任何一张记录那场地震的照片。钱钢的《唐山大地震》似乎是震后最早出版的纪实文学，后世多将其奉为记录这次灾难的首选材料。但我身为作家的爷爷，认为其在很多第一手材料的处理上有待商榷。影视产业这几年风生水起，以"唐山大地震"为名分别上映了一部电影和一部电视剧，但唐山人都批评说拍得假。

40年前的那个凌晨，到底发生了什么？在一场杀死24万人（官方数据）的天灾中，我的家人是怎么幸存下来的？死里逃生的他们又是怎么在眼前这个末世般的灾难现场中开始新生活的？带着这些问题，我开始了我的纪录片拍摄。美满的家庭大多相似，不幸的家庭却各有各的不幸。也许我家人的经历代表不了全体唐山人，但我在今天把亲人们的经历记录下来，对于个体家庭的意义十分重大。

在采访结束以后，我惊讶于身边这些朝夕相处的亲人们竟曾是那么惊心动魄故事的主人公，但我更惊讶于我们之间以前竟

爸爸（后排左一）一家
摄于 地震前一年

我并不真正了解我的家人们

然从来没有过类似的交流。

1. 地震　时针定格在凌晨 3 时 42 分 53 秒

谈起那场地震，几乎所有亲历者都会提到的一点，就是热。唐山是个季风气候城市，冬冷夏热本不足为奇。但那一年夏天，从 7 月份以来，城市就笼罩在一片难以言喻的高温之中。大地震来临的前夜，27 日晚上，更是热得离谱。很多工人结束一天的劳作之后，都习惯在太阳落山后出来走走，或在路灯下打打扑克，或三两知己聚在一起聊东聊西，享受每天难得的清凉一刻。但这一天，这种清凉并没有如期到来。虽然天已经黑了，但仍然酷热难耐。

爷爷说，那天"街上乘凉的人比平日里少了很多，大家都耐不住酷热早早回家去了"。很多人可能都觉得，天这么热不如早早睡了。谁知道他们其中的很多人，竟然永远没有机会再醒过来了。

1976 年，"文革"处于尾声。对于像爷爷这样在学校从事教育工作的知识分子来说，前几年让人窒息的政治空气正在一点点松动。他在学校的日子稍微好过些了。但因为所谓的家庭成分问题，他仍然受到一些排挤和白眼。那天晚上前半宿，他一边躺在床上思考这两天工作中遇到的烦心事，一边思考一篇白天没有写完的文稿。爷爷是唐山一所高中的党委宣传部主任，平日里靠着一支笔杆子在校内外的报刊上发表文章，歌颂我党在教育战线上日新月异的成就。就这样，他在迷迷糊糊中睡着了，但用他的话说，一直没睡得很踏实，心里发慌，感觉就像有一件重要的事情忘了做。

夜慢慢深了,城市渐渐陷入沉睡。但与此同时,在离城区中心较远的工厂区,巨大的工业机器还在轰鸣着,日夜不停地生产着这个国家最需要的东西:钢铁、煤炭和电力。姨父当过兵,后来复员分配到了唐山钢铁集团公司。"唐钢"职工在当时是个响当当的名号,在相亲市场上很吃香,因为计划经济体制下的国营大型企业员工都享有丰厚的公司福利。集团旗下设有医院、学校、幼儿园、公园、商场等许多公共设施,用以解决公司员工衣食住行、生老病死等后顾之忧,是不折不扣的"大锅饭""铁饭碗"。27号晚上,正好轮到姨父值前半夜的班,交接时间是凌晨3点。接替他的人来得稍微早了一点,他俩一起在厂房外边站着抽了支烟,可有可无地说了两句闲聊的话,履行完程序,姨父就准备骑自行车回家睡觉。他跨上车,跟传达室的大爷说声再见,一溜烟消失在夜色当中,这一趟回家的路他一般要骑半个小时左右。

时针滴滴答答地走着,像死神的脚步声。3时42分53秒,地震降临了。

"那感觉就像有人在使劲摇晃我",妈妈对我说。她当时跟我大姨睡在一起,还以为是睡在身旁的姐姐在摇晃她想要叫她起来,但她在睡梦中迷迷糊糊地没有彻底醒过来。紧接着,她感觉眼前突然亮若白昼,她以为是谁把屋子里的灯打开了。正要问身旁的大姨发生了什么,但还没来得及开口,屋子就坍塌了。掉下来的水泥屋顶狠狠地压在她的身上,让她一瞬间就失去了意识。睡在她身边的大姨也是一样,她们都没来得及说上一句话,就统统被掩埋在了废墟下边。

无独有偶,在地震来临的那一刹那,爷爷也在一片宛若白昼的光线中惊醒,同时还听见轰隆隆的巨响,好像远处一直在打雷一样。那声音越来越近,光也越来越亮,但不同于屋里昏黄的钨丝灯泡,那是一片类似于日光的白光。后来他才知道,这就是所谓的地震前兆:地光和地声。他起身的同时,屋子开始剧烈地摇晃,身旁的奶奶还在睡梦当中。他想赶紧叫醒奶奶一起往屋外跑,但还没等他叫醒奶奶,屋顶就砸下来了。他只好下意识地趴在床上,本能地用手护住头部,他感觉脚踝部位一阵剧痛袭来,觉得自己可能不行了。但幸运的是,疼痛很快过去了,塌下来的屋顶并没有砸到他的要害部位,只是脚踝有些扭伤。他开始试着用手扒开盖在身上的废墟,这些瓦砾和石块并没有很结实地垒在他身上,不一会儿他便从废墟中挣脱出来。看着自己的屋子化为一片废墟,他内心很清楚这是发生了地震,马上开始在废墟中寻找自己的家人。奶奶、姑姑,还有当时才两岁的叔叔都在屋子里,我的爸爸则去了太奶奶家中过暑假。他先喊了几声,很快废墟下传来姑姑的声音,说自己没事,叔叔也在她的怀里没有受伤。但是怎么叫都听不见奶奶的声音!爷爷正费力地用手扒着废墟,突然听到身后有人喊他的名字,回头一看是二爷爷过来了。他们一家已经全部脱险,于是他便赶来看看这边的情况。两人一起努力,很快就挖出了姑姑和叔叔,并把他们安顿好。过了一会儿,奶奶也从废墟中被挖了出来,但她下身流了很多血,意识已经模糊。更糟糕的是,奶奶的下半身完全失去了知觉。

姨父回到家刚躺在床上准备睡觉,地震就发生了。他凭着当兵时练就的一身机敏,一个侧身就从窗户闪出屋子外。几乎是同时,屋子倒了下来。他赶紧开始扒废墟,不久便救出自己的家人。看到一家人都无大碍后,他立刻想起当时和他处于恋爱中的大姨,冲上自行车飞驰而去。

电光火石间姨父的这一个决定,很大程度上挽救了我妈妈一家的生命。

　　到我妈妈家以后，姨父看到整个房屋已经完全坍倒。姥姥、姥爷、大姨、妈妈一家四口人也完完全全被掩埋在废墟之下。叫喊了几声之后，首先传来回声的是姥爷。姥爷曾经也是个军人，凭借着灵敏的身手躲过了致命的石块。姨夫顺着声音摸索，不久便救出了姥爷，接着是睡在旁边的姥姥。救出二老之后，三个人一起喊着大姨和妈妈的名字，但是沉默的废墟迟迟没有回应。三个人只好凭借屋子的相对位置不断用双手扒开表面的沙土和碎石，一点点摸索着。这时候，离地震发生已经过去两个多小时了。人被埋在废墟下的时间越长，生存的概率也越低，所有在倒塌的房屋上寻找自己亲人的人们，都紧紧地绷着一颗心。

　　此时的唐山，就好像一个刚刚遭遇迎头重击的人，面对着突如其来的打击，无所适从。许多影视作品都试图重现灾难后第一时间的现场，但没有哪一部刻画得足够准确。在地震刚刚过去的几个小时里，没有哭天抢地的人群，也没有血流成河的街道，有组织的救援更是在震后足足 24 个小时之后方才到达。面对这猝不及防的灾难，弥漫在城市上空的，只有安静。凌晨 3 点正是人们进入深度睡眠的时候，不计其数的人根本来不及反应就被从天而降的水泥块和毡子正中要害，他们甚至没有机会呻吟和呼救。

　　当时大多数人家住的都是自建的平房，在建筑的过程中根本没有考虑过防震减灾。这些房子没有钢筋结构，在地震波的侵袭下几乎是弱不禁风。由水泥、砖块、木料和毛毡构成的建筑材料，更是杀人利器。这些材料不仅沉重，而且物理强度极低，受到冲击后很容易形成锐利的尖角对人体造成致命的伤害。更别说砖块破碎时会产生大量粉尘，被掩埋的人十分容易因为吸入大量粉尘而窒息。

那些像我姨父和爷爷一样有幸躲过一劫、从废墟中脱身的人，都在第一时间开始了对自己家庭成员的救助。从废墟中被挖出来的人们，伤势不重的也很快投入这场轰轰烈烈的群众自救运动。彼时的邻里关系不似当下这样冰冷，救完自家的人，就会帮着救邻居家的人。

市政服务早已瘫痪，一些社区街道办的工作人员把红色的袖标往胳膊上一戴，登高一呼，就成了这一小片灾区的最高领导。在他们的疏导和指挥下，救灾行动竟然有条不紊地开展起来，在一些地方甚至形成了一些聚集医疗力量的医疗点。每个人的心中都很清楚自己要做些什么，或是在废墟中寻找自己的亲人、朋友，或是将已经死去的亲友的尸体搬运去集中的地点。整个城市好像在上演一出哑剧，在做完自己的事情之前，人们还来不及哭喊。

奶奶就是在这些临时搭建的医疗点接受了第一时间的抢救。但也仅仅是简单的清创、止血而已，更复杂和专业的救护行动受条件限制根本无从展开。这让很多本来伤势并不足以致命的伤员因为贻误了治疗时机而丧命。快天亮的时候，天开始下雨了，是瓢泼大雨。雨水夹杂着废墟下死伤者的血液在街道上弥漫开来，刚刚还因为麻木而无力悲伤的人们开始冷静下来，失去亲人的哭声和喊声此起彼伏。

爷爷在二爷爷一家的帮助下用盖柴火的防水布支起了一个简易的帐篷，让一家人免于淋雨。奶奶已经从昏迷中清醒过来，虽然还是感觉不到下身的存在，但血已经止住了，暂时脱离了危险。爸爸也从太奶奶家回来了。地震来临时，他和太奶奶一起躲在屋子的墙角下，整个屋顶塌下来后，这个墙角奇迹般地没有倒掉，两人安然无恙。把一家人暂时安顿好以后，爷爷决定立刻去学校看看，他放不下那个他工作的地方。那是个集体利益大过天的年代。

　　天已经蒙蒙亮了，姨父和姥爷在废墟下摸索良久以后，总算挖出了大姨，她只是受了轻伤，没有大碍。但却怎么也找不到妈妈的位置。时间一点一点过去，姥姥急得掉眼泪。正在这时，姨父总算在一块石板下发现了已经昏迷的妈妈。他和姥爷一起把人挖了出来。因为吸入了大量粉尘，严重窒息，妈妈的脸色已经呈青紫色，头上也被砸出了一个橘子大小的鼓包。如果再迟一点点，也许人就不行了。姨父和姥爷确认了妈妈还有呼吸，身上也没有出血点，就把她抱进了帐篷里。虽然都受了轻伤，但一家人得以团圆，已经是万幸了。帐篷外不时传来邻居家失去亲人的痛哭声，更有些家庭惨遭绝户，没有一人幸免于难。

　　没过多久，妈妈渐渐醒了过来，有了微弱的喘息声和咳嗽声。姨父凑过去把她抱在怀里，她一点点睁开眼睛，嘴里似有似无地吐了几个字："我要喝水。"姨父赶紧拿水给她。凭借着在部队里学习到的急救经验，他对妈妈说："第一口水你不要喝下去，先好好漱漱口。"妈妈听了姨父的话，抿了一口水以后开始漱口，随之而来的是强烈的呕吐感，一阵干呕以后，她吐出了一口浑水，夹杂着不计其数的砖泥和尘土。如此反复几次之后，才将呼吸道里的粉尘吐干净。一家人在帐篷里避雨到上午 10 点左右，突然又发生了一次十分强烈的余震。离帐篷很近的一面残缺不全的砖墙轰然倒下，险些砸到帐篷。一些砖块已经滚进了帐篷里，这让一家人倒吸了一口冷气，但好在没有产生更严重的后果。到这里，妈妈一家已经全部转危为安了。

2. 救援　对幸存者来说,考验刚刚开始

唐山是京津唐城市圈的交通枢纽,有着四通八达的铁路和公路网。但在强烈的地震波破坏下,铁路已经完全丧失功能。离震区最近的第 38 军在接到指令后火速启程赶往灾区。路基损毁,铁轨弯曲,救援的火车不得不停在远离城市的地方。车上的物资和人员被转移到汽车上继续向灾区运送,但路面也已经被严重损毁,很大程度上影响了救援队伍的到达。第一批解放军到达唐山市区时,已经是 29 日的凌晨了。在灾难发生后到解放军赶到这接近 24 小时时间里,唐山市已经彻底失去了现代化城市赖以生存的市政服务和执法力量。整个城市处于完全无序的状态,这对于人性是一个艰难的考验。

历史无数次地告诉我们,永远不要去考验人性。

爸爸说他人生中感到最绝望最恐惧的时刻,是在地震后的第一个晚上。29 日入夜后,市区内突然涌入了一批从东边县区逃亡到市区的村民。他们不仅四处乞讨食物和饮用水,还带来了一个可怕的消息:位于市区东边的陡河水库大坝在地震中受到严重损坏,洪水可能很快会来临。本就慌乱的市民们听到这个谣言后更加手足无措,一些人开始带着家人往西边转移。在突如其来的灾难面前,比食物更珍贵的是干净的饮用水。当时自来水系统还没有成熟,很多家庭贮水都是采用陶瓷质地的大水缸,这些脆弱的瓷器在地震中几乎无一幸免,很多家庭失去了水源。哪怕是一些有少量存水的家庭,经过了一天的时间,也面临着缺水的难题。瘫痪的市政系统根本做不到对珍贵的水源进行集中调配,因为抢水而造成的冲突此起彼伏。整个城市面临着缺水的危机,秩序的

完全崩溃似乎一触即发。而老天又在此刻十分配合地刮起了大风，天上不时有闪电划过，雷声隐隐约约，时远时近。加上哭闹的人群，人心惶惶的逃难者，当时刚刚念小学的爸爸觉得在眼前的这个世界里十分无助。

一些灾民在失去亲人的痛苦中难以自拔，又面临着缺水、缺食物、缺住所、缺医疗等生存问题，已经处于崩溃的边缘。好在解放军总算来了。爷爷说，解放军进城后做的第一件事，就是稳定已经处于崩溃边缘的城市秩序，据说还枪毙了一些投机倒把、伺机盗窃国家财物的人。秩序稳定以后，解放军和唐山灾民一起继续进行救灾活动。不停地有人从废墟下被挖出来，他们有的还有呼吸，有的则已经是一具尸体。

尸体堆积如山，他们被运往几个指定的地点进行处理，以免污染水源或引发瘟疫。负责卫生工作的军医则在市区内设立了很多医疗点，比起之前灾民自发搭建的那些，这些医疗点不论医疗水平还是物质条件都有很大的进步，挽救了很多人的生命。天空中不时有飞机飞过，喷洒灭蚊灭菌的药物。一些穿着防化服的军人也挨家挨户喷洒药物，并向居民分发了一些简易的灭蚊灭虫工具。这一切都是为了防止大灾以后出现大疫。"那个夏天，蚊子和苍蝇都绝迹了"，爸爸对我说。

爷爷一家当时住的地方不远处有一家冷冻厂，里边储存着冻肉等副食品。地震以后，解放军组织人员接管了冷冻厂，有秩序地向灾民发放里面的食物。爷爷一家人就吃着冷冻的兔子肉，度过了地震后最开始的几天。奶奶在休息了一天以后，下半身仍然没有知觉。而且似乎是因为膀胱受了伤，她始终无法排尿，小肚子已经微微鼓起来了。爷爷将奶奶抱上了一辆小板车，把她推去解放军设立的医疗点。但那里的军医表示当前条件下无法为患者进行导尿,只能等后续支援抵达之后再进行。爷爷无奈地回到了帐篷里。但进入震后的第三天,奶奶的小肚子越来越鼓,已经变得有些透明了,爷爷再也等不及,一大早便出去四处打听当下城内的医疗情况,一些人告诉他在市区西边有一家上海医疗队设立的医疗点,据说水平很高。爷爷二话不说就推着奶奶上路,一路上,不认识路的他边打听边摸索,足足走了一上午才到达这个人们口中的医疗点。但那里的条幅上赫然写着几个大字:市直机关和干部医疗点。

顾不得那么多了,爷爷推着奶奶就往里走。刚一进门,迎面走来一个身穿白衬衫黑工裤的大个子,头上梳着油花花的大背头,有一种大干部的派头,跟当时全城救灾的唐山市民在一起显得特别不协调。他问爷爷是来干什么的,爷爷跟他说明情况后,他说:"不行,这里是市直机关医疗点,不接待周围群众。"爷爷跟他解释道,奶奶的情况现在很危急,急需救治,请他行行方便,他却不由分说地伸手想把爷爷往外推。爷爷说,"他的两只手特别大,像铁铲似的,劲儿很大,我觉得他一定是个'造反派'",跟这样一个"造反派"讲道理,真是太难了。正在爷爷为难之际,不远处的帐篷里走出几位大夫,其中领头的是一位稍微上了点年纪的女大夫,戴着眼镜,衣冠整洁,白帽子下有一缕银灰色的头发。她看到爷爷后走了过来询问情况,跟那个大个子讲道:"请你马上离开,我要给这位妇女导尿。"那个人才不情愿地走开了。奶奶躺上了病床,整整导出三大罐尿液,尿液中已经充满了红色的絮状物,膀胱因为受伤而出血。这位大夫还对奶奶的身体进行了全面的检查,发现下半身失去知觉的原因是脊柱受伤而导致截瘫,必须马上转移到后方医院接受全方位的医疗救治,否则有终身瘫痪的危险。爷爷表示感谢后匆匆辞别了这位大夫,他之后曾在我市的晚报和杂志上多次发文表达对这位上海医疗队女大夫的感激之情。爷爷打听到危重伤员可以转送到我市的机场乘坐军用飞机转移到沈阳接受治疗,于是又马不停蹄地将奶奶推去了机场,看着奶奶上了飞机以后才回到家中。到家时已经是深夜,爷爷的脚踝本来就被砸伤了,走了一天的路,已经肿得像个苹果一样。

东北是唐山抗震救灾的大后方,不计其数的危重伤员在沈阳的军医院接受了及时有效的救治。送走了奶奶以后,爷爷马上回到学校报到,帮助学校开展重建工作。家里白天就靠二爷爷一家,还有年龄最大的大爸爸照料了。震后不久,幸存的人们纷纷住进了自家修筑的临时居所,总好过住帐篷被风吹雨淋。但因为爷爷一直在学校工作,顾不得家里的事,一家人还住在破旧的帐篷里。38军的一个团驻地就在爷爷的学校,一来二去地,爷爷就和团里的一个干部熟络起来。这位干部得知爷爷家里的住房问题还没有解决,特地派了几个勤务兵,去爷爷家里按照部队的标准建造了一间很大的砖房。爷爷十分感激,一个劲儿地给这几个战士塞香烟,但都被婉拒了,对他们的姓名也不得而知,只知道带头的是一位姓姜的排长。几个月后,奶奶也回到了家里。虽然有幸免于终身残疾,但奶奶日后走起路来,都是一瘸一拐的。

3. 记忆　不需要想起,因为从未忘记

唐山大地震满 40 周年了。虽然今天住在这个城市的很多人都经历过那场劫难,但没有经历过的人,正在成为城市中的大多数。作为一个资源型的城市,与其他城市相比,唐山似乎是一个幸福指数很高的小城。很难说这有没有受到地震这件事情的影响,但一场带走 24 万人的灾难,注定会在住在这个城市的人们心

里,留下永久的痕迹。对于这个问题,我询问了妈妈。

"对于我自己来说,经历过这件事让我战胜了内心的恐惧。我小的时候回家要经过一片玉米地,有时候回家晚了就要穿过那片漆黑的玉米地。我曾经十分害怕,脑海中会浮现出死人啊鬼啊这类东西。地震以后,每天挖出来的尸体就堆在离我们帐篷不到100米的地方,到了晚上才会有专人负责运走。有一天,我还看到一个我们班的男同学被人抬进了尸体堆中。我慢慢地接受了这些东西,也许就是习惯了吧,以后几乎再没有什么能吓到我的东西了。另外,我觉得地震让唐山人想'活在当下'。身边许多人通过买卖煤炭或者股票赚了钱以后,都没有像江浙地区的人那样用赚来的钱继续投资,而是直接消费掉了。对于身外之物,包括钱,很多唐山人都抱着一种'我可能明天就会失去它'的态度,这也可能是唐山街头的名车在全国范围内都很有名的原因吧。"

没有经历过的人似乎真的很难理解这种感受。生与死就在一念之间,活好当下的每一秒,对于经历过地震的人们来说,是很自然的一种选择。

在那场灾难中,许多人连眼睛都没来得及睁开就丧命了;许多人虽然侥幸逃过一劫,却不得不看着自己身边的亲人和朋友离他而去,而就在几个小时前,这个人很可能还对他笑过、哭过,他们一起谋划美好的未来,或是一起抱怨平淡的生活,但此刻他伤痕累累的躯体就被人送去了尸体集中点。来不及道别,这是怎样的一种痛?如果注定不能永远拥有,何不尽快享受眼前的一切,努力把握尚在自己手心中的每一秒呢?这也许是每一个幸存者在日后的心态吧。他们的子女又或多或少地传承了这种心态,这一切都塑造了今日唐山人作为一个群体的性格。

在采访的过程中,我意外地发现,爸爸和妈妈虽然对于彼此家庭在地震中的经历有所了解,但都只是大概。对于许多细节问题,两个一起生活了几十年的人,并没有进行过很深刻和全面的交流。我问他们原因,他们说并不是他们要刻意回避这个话题,而似乎是某种心照不宣的默契,就是单纯地觉得没有必要去讨论这件很沉重的事情。"与其怨天尤人,念念不忘,不如放下包袱,轻装前进,这才是最好的,尤其是你们年轻人",妈妈这么告诉我。

近年来越来越多的声音不断涌现,24万这个死亡数字一次又一次地被怀疑,也有一些所谓的"真相"浮出水面,指出官方在地震前早已通过不同渠道发现了很多严重不符合自然规律的现象;甚至有人声称地震早就已经被预测到了,只是碍于当时紧张的政治空气,没人敢承担预测不准所带来的后果,最终酿成了惊天惨案。但不论死了多少人,不论这场灾难到底是天灾还是人祸,事实已经无法改变了。与其怀揣无休止的阴谋论空发诛心之论,我更愿意坦然接受这一切,轻装前行。对地震这件事情如是,对生活中遇到的其他事情亦如是。

故事背后的故事

乔元武从本科开始在香港读书,如果没有参与我们的纪录片项目,不知道他是否会对自己是唐山人这个身份有更多的兴趣。不过从我们的第一次课,从学生们自我介绍的环节开始,我们就确定了,乔元武一定会做一个和唐山大地震有关的纪录片。

想起我的公公婆婆给我们讲过他们和唐山大地震的故事。公公在1976年大地震前几天去唐山出差,带了家乡产的绿茶给当地的一个朋友做礼物。这一家人在地震的前夜喝了浓茶,因为平时不习惯喝茶，兴奋得半夜都睡不着。没想到，地震的时候却因此幸免于难。一杯绿茶救了一家人。这个故事，让人觉得生死似乎就是一系列的巧合。

对唐山人来说，唐山大地震既不是官方的数字，也不是煽情的电影，而是他们的切肤之痛。局外人看到的是故事和悲情，亲历者却不由自主地选择努力遗忘。正如乔元武发现的，在唐山土生土长并亲历了大地震的父母，在一起生活了几十年，并没有对各自在地震中的经历进行过很深刻和全面的交流。而他自己，也是长这么大才第一次听家人谈起他们惊心动魄的过去。

历史是不能遗忘的，因为这些历史，塑造了今天的我们。唐山人活在当下的理念，看淡生死、向死而生的性格，也正是他们在这段经历的基础上形成的。

这部记述乔元武的家人在唐山大地震中真实经历的短纪录片，在唐山大地震40周年的时候被腾讯视频推出。这篇文章，以及这部纪录短片，都被乔元武和家人视为对这个过往经历最好的纪念。

爷爷奶奶的爱情

文/宣霁祐

文摘

2015年年初,富阳市划入了杭州,成了富阳区。爷爷奶奶老两口又一次成了杭州人。2016年,杭州迎来了一次全球瞩目的G20峰会。离北山路不远,就是G20晚会的水上舞台。当年爷爷奶奶住过的老房子已经成了景点的一部分。那一晚,西湖歌舞不曾休,电视里一片繁荣昌盛,人人脸上都洋溢着幸福的笑容。

序

在记忆这盘磁带中,我的爷爷奶奶给我留下的磁迹分为两个部分:24岁之前,所有关于爷爷奶奶的记忆,仅仅局限于奶奶会在泡面里给我多加一个鸡蛋,再配一盘卤鸡爪;而爷爷则戴着老花镜,不是在看报纸就是在书房整理自己刚买的新书。家里所有的箱子和床底几乎都被报纸和书籍堆满,我敢保证他一定有很多没看过。

24 岁那年，为了拍摄纪录片，我把他们摁在摄像机前。按下快门的时候，他们的眉头都有些紧锁，似乎在费力寻找记忆的开关。他们的记忆磁盘有些老旧，播放也有些费力。大多数都是片断化的信息，但依然深深吸引了我。坐在我面前的两位耄耋老人所说的故事，整个家族没有人提起过。似乎所有人都达成了一个共识，上一代的事情已经过去，下一代有自己的生活，没人会去在意两代或三代人之间除了血缘到底还有什么联系。面对天天生活在一起的亲人，除了泡面和鸡爪，大家对彼此几乎一无所知。

1. 杜家村的童年往事

1939 年，浙江省诸暨市枫桥镇杜家村。巨大的香榧树枝叶葳蕤，零星的灯火在山沟里有节奏地晃动，似乎在欢庆夏日夜晚难得的清凉。村子里，不少人已经入睡，偶尔会有犬吠和婴儿啼哭的声音。在一幢老房子门前的空地上，这一年 12 岁的宣本荣正和一个同龄的女孩聊着最近的烦恼：他考上了 30 里外的高级小学，虽然家里有地有劳动力，在村子里算大户人家，但高小的学费依然令他望而却步，只能选择在家务农。女孩家境不好，也没读过什么书，自然不是很理解男孩的苦恼，但在村子里有一个愿意向自己倾诉烦恼的好朋友，已经让她很开心了。对于从小没有母亲，衣服破破烂烂甚至连鞋都没有的她来说，同龄人总是离她很远。

女孩告诉宣本荣：自己有个哥哥在诸暨的简易师范学校念书，那里不要学费，伙食也是国家提供，毕业了以后直接当小学老师。每个县都有一个简易师范，有机会可以去试一试。

　　村子里的日子如白开水一般没滋没味，除了种植番薯、玉米和茶叶，宣本荣几乎没有其他事情可做。在他看来，当农民太累，没有前途，十几岁就能看到自己几十岁的样子。读书可以离开乡村，到外面去，毕业后可以教书、可以当兵。每年寒暑假是他最期盼的时候，因为村子里出去读书的人都放假了，自己可以跟着他们学一些知识。

　　对于女孩来说，这些人放不放假与她并没有太多关系。她和宣本荣的关系引起了很多流言蜚语。有一段时间她也担心两个人的关系会不会受到影响，毕竟得这一个好朋友不容易。但似乎两人有一种默契，这种老旧社会的舆论，并没有给他们之间的友谊带来一丝裂痕，反而增进了两人的感情。而这种感情，他们说不出道不明，似友谊却又带着一些甜味。

　　直到一天，女孩从 80 里外的简易师范探望哥哥回来后，村里的闲话又升级了。当从一个大户人家门前经过时，女孩不经意间听到屋里传来一阵轻蔑的言语："她已经不是黄花大闺女了。"女孩不明白的是，宣本荣去学校旁听，自己去看哥哥，因为路途遥远，两人结伴而行，途中只不过在朋友家借宿了一宿，为何回到村里后会遭到这样的冷言冷语。显然，相比于事实，村里人更相信她犯了禁忌，一个女孩与男孩走得这么近，两人没有发生什么才是奇怪。当偏见遇到流言，人们心中的道德尺毫不犹豫地打向了女孩。之后，她的爸爸开始给女孩相亲，她与宣本荣的关系也日渐疏远。

　　1946 年，女孩在简易师范的哥哥从青年军退伍，回到学校继续学业。本来想着响应国家十万青年十万军的号召，能够上前线杀敌，但军训还未结束，两颗原子弹就结束了战争。宣本荣这一年已经 19 岁，从村里的小学毕业后，靠着旁听和自学，他在村子里度过了 7 年时间。这一年,他决定再去考一次师范,并且联系上了女孩的哥哥。他考上了,但开心劲儿还没过去,就被泼了一盆冷水:读师范需要小学毕业证,但只有高小才发毕业证。女孩的哥哥觉得有点可惜,就替他想了一个办法。他们从一个叫宣本生的亲戚那儿借来小学毕业证,毕业证上最后一个字"生"模糊不清,就被改成了"荣"字。靠着这个取巧的方式,宣本荣顺利进入师范。没想到,这张假证没多久就被发现。两天后,他提着自己的铺盖站在学校门口,大门在他眼前被狠狠关上,断了他读书的念头。回到村子不久,他托关系联系到了在上海的远房亲戚,经人介绍在江苏海州(现连云港)谋了一份职位,随后离开了村子。

1947 年年底,淮海战役前夕,陇海铁路已经被拆,宣本荣只能坐船前往位于江苏海州的公司。这是一家磷矿公司,属于国民政府管控,由私人经营。当时公司有个电台,与青岛、台湾、南京都有电报来往。与台湾联系是为了汇报生产情况,因为矿开出后都运至台湾。而与青岛联系则是因为有些货需要从青岛走。

初到之时,宣本荣主要在办公室做寄信等杂活,还需要照顾公司协理的生活起居。后来经过一段时间的学习,他学会了操作电报机,承担起了发送电报的活。虽然这个工作一开始不容易上手,但熟练了以后也不费事,空出来的时间里,他又开始琢磨着怎么学习,最终在领导的帮助下,成了公司的"练习生"。其间,宣本荣学习了语文和英语。但好景不长,1948 年年底,淮海战役打响,每晚都能听到轰隆的枪炮声。由于当时公司内部并没有共产党员活动,宣本荣只知道两派人在打仗,至于为什么打仗,他一概不知。不久以后,海州国民党撤退,公司也关闭,宣本荣拿着剩余的工钱,又回到了老家。

女孩在宣本荣走后,加入了当地一个共产党地下组织,任务就是在各党组织间送信。十万青年十万军期间,共产党南部所有人员都转入地下或者解散,女孩也就与组织失去了联系。1948年年底,当宣本荣回到村子后,女孩上师范的哥哥联系到他,推荐他加入当地一支共产党麾下的武装自卫队——金萧支队。因为有拍送电报的经验,他被分配到报社工作。而一直在寻找组织消息的女孩,也随他一起加入了这支部队,并被分配到后勤处。因为这两个部门分属两地,当年的通信也不便利,两人便失去了联系。

2.重逢

"宣本荣,有你的信!"随着一声吆喝,正坐在办公室内翻看文件的宣本荣抬起头来。他想不通,谁会给自己写信。母亲不识字,家里除了一个年幼的妹妹,也没什么人会联系自己。到底是谁写来的?信封上,一个陌生的名字让他更加疑惑,钱英是谁?当打开信封后,他恍然大悟。原来女孩参加部队后改了名字,把姓改成了"钱"。内心有些兴奋的宣本荣立刻回到自己的办公位开始回信。

没过几天,当收到回信的钱英拆开手中的信封时,手指有一点颤抖,心跳也有些加速。不知道这个两年没有联系的好朋友,会在信里写些什么。这两年,她在后勤处当护士,认识了一些朋友,但没有太多深交。她时不时还是会想念当年村里无话不谈的宣本荣。其间,组织上也经常提到要帮她解决个人问题,把她介绍给一些干部,均被她一一拒绝。她固执得跟小时候一样,自己不喜欢的一概不要。

随着两人越来越频繁的通信，宣本荣当时的领导也注意到了这一情况，并说："既然你有了一个对象，那干脆把她调过来不就完了？"随即便与后勤部联系，将钱英调往诸暨，也就是宣本荣工作的地方。两人相聚。不久后，两人又均被调往杭州学习。

1953 年的杭州，西湖还没有这么大，北山路上也没有这么多咖啡店和酒吧，更没有热闹的西湖歌舞和 20 国领导人。一切都是这么朴素。平房，平静，平淡，两个人，一床被子，几颗花生，宣本荣和钱英就在西湖边的单位宿舍结婚了。

原本寡淡的日子正有起色，两人均被组织派去党校学习时，一场肃清暗藏反革命分子的政治运动在全国展开。宣本荣被审查，组织上派人 24 小时跟着他。他交代了自己去连云港工作的经历，也叙述了当时拍电报与台湾、青岛联系的细节。组织决定将他关进看守所，进一步隔离审查。次年，当他从看守所出来时，他们的孩子已经 6 个月大。本以为这次审查已经结束的他，在某天突然接到一个消息，自己被开除党籍。

莫名其妙地被开除党籍，爷爷宣本荣到今天仍然无法释怀。

他指着当时在杭州工作学习的照片给我看，"我旁边这个好朋友，后来成了浙江省省长"。而他经过那次肃反运动后，政治生命便结束了，跟这些好朋友再也没联系过。多年之后，有一位老同志向他讲述了当年的情况。据说当时领导觉得这件事实在搞不清楚，谁也不知道他在连云港时期除了自己交代的，还有没有其他情况。为了省事，他们做出了开除党籍的决定，并将他调到富阳市工作。

3.溯江而上

1962 年 6 月,西湖边的柳树正是青葱,南风夹杂着湖水的气味扑面而来,温润潮湿。北山路上的一间小房子里有些热闹,钱英正麻利地收拾行囊。大儿子和二儿子正在一边跑来跑去,她一边斥责两个小家伙不要捣乱,一边将行囊装上三轮车;门外,宣本荣手里抱着最小的三儿子,正在和三轮车夫讲价。因为宣本荣在几年前被调往富阳工作,钱英也主动申请调动。今天,他们一家五口要沿江而上,搬去富阳市。

钱塘江位于富春江的下游,从杭州到富阳溯江而上有 60 多公里,沿途风景秀美。古诗有载:"风烟俱净,天山共色……奇山异水,天下独绝。"两夫妻踏上富阳的那一刹那,内心有些忐忑,他们即将要在一个陌生的地方重新开始生活,未来会怎么样谁也不清楚。那时候也没人知道,他们的余生将在这里度过。对于几个孩子来说,新鲜感很快战胜了对新环境的不适。新地方看起来也挺有意思,生活在一阵小小的嘈杂过后,渐渐恢复了平静。

但两年后的一纸调令,又将钱英派往了新登镇。那个时候,在两人眼中,工作显然更为重要。钱英带着小儿子搬到了新登,宣本荣则带着两个年长的儿子继续留在富阳。但分开时谁也没想到,一场持续了十年的疾风骤雨即将到来。

"咚咚咚",巨大的敲门声夹杂着人群的吵闹声,吵醒了正在睡梦中的钱英。小儿子也被惊醒,他看着妈妈穿上衣服,来人"客客气气"请她出门。随着门关上,屋内又陷入平静,不明真相的小儿子像前几天一样,战战兢兢地等待母亲后半夜归来。

这是钱英来到新登的第二年,也是"文化大革命"爆发的第一年。作为镇长，她因为肃反期间被隔离审查以及当年和哥哥曾经参加过国民党等原因，每晚都要被批斗。白天在办公室上班，晚上就要去修路、游街。不久后，大规模的武斗爆发，更是将新登与富阳的道路隔断。她和小儿子与家人失去了联系。这期间，她亲眼看见自己的同事被人从高高的台上摔下来，脑浆迸裂。而在富阳的宣本荣，也因为林业局职工的身份，被群众带到学校批斗。红卫兵肆无忌惮地冲到家中，把他的藏书收缴一空。所幸的是，两人在这次运动中没有受到太大的人身伤害，挨过了斗争最激烈的那几年。

据奶奶钱英回忆，因为"表现良好"，批斗也批斗不出什么新花样，她在70年代初被调回富阳丝厂。本以为可以和家人团聚，但就在"文化大革命"即将结束的前夕，周恩来总理逝世。因为建议召开周总理追悼大会，奶奶又被组织隔离，其间连见自己的家人都要提前申请。直到1978年，奶奶才回到家里安定下来，爷爷宣本荣也恢复了党籍，此时他们最小的孩子已经年满18周岁。

4. 余生

生活中，奶奶钱英总是比爷爷宣本荣强硬，每次都是奶奶说话爷爷听着。这与他们小时候的相处情形截然相反。爷爷最大的乐趣依然是收藏书籍，满屋子的马克思列宁主义、毛泽东思想、邓小平传、周恩来传。他的书柜中，还依然留有那个年代的余温。相比于爷爷，奶奶身体要弱一些，常常感冒，每次都会引发哮喘，家里总是备有大量的药品。奶奶70岁的时候被摩托车撞断了腿，当时可是真的断成了两截。不过打上钢钉后，她一瘸一拐又走了十几年。

2014 年年底,脑中风让奶奶的左半边彻底瘫痪。检查结果不容乐观。心脏边上有个瘤子,不能做手术,只能在医院观察。我去医院看望她时,她嘴里总是在念叨:"你们不要骗我了,我这次是不是挺不过去了?"这个时候总有人恼她瞎说。爷爷在一边不作声,嘴里嘀咕了一句:"胡说八道。"

爷爷曾悄悄对我说,他们两夫妻,从来没有甜言蜜语,也没有什么柔情似水,更多的是陪伴而已。有时候我觉得他们两个更像是一对小朋友。采访爷爷时,奶奶会放下做了一半的晚饭,偷偷跑来透过门缝偷听,在被我发现后还会强调"我就是来看一看你们顺不顺利"。

2016 年,他们已经 89 岁。奶奶也已经在病床上躺了近两年,左手慢慢恢复了一点知觉。虽然晚上还是会做噩梦,有故人来探病时每次都会忍不住流眼泪,嘴里吐着含糊不清的词句,但她的状态已经比刚入院时好了很多。有一次电话里母亲说:"你奶奶现在状态比之前好了许多,又开始指手画脚,指挥三个孩子做这个做那个。当年最烦这点,可现在看看,显得有点可爱。"

我知道奶奶在病床上一直做着心理斗争。她看似坚强,但真正面对疾病,内心还是胆怯。这么多年来,无论是流言蜚语还是政治运动,她的固执总能让她挺过眼前的难关。虽然也有害怕,但每次爷爷的陪伴都会让她宽心不少。至于爷爷,他话不多,只是两年来每天雷打不动地到医院陪奶奶吃晚饭。

2015 年年初,富阳市划入了杭州,成了富阳区,老两口又一次成了杭州人。2016 年,杭州迎来了一次全球瞩目的 G20 峰会。离北山路不远,就是 G20 晚会的水上舞台。当年他们住过的老房子已经成了景点的一部分。那一晚,西湖歌舞不曾休,电视里一片繁荣昌盛,人人脸上都洋溢着幸福的笑容。

故事背后的故事

宣霁祐的爷爷奶奶，曾是一对青梅竹马的恋人。近一个世纪的相依相伴，共同经历人生中的跌宕起伏，成就彼此，成为彼此的血液和氧气。这，就是普通但是最真实的爱情和人生。

我们采访过的很多老人，在短短的几年之内，他们或者生病住院，或者无法再流利表达。而这些纪录片，就成了对他们一生最珍贵的记录。而且，更有意义的是，是由他们最亲爱的孙子孙女们，为他们留下的纪念。

有人说，人的一生要经过两次死亡。一次是肉体的消逝，这是每个人的必经之路；另外一次，就是在这个世界上，你的名字，你的故事，再也不会有人提及和想起，像尘埃一样消失在茫茫宇宙中。

我们"族印·家庭相册"的口号是：他们在遗忘前讲述，我们在失去前记录。记下家族的历史，能够让我们找到曾经塑造我们的根，让我们和我们的后代，记得生我们养我们的先人。

正如宣霁祐所说，面对天天生活在一起的亲人，我们不能"除了泡面和鸡爪，大家对彼此几乎一无所知"。

浮生路

文/汪媛媛

文摘

　　这故事讲到最后,依然无法给出一个详尽的答案或者判断。他们的人生无法用"对"和"错"来定论,只是做出的选择不同罢了。

序

　　外公的老家,在湖北一个叫华容的小县城。华容和武汉市隔江相望,面积还不如武汉的一个区大。外公家一共有九个孩子,外公在兄弟中排第四,上面有三个姐姐和三个哥哥,下面还有两个弟弟。从我有记忆开始,外公的大哥便已患上了失智症,整日都昏睡在床,靠家中最小的弟弟贴身照顾。只有逢年过节时,他才会被人扶起来,同大家吃餐饭,偶尔也能清醒地和身边人说一两句话。除了几位早逝的亲人,每年我们都会一一拜访外公还健在的兄弟姊妹。但我真的不知道,原来外公还有一个从来没人提起过的"三哥"。

之所以没人提起,是因为这位"三哥"早已与家中断绝关系几十年。在母亲口中,他更是一位不顾血脉亲缘,"自私自利"的人。而这一切,都要从外公大哥被打成"反革命"说起。

因为好奇,我向长辈们询问起这段往事,作为旁观者记录下他们各自的讲述。但是到最后,依然无法形成一个详尽的答案或者判断。或许他们的人生已经无法用"对"和"错"来定论,只是做出的选择不同罢了。

1.弃笔从戎的选择

外公经常说,他的大哥(我称呼他为"大爹")是家中的"麻烦制造者"。作为家中的长子,大爹名义上虽然过继给了叔父家,但实际上读书、结婚都由自己父亲一手操办。从小念私塾,后来又去武汉念书。念书期间正值武汉沦陷,大爹和同学在路上不知如何与日本兵发生了冲突,被狠狠地打了一顿。这之后,大爹便一心想要从军参加抗日,之后便考入了国民党中央军官学校。毕业后他进入戴笠的军统特训班,后调去东北锦州警备司令部,做了份文职工作。外公曾看到他摄于沈阳的照片,背面写着"举目无亲"四个小字。

解放战争期间,大爹随着部队一路由沈阳败退到上海前线。部队规定,营级以下人员集体乘船到台湾,对营级以上的干部则发放路费,由其自行前往台湾。那时大爹并没有选择跟着部队及时撤退。大爹在武汉读书期间,曾很受葛店高中的创办人张老师的器重,和张老师的大女儿也彼此欣赏爱慕。但当时他在华容老家已有一位父母包办婚姻的原配妻子。国民党战败后,他没有立即退往台湾，而是从上海回到老家，想要带着张家大姐一起走。可是回到老家后，张家大姐劝他一起去报考设立在新洲仓埠的革命大学，投靠共产党；而家中的父亲则要求他带着原配妻子前往台湾……这样一来，大爹便被拖住脚步留在了老家。在父母的施压下，他和原配妻子和好，还生下了长子，取名正光。

内战结束，大爹留在了大陆。平静的日子没过多久，镇压反革命的风暴便席卷而来。大爹很快被抓进监狱，判了死刑。外公时常能清楚地回忆起大爹被抓的那天晚上，村里的干部们在农会主任家中开会，外公当时还小，躲在门外偷听。那天正好是他们小学校长夏元被枪毙的日子，外公听到会议中有人提议："西房的夏元已经毙了，那东房是不是应该也毙一个？夏奇（大爹）是不是也应该枪毙？"外公听到这儿，立马赶回家报信。家里的女人痛哭不已，太外公和二爹则沉痛地开始商量着如何拆掉家中门板打一口棺材，准备收尸。万幸的是，到了第二天居然平安无事。大爹的死刑也改判成死缓，后来又改成无期徒刑，大爹被送往沙洋农场劳动改造。直到"文革"前夕，因为患上了肺结核，大爹被假释回家养病，一直与家中最小的弟弟（六爹）生活在一起。

2. 悲剧的开始

大爹被抓，家中的厄运却还只是刚刚开始。家里出了个"反革命"，全家很快成为全村人的批斗对象。从他的父亲到他的兄弟姐妹，可以说家中的每一个人都遭到了牵连。

外公家原本是个典型的自给自足的小农家庭。种粮、养蚕、养蜂，一切生活物资都靠自己生产。他们的父亲虽然文化程度不高，但是非常勤劳肯干，而且见多识广，很有商业头脑。除了务农之外,还做起了废旧回收、以物换物的小生意。后来辗转开始收购起棉花,开了一家"平安花庄"的商铺,正儿八经地做起了棉花生意。

太外公一个人承担起了所有的工作,体力负担相当繁重。虽说收入有了保障,但家里的生活没有太大的改善。他们好不容易赚到的一点钱都用来买田置地,慢慢田地多了,自己人种不来,便请了几位长工,而这也为日后的悲剧埋下了隐患。太外公一生老实本分,受到打击往往都选择委曲求全。外公至今还记得家中门上贴着的对联上写着:"不是孝悌友恭更有何事可乐,只此谦和融睦自然到处皆春。"太外公性子软弱,但在子女教育一事上却有少见的固执。在他的坚持下,家中兄妹九人都曾受过教育,虽然程度不一,但在当时是非常少见的。

太姥姥完全没受过文化教育,但对封建社会的"三从四德"熟记于心,而且身体力行。外公说她是位克勤克俭的贤妻良母。她有一双灵巧的手,烧茶做饭、纺纱织布、缫丝取蜜、绣花裁衣样样在行。全家人的吃喝穿戴她都料理得无微不至,一天到晚忙得不亦乐乎。太姥姥的宽厚善良更是在关键时刻让她幸免于难。"土改"后期,村中的干部发动家里的长工批斗太姥姥,长工说:"她待我像待亲儿子一样,没有什么可说的。"外公回忆道,小时母亲每天早晨做饭,总是炒两碗油饭,给家中务农的二哥和长工每人一碗,其他人只能喝粥,"母亲只说他们做的活辛苦些。父亲也都没有意见,谁还敢说话"。

请长工,再加上出租部分田地,这两样在土地改革时被称作"剥削"。最初,外公家根据"剥削"收入的核算结果仅被划分成富裕中农,可以逃过一劫。但大爹被抓后,乡民的情绪似乎被点燃,冲到家中绑走了太外公,将他吊起来直到他求饶,强迫他认下自己"反动富农"的身份。就这样，太外公和二爹，原本是地道勤恳的农民，却成了管制的对象、阶级敌人。他们每天不知何时就会被绑去批斗，挨打挨骂，受冻挨饿，家中更是被抄了无数次。所有值钱的物件都被搬走没收，搬不走的就地毁坏，就连家中的书籍都被烧为灰烬。唯一遗存下来的是一本字典，在之后困苦的日子里，它始终放在大爹的枕边，被翻到快要散架。

外公的三姐那时初中还未毕业，辍学后便参加了教育工作。1957 年的"大鸣大放"期间，她满心以为可以提意见、改进工作，于是在别人的邀请下，在教师大会上为家里父亲被打为"反动富农"的事情鸣冤叫屈。外公回忆道，头一天大会主持人还给她斟茶倒水，鼓励她继续发言；第二天大字报便铺天盖地向她袭来，说她为反动的剥削阶级翻案，最终给她安上了一个"极右"的罪名，开除了教师籍，罚回农村劳动改造。而就在改造的几年间，她的腿落下了终身病痛，现在已是半瘫痪在床。

至此，外公一家可以说是彻底戴上了"黑五类"的帽子。1959 年的暑假期间，外公回到家中，听说小学时的一位同学因家庭成分的问题没有升学，在生产队放鸭子。有天晚上，村里干部们开完会，肚子饿了，就跑到他的鸭圈里偷了两只鸭子加餐。第二天，这些干部又装模作样地去检查生产，清点鸭子，发现少了两只，便说是外公的同学自己偷吃了，逼他加倍赔偿。外公得知这事后，愤懑不已，以笔名将这件事写成通讯，投稿给了当时的乡镇日报，狠狠地骂了这些干部。文章当然没有发表成功，被退回到了村里，因为找不到具体的收件人，被别人拆开了信封，还被同学认出了笔迹。于是外公不仅被要求做深刻检讨，在当时的暑期劳动鉴定中还被写道："劳动表现不错，但做了反动富农的尾巴。"第二年，外公高考结束，一心想要上大学的他对自己的成绩满怀信心，却迎来了对他家庭出身的社会调查。当时他所在的黄冈中学是知名的学府,而他的成绩向来名列前茅,原以为大学保送都不是问题,最后却被告知自己的学籍档案上盖上了"不宜录取"的绿条章,彻底破了他的大学梦,定了他一生的命运。直到今天,外公对此仍旧耿耿于怀,没能上大学成了他一生的遗憾。

而大爹的长子正光,不幸在极度困苦的境况下得了急性脑膜炎,紧接着,另外两个侄儿也相继染上这病。那时家中每天药气冲天,天井四角的蜜蜂也被熏跑了。家中的女人成天以泪洗面,最终还是挡不住大爹长子正光和三爹长子汇海相继夭折,家中悲惨凄凉的光景可想而知。丈夫被判死缓,儿子也没了,大爹的妻子在家人的劝说下远嫁他乡。

原本富足的家庭,随着大爹的被抓,一夕之间分崩离析,家中变得一贫如洗。批斗中的体罚和谩骂更是持续了多年,太外公也落下病根,一生困苦。外公还记得,在他快高中毕业那一年,父亲来到学校看望他,外公从学校打了两份饭菜,告诉父亲自己已在学校吃过,父亲一个人将两份饭菜全都吃光了,口里不断念叨:"今天总算吃了个饱。"

3. 骨肉离别

相较于逆来顺受的太外公和优柔寡断的大爹,外公对他三哥的评价是"非常具有造反精神"。三爹当年读书的费用全是大爹资助的,但因为大爹给钱很不及时,三爹很是不满。在大爹落难后,三爹常常故意跟他针锋相对,大概是想要出了当年的怨气。但无论如何,三爹是家中唯一完成了大学学业的人。解放初期,家中四个在校生都因为成分不好而纷纷辍学在家务农,只有这位三爹没停学，坚持继续读书，而且积极鼓励外公他们复学。三爹原经父母包办结婚，先后有了两个小孩，后来长子感染脑膜炎早夭。毕业后，三爹参加了工作，并且不顾家中的反对，毅然决然地与包办婚姻的妻子离了婚。

在老家，我曾问起六爹对这位三爹的印象，他向我回忆起那年三爹由武汉回家，指着父亲说他是"反动富农"，为此他对三爹大动肝火，两兄弟从白天一直吵到晚上。

1952 年，大爹被打成"反革命"，父亲被扣上"反动富农"的帽子，而那时正值三爹刚刚参加工作不久。为了免受牵连，他远赴广东，将年幼的儿子留给自己的老母亲照看，自己则与家中彻底断绝了任何联络。直到三十几年后，1984 年，他才与家中恢复通信，外公在收到他的第一封信后，只身一人前往广州，寻到信中的地址，见到了离家多年的哥哥。

关于三爹离家的原因，我多次向家里人询问，得到的解释无非是"断绝关系，划清界限"。为了探究清楚，我和妈妈带着外公，从湖北来到广州，见到了他的三哥。在外公上楼前，楼道中走出一位老人。他和外公迎面相遇，看向对方的眼神充满困惑和陌生。直到外公惊诧一声，他们才认出彼此，两只手紧紧拉住。

见到多年未见的三哥，外公的情绪难以平静。在两人聊了半小时的家中近况后，我忍不住问三爹，当年为什么会离家那么多年，又是为什么完全与家中断绝联络？"革命界限、阶级界限划都划不清，躲都躲不及，我还回去？我回去有什么用啊！"三爹的一句话让我措手不及。没有我想象中的遮掩和粉饰，而是理所当然地承认这在我看来似乎"不太光彩"的理由。

紧接着三爹又说道："我们这样的家庭出身，（如果）你是领导你都会考虑的啊，你敢不敢把我们当工农干部来用？所以也不能怪领导,不能怪组织。杀亲之仇啊,在旧社会来讲,就是不共戴天之仇。你哥哥都判死刑缓期了,还能信你一心一意吗?虽然你觉悟高,认为他(大爹)是罪有应得,但是人家不相信,怎么讲你们也还是亲属,怎么都是断了骨头连着筋的啊。"

在三爹的眼中,大爹深受国民党的蛊惑,战败后一心等蒋介石回来,等国民党回来,始终认为国民党有成功的一天。直到今天,三爹谈起自己的这位哥哥,依旧不赞同地摇头叹息。三爹说,在他参加干部学校的第一年,《毛泽东选集》刚开始出版,他特意寄了一本给家中的大爹,希望他能够进步。但是没有用,在他看来,大爹早已被"洗脑"了。

虽说离家多年,三爹近几年还会定期往家中寄钱给大爹,算是一份心意。三爹说:"现在对他(大爹)好,一个是他已经改造好了,做了个好好的老百姓;另一方面,我们兄弟一场,既然他这么困难,当然要好好关照。连社会上的鳏寡孤独我们都要关照,你自己的兄弟鳏寡孤独也应该照顾。"

"那你至今也没有回老家探望过,和大爹有关吗?"我问他。

"不是。划清界限是说从政治上划清界限,不是说这个哥哥我就不认了,更何况他现在已经改造好了,那我还有什么必要再计较呢?没必要,没有必要。"他答。

聊起这些往事,三爹在我眼中仿佛仍然是当年那个斗志昂扬、信仰坚定的年轻人。哪怕几十年过去,某些根深蒂固的想法依旧没有改变。外公对于这位哥哥并没有任何怨怼或指责,在外公心里,他依旧念着当年三爹在家境艰难时自己都吃不饱,还要用仅有的一点工资资助他完成高中学业的恩情。而且,他与大学失之交臂更让他多了一份对三爹的愧疚。

当年那个被三爹留在老家的幼子,虽然后来也赴广州和父亲团聚过,但至今没有多少来往,关系很是冷淡。对于三爹当年的选择,我没有办法继续追问下去,在那个复杂动荡的社会环境中,时代对个人命运的裹挟有太多我无法去真正理解的无可奈何。

三爹开了一瓶珍藏多年的茅台酒来招待外公,两兄弟都有高血压,平时不能喝太多酒,可这餐谁也没有在旁阻止,没有打断他们聊天的兴致,大概正如三爹喝醉后反复冲外公念叨的那样:"这大概是我们最后一次见面了吧,最后一次啦……"

4.浮生若梦

我跟着外公也回到了湖北华容的老家,拜访今年已经 93 岁的大爹。自服刑期间患上肺结核保外就医后,正值壮年的大爹变成了肩不能扛手不能提的羸弱之人,长期卧床,只能依赖父母和兄弟的照顾,不仅无法为家里提供劳动力,反而成了亲人极大的负担。父母逝世后,其他兄弟姊妹分散各地,全靠家中的六爹毫无怨言地照顾了他三十几年。

这次回家,六爹告诉我们,大爹已经在床上躺了一个星期没有坐起来过,身体状况越来越差,胃口也不好。可就在外公站到大爹的床前时,他却睁开了眼睛,还在外公的搀扶下坐了起来,换好了衣服,抽了根外公递去的烟。待老人家精神好了些,我问他当年参军的故事。虽然年岁已大又有些老年痴呆,但他回答起我的问题却很清醒。

"大爹当年有没有上战场?"

"没有,我是当幕僚的,不用打仗。"

"当时入了国民党吗? 为什么?"

（三爹）他还好
He is good.

"入了。那就是个梯子,你想要往上爬,你就要参加。非参加不可。没有哪个不参加的。"

"那你现在对共产党的看法呢?"

"现在我们不关心这些事,现在就是老百姓。没死就是最好的了。"

"现在共产党对你好啊,给你饭吃啊!"外公在一旁说道。

大爹听到,点点头:"共产党对我还是好,要是不好不就枪毙了嘛。"

我想要继续追问当年的细节,大爹摇摇头告诉我记不太清了。而问起三爹离家多年的原因,他只是沉默地抽着手里的烟,并不正面回答。

相对于热血的三爹,大爹在我面前更是一位饱经沧桑的老者。在遭遇了太多的苦难过后,他对一切都变得不那么计较,也不太需要别人的理解,最后只剩下沉默。只是,在听见外公说起前往广州拜访三爹时,他突然问了句:"他还好吗,现在估计变矮了吧?"

故事背后的故事

汪媛媛创作的纪录片的名字是《革命和反革命》,讲述的就是她的大爹和三爹的故事。大爹是因为早年参加国民党而入狱的"反革命",三爹则是为此和家里断绝关系多年的"革命者",坚定的布尔什维克。

我们的很多学生在做纪录片的时候,都想找到一个答案——比如关于人生的,关于世界的,关于历史的,但是并不能如愿。大爹和三爹的人生，看过，也是只有唏嘘，没有办法判断谁对谁错。

大爹在拍摄纪录片不久后去世，享年 94 岁。他的晚年虽一直在床上度过，但吃穿不愁，也多亏了他的弟弟和家人的悉心照料，没吃太多苦头。在他的葬礼上，按照当地乡风习俗是要唱悼词的，唱的往往是逝者一生的经历。但他的葬礼省略了这个环节，因为主持人不敢也不知道该怎样去讲述和评价他的一生。看着那位躺在草席上的老人家，仿佛他这 90 多年白来这世上走了一遭。

而汪媛媛的这部纪录片，大概是唯一可以为他留下的一点东西了。

三爹对于和家人长期的疏离，似乎并没有悔恨，而家人也并没有太多的责怪。似乎大家都已达成共识，在普通人无法逆转的大历史中，个人的命运是微小尘埃。

这，就是浮生路。

我们的信仰

文/刘　茜

文摘

　　三毛在《当三毛还是二毛的时候》里说，每个充满灵性的孩子都会因为过度追求生命的意义而得不到解脱，于是一份不可轻视的哀伤便会占据他日后的大多数时光，甚至使他永远得不到解脱。就像三毛说的，我常常因为过分执着而受伤，在长达十几年的时间里，我都是在这种难以言喻的纠结和哀伤中度过的。

序

　　我要讲的是信仰这个主题，关于爷爷、爸爸和我的故事。拍摄《我们的信仰》这部纪录片是一个契机，让我重新理解和认识我的家人。

　　老实说，我觉得爷爷是一个"被笼子困住的人"，因此才会那么笃定地顽固地坚持自己的信仰。我的爸爸是一个"被时代抛弃的人"，他是麻木的、盲目的。而我，则是一个"自由的人"。

1. 以前的家

从前我是不喜欢我们家的。

我们家指的是同爷爷奶奶以及爸爸妈妈一起生活的家。那是一栋很大的房子，加上前后院，大概有 400 多平方米。门前有一条水巷，通向我家乡的主要河流——浠水河，浠水是长江的一条支流。

湖北省浠水县是我故乡的名字，她名字的由来便是这条浠水河。水巷的一边是一条细细长长的湖堤，两侧长着笔直而高耸的杉树，湖堤的一侧是一个很大的湖泊，叫皂里湖，湖泊里还有两个小岛。湖的另一侧是小小的山坡。

我们家在县城里。自懂事起，我就住在那栋大房子里了。回忆里那栋房子很美，也的确很美。最早的时候，院子里有竹子，夏天爸爸还会下到水巷里抓鱼。后来我们种了很多果树，像橘子树、石榴树、枇杷树、栗子树，还有梅花树、铁树、松柏等等，奶奶种了很多花花草草，百合、月季、夜来香、菊花、太阳花、映山红、迎春花……一年四季花香不断，墙边有爬山虎，墙角有鱼腥草，墙头还有垂下的蔷薇。夏天的晚饭后我们会去湖堤上散步，踩在厚厚的树叶上，软软的。那会儿有好多蜻蜓，扑蜻蜓是我夏天的主要活动。湖北的湖泊里大多会种藕，这片湖也不例外。除了四五栋围着湖泊的大房子，周围都是藕田。夏天的时候满是荷叶和荷花，我每天都要去折好几支，做帽子，做衣服，做裙子。

更久远的事情我已经记不太清了，大概都是快乐的，但这一切都在我 5 岁之前。那个时候，大伯还在。5 岁之前，爷爷、奶奶、大伯（大爸爸）、大伯母（大妈妈）、堂哥、爸爸、妈妈和我一起住在那栋大房子里，一切的转折都在大伯去世。

那是一个冬天，快过年了。有一天妈妈突然回家问我，你相不相信大爸爸要死了？我说我不信，因为只有老人才会死，大爸爸还年轻。那天家里只有爷爷、奶奶、妈妈和我。我在家里转悠着玩，奶奶躺在床上哭喊，爷爷在客厅里抹眼泪，妈妈在卧室抹眼泪。那个时候我还小，不懂什么是死。只记得后来家里人突然很多，奶奶躺在床上，传来撕心裂肺的哭声。还有医生和护士，大概是给奶奶打针，家里弥漫着医院药水的味道。后来有一天晚上家里所有亲人都出现了，大妈妈一直哭着下跪叫着大爸爸的名字，说"我对不起你"。

大爸爸、大妈妈的房里多了一个盒子，上面有大爸爸的照片。堂哥跟我说，以后你大爸爸就住在这里了。我还天真地说：这不可能，大爸爸那么大一个人，怎么住得下这么小的盒子？所有人都是伤心的，只有我是懵懂的。我还收集了沾血的棉花球和棉签，是医生、护士留下的，要跟堂哥玩医生病人的游戏。我有一套玩具医疗箱，常常和堂哥玩医生病人的游戏。后来大爸爸回老家安葬，我也当是回老家游玩，大人叫磕头就磕头，根本不知道发生了什么事。安葬完大爸爸，大妈妈和堂哥就跟着娘家兄弟走了，搬回了娘家，从此堂哥只有寒暑假才会回来。

大家都说大爸爸是意外死亡。在大妈妈的娘家，他喝醉了酒从楼上摔下来摔死的，所以爷爷奶奶非常痛恨大妈妈的娘家人，也非常痛恨大妈妈，认为是他们害死了自己的儿子。关于他的死因，我们家人缄口不提。后来慢慢长大我才知道，大爸爸做生意资金周转出了点问题，导致他最终走上了绝路。

那时他开了一家大酒楼，由于赊账比较多，到了年终，资金周转不灵。年关将近，天天都有人上门讨债，他没法付清供应商的欠款。这激怒了我的爷爷。我的爷爷退休前一直都是行政干部，他非常看不起经商的人。大爸爸从行政单位辞职下海经商，他非常生气并且反对。而这些络绎不绝前来讨债的人，更是彻底激怒了他，他认为儿子这是自毁前程，是没用的表现。

早些时候我的爷爷是个脾气非常暴躁的人，他在家里大骂大爸爸。面对前来讨债的人，以及家中长辈的责难，大妈妈的心情也非常不好，她一气之下回了娘家。于是在春节前夕，大爸爸去大妈妈的娘家找她。听说大妈妈闹着要离婚，大爸爸喝醉了酒，说"你要离婚我就从楼上跳下去"。大妈妈没想到他会真跳，赌气说"你跳啊"，大爸爸就从楼上跳了下去，送到医院后不治身亡。

从那之后爷爷奶奶就非常小心，尤其不喜欢我出门。每次我出门都要跟着我，把我送到目的地再回来。如果我说出门买个东西，超过十分钟没有回家，奶奶就会出门找我。记得有一次周末我出门买零食，遇到小伙伴就一块儿玩去了，回到家里已经是晚饭时分。爷爷奶奶在大门口等我，满脸忧愁。爷爷责怪我说奶奶找了我很久。对于他们而言，这是爱的表现。可是这对于一个小孩子而言，是巨大的负担。在这种家庭氛围下，我变成了一个不出门的宅女。这个习惯一直保持到我大学毕业甚至去香港读博士之后。

无论我怎么表示，即使我已经走南闯北独自出国旅行多次，回到家出门去奶奶还是一定会送我，对于这一点，我外婆都表示不可思议。奶奶一个80多岁的老人家送我出门然后再自己折返，其实更会让人担心，但是我无可奈何。就是这种不放心、不安心，以爱之名的束缚，让我非常不喜欢我家。我觉得在家里待着非常压抑。因此，上高中的时候，我就提出要去可住宿的学校就读。跟别的孩子不同，很多孩子都非常恋家，但是我一点儿都不，我觉得自己一个人在外面非常自由自在,非常开心。

爷爷奶奶对待我爸爸更是"变本加厉"。如果爸爸下班后没有按时回家,爷爷奶奶就会给他打电话。这对于一个中年男人来说也是巨大的负担。爸爸是做销售的,下班后难免有些应酬,如果回家太晚,爷爷奶奶就会不停打电话。对于这一点,爸爸也非常厌烦,但是没有办法。

在这一点上,其实我非常同情我的爸爸,也非常感激他。他与我的交流不多,曾经有一次他喝了点小酒后对我说:"你不要怪爸爸不管你,你妈老喜欢对你管七管八,我常常对她说,孩子大了,有自己的想法,你爷爷奶奶就是管得太多,你也知道。所以我对你就是放养,给你自由,想干吗干吗。"

2.我的爷爷

我的爷爷是一家之主,他是一个很严厉的人。全家人都怕他,都被他骂过,包括我堂哥。但唯独对我,他非常温柔,从来没有呵斥过。爷爷是一个坚定的马克思主义信仰者。我们家在长江边,爷爷的父亲是造船的工匠,挣了点钱,就送爷爷去读书。爷爷先念了四年私塾,后来又念了小学和中学。他的记忆力特别好,据说新闻联播里报的上百人的人名和职位,他听过一次就能全都记得。他年轻的时候是我们那儿的风云人物,二十出头就当上了银行的主任。抗美援朝时期他报名去前线,被县里给拦了下来,因为要培养他做储备干部。他一直做到我们县第一大区的区委书记,副县级,县委会成员,也是县委书记的接班人。

这时候,"文革"爆发了。他被打倒关进了监狱,据说被关了7年,"文革"后才放出来。我问起过他这段往事,他不愿意提起。

家里人老说他脾气不好是经历了"文革"的缘故。他在监狱里吃了苦头,挨了打,头部也受过伤。我采访他的时候,他没提监狱里的事,只说是接受组织上的调查,后来调查清楚没有事,就被放了出来。他被划为右派,所以"文革"后被降职任用,永不提干,被安排到县茶叶公司当总经理。我问他为什么站右派,他说他并没有。他当时是当权者,做区委书记,并没有站队。有一个偏右的同事因为家里成分不好被批斗成资产阶级,他帮人说了几句话,于是就被定性为右派打倒了。他说他的初衷是觉得不能按照出身来评判一个人,无论是什么出身的人,只要他好好工作,都是好人。

自我有记忆以来,爷爷奶奶就已经退休在家。也是因为"文革"的缘故,爷爷没能享受离休待遇,退休后的日子也并不安宁。由于爷爷是县企退休,后来企业效益不好倒闭了,很多年都发不出退休工资,因此家里的日子过得非常紧巴。但是爷爷奶奶从来没有开口求过谁,只是自己默默承担。我记得曾经有一段时间,奶奶还出去卖茶叶蛋和卤水干子来贴补家用。那个时候实在是太拮据了,家里很少吃鱼和肉,大多是青菜和豆制品。而爷爷的老朋友大多都是离休干部,离休工资非常高。小时候我不懂事,觉得家里的饭菜不好吃,没有外婆家的好吃,我的外公外婆是退休教师,因此我小学和初中都就近去外婆家吃午饭。

爷爷是一个非常严厉的父亲。在我的记忆里,他和他的每一个子女都吵过架。近几年,他年纪大了,也是在奶奶去世以后,他的性格越来越随和。当然这也是因为他的耳朵渐渐不大听得见,人也越来越糊涂。他一直保持着良好的生活习惯,早上5点起床做操,活动筋骨,8点吃早饭。跟别的老人不同,爷爷从来不出门遛弯儿,他从来都是自己在家里待着。奶奶过世之前也是这样,

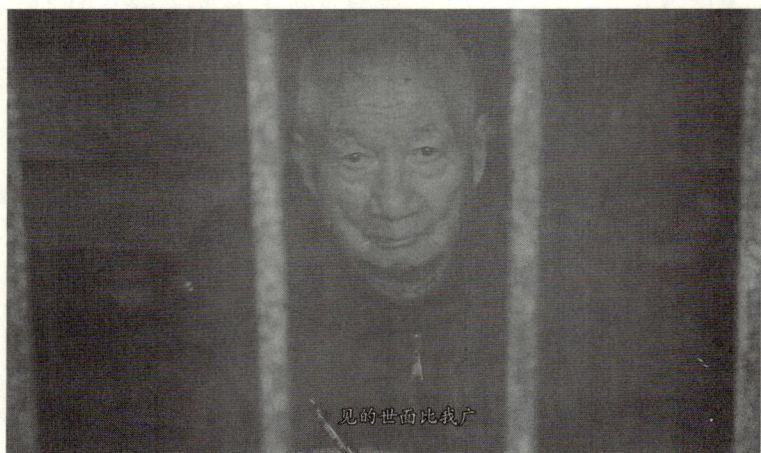

见的世面比我广

从来都是奶奶出门买菜遛弯儿,爷爷在家里等她。哪怕是走步子,他也不去门口的湖边走,而是在院子里来来回回。

不久前我回家过中秋节,早上爸爸妈妈都去上班了,我听到有人在敲围墙大门,敲了很久。爷爷耳朵不好,大概是没有听见。于是我起身来,走出去看到底是谁在敲门,刚好这时爷爷也听到敲门声走到了门边。原来是一个尼姑来化缘,她看到爷爷便说:"老爷爷,我是来化缘的,我这里有佛经和香,你买一点吧。"当时四下没有别人,我从二楼往下看,爷爷并不知道我在。爷爷笑呵呵地对尼姑说:"谢谢你,谢谢你,但我是一名共产党员,我信仰马克思主义,不信鬼神不信佛。我尊重你们的信仰,但是我不信佛,你去别家化吧。"

听到爷爷的回答,我很震惊。做纪录片采访他的时候,他一直在强调自己对信仰的坚定不动摇。他就是坚信自己的信仰,因此无论生活多么艰难,你在他的脸上都看不到迷茫和受苦的神色。他坦然地接受自己的信仰给自己带来的一切,不是因为有所恐惧,也不是为功利。

3. 我的奶奶

奶奶已经去世了,我常常梦见她。她身体一直很好,直到去世前一年脑出血后瘫痪在床。爸爸辞了工作在家里照顾她。爸爸是奶奶最宝贝的小儿子,奶奶生病后,爸爸便全心全意照顾。爷爷奶奶是典型的严父慈母。子女们跟爷爷的关系都不太好,但都跟奶奶非常亲近。奶奶曾经是个一等一的美人。天生肤白如雪,嘴唇红润,80多岁了脸上都难见沟壑。她内心玲珑剔透,什么都看得明明白白,却从不点破。从来只用最和善的言语,说要说的话,绝不多言一句,也不轻言一句。她常常提醒我女孩子要矜持,要三思。她病了之后,我常常想她,也愧疚于自己并不如她想象那般美好。学位是念到了博士,真学问有多少就很难说了。我梦见她痊愈了,我问她:"奶奶你好了?"她摸摸头,笑笑说:"好了,全好了。"所有人都说她是个美人,即使老了,也还是美人。眼睛里像有一汪水,影影昭昭。穿衣搭配行动言语,没见错的。

她是我见过的一个女人最好的样子。纯洁,温柔,坚强,像水一样。听姑姑和爸爸说起,哪怕是在最艰难的时候,奶奶都会把孩子打扮得干干净净、漂漂亮亮的。记得小时候我有一条牛仔裤破了,奶奶给我补了一个树叶形状的补丁,非常好看。她就是这样心灵手巧的人。其实孩子穿的都是旧衣服,打了补丁,但是她打的补丁看起来就像是衣服上的装饰。她特别善于搭配衣服,哪怕是穿了很久也不名贵的衣服,她穿上也都特别有气质。据说她60岁的时候出门买菜,街坊们都说这个婆婆太俏了,比谁家新娶的年轻媳妇还会穿衣服。其实她从来都穿素色的衣服,从来不花里胡哨。奶奶是一个非常有智慧的人。爷爷容易急躁,有一次两人一起择菜,不知道为什么爷爷生气了要把菜都拿去扔掉。奶奶说了一句:你拿去扔掉可以,你把你的一半扔掉,把我的一半留下。当时听完这话爷爷就笑了,气也消了。奶奶也是一个非常周到的人,每次家里有什么好东西,不管多少,她都会平均分成几份,家里的孩子们每人一份。

在我初中的时候,爷爷奶奶已经庆祝过金婚了。在我们小辈的眼里,爷爷奶奶的关系非常好,非常相爱。奶奶喜欢逛街,喜欢到处遛弯儿,因此早早地出去买菜。买不了多少东西,却总要逛上几个小时才回来。听他们聊起过去的事,爷爷被"打倒"的时候,奶奶一个人非常坚强。有人在她面前看我家的笑话,说爷爷的坏话,她会不卑不亢地回应,坚定地表达对爷爷的人品和党性的信心。哪怕是在退休多年以后,说起爷爷当年的工作,她都是非常赞许的口吻。哪怕是跟着爷爷经历了那么多的苦日子,她也没有丝毫怨言,平静地面对生活所给予的一切,让那些想看笑话的人自讨没趣。

奶奶过世之后,我很想她。想起过去那些我对于她的关爱表现出不耐烦不在意的时候,我感到很抱歉。在面临生活困难的时候,我也会想她,想想如果是她,她会怎么应对。她一定会面不改色,默默地坚强地面对一切,用自己的善意和坚韧化解困局。她不是一潭死水,她是眼睛里闪烁着星光的女人。无论生活多么艰难,她都能把生活装点得充满芬芳。从前我们院子里的那些四季不败的花儿,都是奶奶的功劳。花圃的边缘,都被她用花草装点了起来。如今,已经不剩下什么了。

4. 我的爸爸

爸爸是爷爷奶奶的小儿子,也是奶奶最宠爱的儿子。爸爸还在念书的时候,姑姑们都已经参加工作了。那个时候物质匮乏,家里没什么好吃的。大姑父来我们家吃饭,桌子上有一碗鸡蛋汤,大姑姑会嘱咐大姑父,不许动,这是我们家老四的。然后,刚打完篮球的爸爸就风风火火地回来了,把鸡蛋汤一饮而尽。

由于小时候家里的条件相对好些,家里人也比较宠他,爸爸是学校里的捣蛋大王,也是孩子头儿。他很小的时候就开始抽烟和打牌,和他的兄弟们到处玩。反而是当年学校里的"小跟班"们,现在都成了市长、县长、局长,而他却一事无成。家里人常说是奶奶的宠爱害了爸爸,让爸爸一辈子长不大。其实爸爸并没有别的毛病，就是玩心比较重，加上从小没有经济负担，完全没有赚钱养家的概念。他不是读书的材料，没有考上大学。他想去当兵，自己报了名，奶奶害怕孩子吃苦，爷爷就找武装部的朋友直接把他除名了。

他不想再读书，可是爷爷还是坚持送他去读了 3 年中专，结果他又多玩了 3 年。他不想坐办公室当公务员，也不想当老师，于是就进了工厂当工人。参加工作之后，他频频地被换工作。家里人也是为他考虑，每每觉得另一个地方更好，就把爸爸调过去。这样的结果就是爸爸根本无心工作，每次刚到一个地方有点起色，他就又离开了。90 年代后大量国企倒闭，爸爸就这样失去了工作，下岗了。之后爸爸去了朋友的家电城做销售，做得不错。直到奶奶突然脑出血瘫痪，他便辞职在家照顾奶奶，也是报答奶奶这么多年对他的疼爱。奶奶去世后，他这个年纪再去找工作也不容易了，便帮着妈妈打理生意、送货，照顾爷爷。

我曾经觉得爸爸是一个没有信仰的人，一个盲目的人。小时候，我觉得他是一个不负责任的男人，不好好挣钱养家，让家人担心。长大后，我渐渐开始理解他。身处于这样一个变动的时代，又受到来自家庭有形和无形的羁绊，人到中年一事无成，人生巨大的落差带来的痛苦，可想而知，他只能把自己埋葬在游戏和酒精里。

其实爸爸很适合做销售，并不是没有经商的头脑。但是年轻时家里有严厉的父亲反对从商，要他去当工人，觉得做工人最光荣；再加上后来大爸爸的生意状况给他的打击。其实大爸爸的生意也不能算是失败，当时酒楼生意不错，只是赊账太多，一时周转不过来也是正常；需要支付的欠款并不是很多，如果家里人能一起想办法支持他，也许结果会完全不同。我的妈妈经商多年，没挣什么大钱,只能糊口。当年生意正旺的时候,爸爸也曾建议说买商铺,可是妈妈非常保守,而且家里的经济大权都在妈妈手上,没有买成。结果后来商铺的价格在短短几年内成倍增长。而爸爸的朋友们,都借着商业的浪潮成了县里的大老板。比如家电城的老板是爸爸的发小,当时他以非常低的价格贷款买下了县里的百货公司。当年不足一百万元的投资,如今光那块地,银行就估值过亿元。

如今,我的爸爸已经远离赌博和酗酒的恶习,只是小酌。每天在家照顾爷爷,打扫庭院,种菜浇水,帮着妈妈打理生意。在经历了那么多不甘心和挫折之后,他的生活终于落到了实处。勤快一点,自己动手,生活就会更美好一些。

5. 我的信仰

我是谁?我为什么活着?这些问题在我青少年乃至童年时期,就深深困扰着我。

第一次想这个问题应该是在 5 岁的时候,我也很惊讶我居然能记得那么清楚。那应该是一个幼儿园放学后的傍晚,我在一楼卧室里看动画片。具体看的是什么我记不得了,但是我还记得当时应该是夏天,因为窗外还是亮的,白色的日光从窗帘的间隙里投进来。我坐在窗边的床一角,看着角落里的电视机。然后我突然萌生了一个想法:我叫刘茜,如果我不叫这个名字呢?那我会是谁?我是我妈妈的女儿,如果我是别的妈妈的女儿,那我是不是就成了另外一个人呢?如果我是张三妈妈的女儿,那我就是张三;如果我是李四妈妈的女儿,那我就是李四。如果我出生的时候死掉了,那刘茜是谁呢?她会不会是另外一个人?我忘了那天我的答案是什么，我也不清楚是不是从那天开始，我的心里就有了一条界线：我和刘茜。刘茜是妈妈的女儿，我是我。刘茜是好学生，是乖孩子，我想她几乎可以满足天底下所有父母对小孩的期望，乖巧听话，是真的听话，不是装的。小时候，她会铭记妈妈和家里人的每一句教诲，每一句忠告。其实时至今日，有时候想起来，我真的应该感谢我的母亲，如果不是她的悉心教养，我不会成长得这么顺利。

从我5岁开始，妈妈就在家里准备了一个小黑板，每天放学回家，我都要把当天在学校学的东西讲给她听，后来是晚上睡觉之前汇报。所以，我从小就不怯场，演讲、主持、上课发言，无论在多少人面前讲话，我都不紧张，人越多我反而越兴奋。还有，我每天都要背一篇课文或者课外阅读。不得不承认，在我早期的知识储备阶段，这些真的起到了很大的作用。

11岁小学毕业的暑假，我得到了一本书——《苏菲的世界》。翻开那本书之后，我是入迷的。我把自己当作苏菲，一起学习那些关于世界的奇妙解释。直到今天，我仍怀着强烈的好奇心，不断去否定生活中那些习以为常的事情，或者故意提醒自己为什么要这样、不要那样，这种思维习惯大概就是从那个时候开始养成的。

但老实说，这种思考方式并没有给我带来多大的快乐。我想每个人年轻的时候都会有这样的阶段吧。三毛在《当三毛还是二毛的时候》里说，每个充满灵性的孩子都会因为过度追求生命的意义而得不到解脱，于是一份不可轻视的哀伤便会占据他日后的大多数时光，甚至使他永远得不到解脱。就像三毛说的，我常常因为过分执着而受伤，在长达十几年的时间里，我都是在这种难以言喻的纠结和哀伤中度过的。

　　为什么活着？我是需要答案的人，听不进劝，一定要自己想通才可以。18 岁之前，我给自己的答案是为爸爸妈妈活着。那个时候我坚定地要成为一个孝女，我觉得世界上最感人的是乌鸦反哺。我觉得这个世界不公平，父母为孩子付出了全部的爱却没有得到回报，孩子把自己的爱给了他们的孩子，而冷落了父母。所以我那时想，我不要小孩，我长大后，要把自己的爱全部回报给我的父母。那个时候，生活的全部动力就是爸爸妈妈，所以我竭尽全力成为最好的孩子，我争取到了在我所能接触到的范围内的几乎所有荣誉，只是为了让他们骄傲。我活得积极而上进，好像没有丝毫烦恼，只是为了让他们放心。要是他们有一天离开了呢？那我也去死掉好了。这是十几岁的我给自己的答案。我忘了是哪一年的什么时候，好像也是个夏天，我在阳台看门前的风景，确定了这个答案。

　　很快，我又没有了答案。记得大学后第一次回家，我和爸爸妈妈彻夜长谈。不知道为什么说起以后的打算，我问他们说："你们对我有什么要求吗？"他们的回答总是这样的空话：只要你幸福快乐就好。妈妈说："你怎么是为我们活的？你是为你自己活着的，以后你会有你自己的家，你自己的生活。"那是我第一次感觉到那么孤独，我突然意识到这个家我回不去了，那是爸爸妈妈的家，我已经不是那个可以躲在他们身后，作业做不完让他们帮我去跟老师说情的小女孩了。以后我会有自己的家，会有我自己的生活。

　　那之后，我一度把人生的意义寄希望于爱情。我觉得那就是我要的幸福快乐。也许都是成长的必经之路吧，随着年龄的增长，我逐渐意识到爱情并不是人生的全部。如果把一个人的一生完全寄托在另一个人身上，对于关系里的任何一方，都是一件可怕的事。也是在那之后，我真正懂得人要为自己而活。不是为了父母的期望，也不是为了爱情，是为了实现自己的理想和价值。

当然，一个人不仅要实现自己个人的价值，还要承担社会责任。这种认识来源于两方面。一方面离不开家庭的影响，受爷爷的影响，我从小就被教育要团结友爱，为人民服务。虽然父母家人都不是什么重要的社会角色，但是他们都是待人真诚善良、做事认真负责的人。不论社会风气如何变化，他们也从来不做昧良心的事情。比如，我的妈妈是做茶叶生意的，很多商家为了使茶水的颜色变得好看，在茶叶里添加色素，尤其是一些低端茶叶。妈妈在茶叶行业做了几十年，不同茶的好坏，她一看，泡一杯尝一尝，就知道其中的门道。正常绿茶的茶水是绿色偏黄的，泡出来特别鲜绿的茶，一般是加了色素。有一阵，这种茶大行其道，甚至有顾客反映说，你们家茶叶怎么泡出来颜色没有别人家的绿。但是，出于对顾客的健康考虑，妈妈坚决不卖添加了色素的茶叶。另一方面是来自于清华大学的思想教育。如果问在清华本科4年，我学到了什么，那么一是追求卓越，二是要承担社会责任，为祖国健康工作至少50年。在想清楚了人生的意义之后，我决定去香港读博士，希望未来可以成为一名大学老师，一来是希望可以通过教育关心鼓励年轻人，二来也是希望通过自己的学术研究为国家建言献策。

来到香港之后，由于课业繁忙，在长达一年多的时间里，我每天把自己埋在书本和作业里。一个偶然的契机，我的一位大学同窗好友让我在北京接触到了我自己的信仰。

在我的信仰里，个人良好的行为和适当的操守可以促进世界的改善。这里就体现了作为人的双重使命，一个使命是个人要不断提高自己的品行和能力,另一个使命就是要为社会做出自己的贡献。确定了这一信仰,我如获至宝,我认定这就是我认可的生活方式。

有了自己的信仰之后,我的生活发生了巨大的变化,我自己能深刻地感知到这种变化。我不再困惑了,我的内心非常清楚,我在做什么,我要做什么——通过灵性教育的方式改变人心,从而改变世界。这个世界上没有完美的制度,即使有,如果操作的人持心不纯,持身不正,再好的制度也会被贪赃枉法的人钻空子。所以世界改变的根本在于人,只有改变人心,新的世界秩序才会建立。

就我而言,今后的人生之路非常清楚。工作上,像崇敬上帝一样对待自己的工作,在学术道路上追求卓越;在生活中,建立一个幸福的家庭,爱我的另一半,未来还要培养和教育我的孩子;积极投身灵性教育的服务之中。这一切都是建立在我的信仰基础之上的,我希望我未来的家庭是一个以这样的方式来生活和运作的家庭。我的家是朋友们聚会和增进友谊的场所,是远方客人的落脚处,是点亮人心、传播美德的处所。

6. 如今的家

我们家周围的环境不如从前了,藕田都被填平建成了小区,湖泊对岸的小山坡上也满是住宅楼。除了三四户老邻居,皂里湖的周围都被建设成了住宅小区,皂里湖还被改名为锦湖。门前的水巷被彻底盖住成了下水道,我们家门前成了大马路。顺应周围的变化,我们家也筑起了高高的水泥围墙。过去的湖光山色没有了,取而代之的,是一片片密集的住宅楼。

在建围墙的时候,家里顺便清理了一下庭院,院子里的树太多太密了,被清理掉了大半,如今只剩下一棵橘子树、两株蜡梅和两株桂花。自从奶奶病倒之后,再也没有人打理花花草草了,院子里曾经的四季芬芳也不再有。妈妈是一个务实的处女座,她不在乎漂亮的花花草草,只想把庭院打扫得干干净净。她开辟了两块地用来种一点家里常用的菜,比如小葱、生姜和韭菜,还有小白菜等等。

曾经与子女关系紧张的严厉的爷爷,随着岁月的流逝,逐渐变得像个孩子一样需要人关注和照顾。大姑姑和大姑父去了广西,跟表姐生活在一起,只是偶尔回家乡看看。二姑姑生活在武汉,节假日会回来探望爷爷。谁也没想到,陪在身侧细心照料衣食起居为其养老的,竟然是曾经最不靠谱的四儿。近几年爸爸开始下厨,虽然起步晚,但是爸爸比妈妈用心,他会琢磨不同的食材,用不同的调味料,尽力把饭菜做得更加可口。

后来我再回到家,也大概是我长大了、翅膀硬了,过去的那种压抑感一扫而空。父母对子女生活的干涉和管束在中国很普遍,只是有的人选择不理会,走自己的路,有的人选择遵从,还有的人,想逃又不敢逃。成年后我一直生活在一线城市,从北京到香港,再到北京。回到家,我站在院子里看爸爸妈妈给菜浇水,爷爷在院子里散步,觉得生活其实不过如此。

我们在香港、北京那么努力,不也是为了最终有一座自己的房子,能够惬意地种菜、养花、活动筋骨吗?这个家塑造了我,也给了我生活的底气。现在城市的房价很高,我那么拼搏,不是为了一套房子,我要的,是这个无限可能的过程。我读到博士,即将进入高校工作,未来我希望自己有机会还可以创业。我不知道自己能走多远,我会尽力走得更远。如果走不下去,也没有什么,我知道，有一个地方，总会容我回去闲庭看花，那儿就是——我的家。

故事背后的故事

记得那年看李安导演的《少年 PI 的奇幻漂流》，我特别感动的点是少年 PI 努力寻找信仰的过程。在国内成长的年轻人，在信仰方面是有缺失的。虽然他们对人生也充满了困惑，但是并没有那么多的机会去做类似的 soul searching。

有信仰的人，通常是安稳和愉悦的。这是刘茜给我留下的第一印象。

香港城市大学从内地招来的学生一直相当不错。本科生不用说，大都是高考的高分生。研究生和博士生则大都是从国内 211 大学本科毕业来此深造的。不过，来自北大和清华的学生还是凤毛麟角。

刘茜并不是我的学生，她从清华毕业来城大硕博连读。我们一起去内蒙古拍了一部和佛教有关的纪录片，我有机会和她聊天，知道了她的信仰。

等我们开始"族印·家庭相册"的拍摄之后，有一天刘茜找到我，说她也有兴趣参与。因为对她的信仰很有兴趣，我们就讨论了她的选题，觉得就从家中三代人不同的信仰的角度来拍摄，会是很有意思的故事。

博士生的压力是非常大的，刘茜那会儿也进入了论文攻坚战。所以，到底能否拍成，拍得怎么样，我们没有抱任何期待。但是，在她的努力下，竟然完成了。

信仰的主题确实独一无二。多少人都经历过和刘茜一样的寻找自我的过程，不过很多人中途放弃了，选择了一种浑浑噩噩的生活，最终长成自己讨厌的样子。

为了寻找信仰，刘茜度过了纠结的青春期，熬过了寻寻觅觅的青年时代。但是，在想清楚自己何去何从之后，以后的生活真的会光芒万丈吧。

如今，刘茜已经博士毕业并在北京的一所高校教书，开始实践她期待中积极而快乐的生活。祝福她。

老家

文/陈嘉曦

文摘

在我的老家，清明时节，开窗就能看到油菜花。在香港读书一年，我因为拍纪录片和老家愈发亲近。曾经我想，外面的世界才是我的归属。在香港读书之后，我却更想回家了。

序

对于家庭，我的直接印象就是父亲母亲，没有什么大家庭的概念。妈妈很小的时候就经历了父母离异，我4岁才第一次见到外公。我在香港的这一年，我的舅舅罹患癌症。舅舅从小跟外公长大，是长房长子。他的家庭观远不只自己的小家，还有叔叔、伯伯、堂兄弟、妹妹、侄子、侄女……妈妈说，舅舅身体不好，就是因为为外公的大家庭操心太多。

外公外婆当初分开，婆家娘家不和也是原因之一。外婆出身工人家庭，父母都是高级工人。而外公是逃离湖南娄底的落魄地主后代,他有两个弟弟、一个妹妹,一大家子都仰仗外公支持。矛盾不言而喻。对于外公,妈妈最大的不满是他总把他的"大家族"挂在嘴边,使小家为大家牺牲太多。妈妈总是会想到大家族最悲观的结局:风雨飘摇,一夕不再。而她的家族似乎就正在经历这样的生离死别:外公弟弟的独子 36 岁客死异国,患癌的舅舅今年去世。

原本儿女双全的外公,因为失去儿子,在 80 高龄要学着慢慢接受我的妈妈——一个有太多隔阂的女儿。而我妈妈在 50 岁知天命时,要开始重新接受她的父亲,学着融入"大家族"。这个过程里有太多痛苦。舅舅新丧,之后的两个节日妈妈都含泪撑起笑颜,张罗节日的庆祝。餐桌上,外公勉强的笑容背后,总有给舅舅空位上倒酒时那永远化不开的寂寞。

饱受离异之苦的外婆曾经对妈妈说,结婚对象不能找长子,不能找兄弟姐妹多的人,不能找农村人,更不能找家里亲戚太多的人。妈妈自己也常常说,亲戚就是麻烦。妈妈 23 岁时,外婆早逝,留下的一套窄小的"筒子楼"引来亲戚的哄抢。妈妈的快乐好像永远停留在她 6 岁之前,停留在她父母离异之前。

不过,妈妈最后还是遇到了爸爸。而爸爸是一家长子,上有四个姐姐,下有两个弟弟。兄弟姐妹七人都在湖南农村长大。爸爸似乎违反了外婆给妈妈的一切忠告,但是爸爸妈妈两人吵吵闹闹过了快 30 年。妈妈说,爸爸改变了她。

1.爸爸的老家

爸爸最喜欢回湖南农村老家。过年回,清明回,暑假回,妈妈也跟着回。爸爸曾是军校生,高考考到武汉读大学,之后留校任教。我的一个堂哥名字叫"文武",仿佛印证了潇湘一带不把孩子送学堂,就把孩子送军队的老风俗。我的爷爷奶奶都是农民,爸爸经常给我讲爷爷"去河里抓鱼,一个猛子扎下去,一手一条鱼,嘴里还叼一条"的故事。

爸爸是农民的孩子,小时候就和最小的姐姐一起下地干活,拿工分。每天还要先把地里的草拔了才能去上学。因为干农活,爸爸上学总是迟到。他现在每次回老家还去看望他的中学老师,跟我说要谢谢老师当时理解他,没天天批评他。

也正是这位老师,在军校招生的消息传到小镇上时,第一时间告诉了爸爸。爸爸成绩优秀,一直是全班前三。高考结束,顺利考上军校的爸爸要去省会长沙报到。他的二姐姐走了 20 里路,给爸爸送去 5 块钱路费,爸爸就揣着 5 块钱去了从未去过的长沙。

爸爸给我讲他以前的故事,都是应时应景的。他从来不专门讲,总是在车行到那些他待过的地方才顺口说起来。给爷爷奶奶扫墓的时候他的话最多。他说,自己和其他兄弟姐妹的学费都是奶奶一个鸡蛋一个鸡蛋换来的。有的时候没钱交学费,奶奶还要去借钱。借钱的时候奶奶总是一个人去敲门,让爸爸站在门外。有一次,一条恶狗偷袭了正去借钱的奶奶,结果爸爸被咬伤了。讲完这个故事,在奶奶墓前除草的爸爸说了一句:"现在说起来都要流泪。"

不过,回老家的爸爸总是快乐的。因为回老家的时候总是年节,又可以和兄弟团聚。他有两个弟弟,我叫他们大叔叔和小叔叔。大叔叔留在老家镇子上,小叔叔在长沙工作。兄弟回家,扫墓祭祖,吃吃喝喝,打打牌,说说闲话,都是平常难得的舒适日子。大叔叔的妻子,我的大婶妈,做菜手艺远近闻名,把全家都照顾得很好。一同回老家的我和妈妈能吃到城里难寻的村镇美味。

爸爸的老家对他和妈妈都有极大的吸引力。我在武汉出生，但过年鲜少待在武汉。一方面，妈妈从来对"跟自己的父亲过年"这个提议没有很大兴趣；另一方面，爸爸想回老家的意愿太强烈了。而我，一向不拒绝慢悠悠的火车旅途，尽管春运人挤人的辛苦仍然记忆犹新。曾经，武汉到老家的火车还是绿皮车，13个小时到老家县城，还要花30分钟坐车到镇上。我一直记得这哐啷哐啷的火车总是下午出发，午夜到达，夜里妈妈用棉袄抱着我抵御寒风，赶到住在火车站旁的四姑姑（我爸四姐）家歇一晚，第二天再向镇子进发。大叔叔在那儿等我们，大婶妈操办的年夜饭就要上桌了。

2.大叔叔的老家

爸爸跟我讲的那些老家的故事，都是几十年前的老故事了。每年回老家的我，看不到爸爸说的那个老家，看到的是我大叔叔主持的老家。

湖南老家的具体方位，是湖南省衡阳市祁东县过水坪镇。奶奶是镇子上老街里走出来的姑娘，嫁到爷爷家是下嫁，从镇子上嫁到了村里。村子叫马嘶堂。我两岁的时候第一次去马嘶堂的老屋，接着在那儿过了几个新年。马嘶堂有连绵的红土坡，坡顶上是翠绿的竹林。大叔叔的儿子、我的堂哥陈浩比我大9个月，他和他的小伙伴们（都是男孩）和我一起玩。我几岁的时候，和堂哥一众拿竹竿条儿穿上一个塑料袋，当成旗帜，然后从红土坡上飞速冲下来，塑料袋就哗啦哗啦地在耳边响。湿润的红土没有石子，摔倒也不疼，爬起来拍一拍，继续跑。

后来,大叔叔搬空了马嘶堂的老屋,带着奶奶住到了镇上。起先,镇上的房子都是白炽灯照明。这里的房子通常只有两层,水泥地、白灰墙,不过每层都有 100 多平方米。晚上房子又大又黑,我总是待在二楼的一间房里不敢动弹,等着妈妈端了晚饭来给我"投食"。每年我们一家都住在这二楼的一间房里。现在这里有空调、地砖和大彩电,房子也变成了三层楼。两台路由器保证了三层楼无线网络全覆盖,这是今年才有的变化,算是我堂哥高中网瘾遗留的好处。

不过,我还是个城里长大的孩子。每次回老家,起先的半天全是尴尬。吃不惯,睡不惯,下了火车我就开始害怕,待了两天就开始想回家。爸爸回老家开心我理解,我就不懂妈妈为啥跟他一样愿意回来。但是,老家也有我最期待的事情:放焰火。武汉早就"禁鞭"了,湖南却是"焰火之乡"。我的压岁钱就都绽放在大年初一的夜空中了。

这一切和我的大叔叔似乎都没什么关系。尽管回到老家后的每个场景里都有大叔叔的身影——他是去车站接我们的人,也是帮大婶妈张罗晚饭、刮鱼鳞、拔鸡毛的人。我对大叔叔的了解,写出来像百科介绍一样:大叔叔是小我爸爸 3 岁的弟弟,三兄弟中排行老二。他师范中专毕业,一直当老师到现在。大叔叔不像哥哥和弟弟背井离乡,他没有离开老家,选择了留下。

对我来说,大叔叔的留守好像特别重要。大叔叔的留守生活给我打开了一片新天地,由他的生活牵连起来的人不只他和妻子,还有他儿子,我的堂哥,还有一群农村养殖业从业者和一大群镇中学里的孩子。大叔叔的故事,也许是农村生活和家族变迁的一个侧影吧。

3.留下来的大叔叔

大叔叔是乡村中学的老师,教政治课和科学课。2007年奶奶去世后,他就开始琢磨养猪的生意。现在他和人合办了两个猪场,最近还开始养黄牛。他还种了很多果树和风景树,这些生意都是慢慢来钱的。有的时候他去给朋友的鱼塘帮忙捞鱼,捞净鱼塘后,作为报偿就拎回家一大桶鱼。

这就是他当下的生活面貌。

给学生上课的时候,他讲"我们的朋友",带着初一的孩子们认识撒哈拉沙漠和在那里生活的人。这一幕让我立马想起多年前我在老家昏黄的灯光下找到的一本地理书,上面真的就印着这样一课:《我们的朋友》。

他捞鱼。穿着背带防水裤在鱼塘淤泥里行走一个下午,被挣扎的大鱼拍一脸泥。直到月亮星星都升起来,满手干泥,骑摩托车回家。

他照料风景树,拿着手臂长的大砍刀,仔细地削掉白玉兰多余的枝丫,说这样树才长得高。

因为年久失修,老屋已经被大叔叔拆除。在马嘶堂的老屋地基旁,他种了一片桂花树,把老屋宅基地圈出来。经过他的精心照料,桂花树已经亭亭如盖。

他在猪场忙活。脱下上课时穿的外套,罩上全是粉尘的工作服。打开轰鸣的机器,把玉米磨成粉,再拎着桶给小猪喂饲料。

在清明祭祖的路上,山上一切都在疯长。大叔叔在青绿的山路上扛着锄头往前走,偶尔停下来锄掉拦路的树枝,后面跟着他的小女儿。小堂妹比堂哥小18岁,一路上一边走一边不停地问

"爸爸能抱我吗?"

我还是有个问题要问他:叔叔,你为什么留在老家?

大叔叔说得很简单。他说,那时候因为哥哥已经考取了武汉的大学,弟弟又小,父母也在家,年纪大了,我就决定留下来。后来不是没有机会离开,但是孩子要上学,离开也不方便,所以就没有走了。

原来留下来的没有那么多原因,就像离开的也没那么多理由一样。

4. 留下的堂哥

但我没想到的是,大叔叔唯一的儿子,堂哥陈浩也留在家里了。小时候,堂哥能在老家山路上"凌波微步",走得飞快。他喜欢祁东县城里的网吧,高三的时候还天天沉溺于此。不过,他听大叔叔安排,去读了师范学校,最后到离家60多公里的一个山区小学教书。堂哥大学的时候学的是体育教育专业,方向是网球。不过到了山区小学,他除了英语,什么都教。

我俩都上大学的时候,堂哥一边在电脑上打游戏,一边跟同学聊QQ。同学说要去炒股,堂哥回复说"带着我"。他的几个同学在祁东县城里合伙盘下一个火锅店,开张宴客时我和堂哥都去吃了一顿。一年后,这家火锅店不出意料地倒闭了。当初要炒股的朋友都外出打工了,过年时回家,在堂哥婚房里的电脑上玩《英雄联盟》。

堂哥不是他朋友中过得最宽裕的一个。他选择回来当山区教师,似乎又少了一条发家致富的出路。对于自己留下来的理由,堂哥的回答是:"那些出去打工的人,也都先要花家里的钱,出去了也是在一起玩。我回家了,给家里还有个照应。"确实,小堂妹在祁东县城读书,一年级起就住校,堂哥经常接送。他给堂妹买小棉袄,蓝底紫花,带着粉色小丝带。大叔叔曾经想让堂哥跟我爸爸一样去部队,那样家里压力更小些。不过堂哥还是回来了,坦然地成了一群"熊孩子"的领班。周一早上早起去县城送妹妹上学,然后骑半小时摩托到学校,周五下班再把妹妹捎上,兄妹俩一起回家过周末。

　　我在踌躇自己以后的发展,问堂哥:"你说我是留在武汉好,还是去香港好?"堂哥说,留在家里好,有照应。我就听他的,留在了武汉。我也去了一所学校,成了我们家第四个当老师的人。

5. 回家

　　我想,老家给人的改变总是潜移默化的。不论是堂哥还是大叔叔,这种变化在他们身上都不像在我爸爸身上那么明显。爸爸是一个很纯粹的人,他的快乐都是真的。他在老家田埂上神气地走,讲那些老故事时即便有伤感,也是一瞬即过的事情。在老家,爸爸是完全放松的。现在高铁从武汉直达老家祁东县城,早上 7 点出门,中午 12 点就到大叔叔家吃饭。因为高铁,我爸每年回老家的次数显著增加。妈妈嫌旅途颠簸,清明小假期懒得动,一般只在暑假和过年的时候陪爸爸回老家。夏天的时候,两人在倒映着蓝天白云的水塘边照相,笑得特别开心。

　　一年年回老家,我看到的只是家里的老人慢慢地都不在了。我的大姑姑,也是爷爷奶奶最大的孩子,去年也因病去世了。我觉得我的成长就是一场漫长的离别。而那些先我而去的人,我永远都没法和他们好好说再见。爸爸常说,大叔叔最大的功劳,就是为他们兄弟姐妹几个守住了一个家。妈妈也感谢大叔叔，更感谢爸爸。她回老家比在武汉过年更开心。

我想，妈妈之所以开心，是因为老家的人和事让她重新找回了一种大家庭的生活。不像武汉的家，满是创伤和遗憾。在湖南老家，更多的是互相扶持和对生活的满足。要说没有烦恼是不可能的，但是更多的是一种对人生境遇的接受和对选择的坚持。妈妈可能跟我一样觉得，不论遇到怎样的困难，来自老家的支持总是最真切的。听大叔叔说一句"我相信你"，心里就踏实很多。这种踏实的感觉，就像游子站在老家门前的心态那样，简单又快乐吧。

那年除夕，我从深圳匆匆赶上北上回湖南的高铁。在车上才发现这班高铁不到衡阳，离我老家最近的一站是我从没去过的耒阳市。我急着打电话给爸爸报告情况，电话那头爸爸也哭笑不得地数落我。信号断断续续，我一路看着高铁沿线的人家已经开始放年饭前的那挂"一万响"鞭炮，淡淡的烟雾在房顶上盘绕，那就是全家人团聚的象征。最后，爸爸和小叔叔一起开车到耒阳来接我。两小时路程，到家已经八点多。下了车，堂哥帮我把箱子拎上楼，大叔叔出门，抱着我家的"一万响"，在地面铺开，摸黑点燃，"噼里啪啦"地吵醒了镇子上这条正在团聚的街道。

在鞭炮声中，我想，我终于到家了。

故事背后的故事

从前有几个孩子的家庭，在孩子们长大之后不自觉地会有个规划，不管几个出去闯天下，总有一个会留在父母身边，或者说留在故乡。这个留守的人，有的时候就成了为整个家族守住故乡的人。

有故乡的人，总归是幸福的人。

年少的时候都想仗剑走天涯，去看外面的世界，希望走得越远越好。但是，无论是在异乡还是异国，无论是成功还是落魄，故乡的一切，有的时候是梦醒时候的一滴泪，有的时候是再也回不去了的感慨。

陈嘉曦的家族对大叔叔充满了感激。因为他的留守，让一家人依然有个故乡可以回归。这种回归其实充满了仪式感，它可以是一顿年夜饭，可以是爆竹声声，也可以是在故乡一个美美的睡眠。

故乡是故人，是故土，是故事。故乡的意义，就是家。

林爷爷

文/叶嘉莹

文摘

林爷爷住在香港九龙城的一座唐楼里。楼房外的墙上挂着醒目的红牌匾，上面印着"毛泽东思想万岁"几个漆金大字。这是林爷爷在 2010 年花 26000 元港币特别打造的。林爷爷对此非常满意，他特意叮嘱我要在这里多拍几张照片作纪念。

序

林爷爷的大名叫林敏捷，身份是香港毛泽东思想学会的创办者。但他还有另一个身份，就是林大老板。林爷爷老家泉州，但他在香港发家致富。

林爷爷是我姑丈的前同事，也是患难兄弟。因为我来香港读书，家人拜托他多多照顾我。在来香港之前，我跟林爷爷的交集不多，他仿佛是印在一张金光闪闪名片上的大老板，身上散发着莫名的气场，离我的生活很遥远。

这种遥远有两方面，一方面是地理上的，因为他很早就定居香港，远离内地的亲朋好友；另一方面是物质上的，几乎大家都知道林爷爷在香港发财，自然容易让人对他有一种疏离感。当然，这都是我作为一个不了解林爷爷的外人的粗浅感受。总而言之，对于我来说，林爷爷就是一个大人物。

1. 儿时记忆里的林爷爷

小时候见过几次林爷爷，但对他的印象不深。对我来说，他的形象是一个成功的商人，而不是一个慈祥的爷爷。因为每次他回泉州，都有很多亲朋好友围着他。他们谈着当时年幼的我不明白的生意经，拉着我听不懂的成人世界的家常话。

第一次见林爷爷应该是在十几年前，当时适逢林爷爷回泉州开厂拓展生意。那时应该还是他的事业上升期，意气风发的林爷爷带着我们一群亲朋好友去他的厂房参观，还送了我们每个人几件当时他代理的国际某品牌衣服。"这个牌子内衣一件都要好几百呢"，我只记得当时年幼的我在抓着林爷爷送给大家的衣服玩闹时，一个长辈提醒道。

后来，有一年春节，林爷爷带着子女们回乡探亲。我们一起参观了厦门当地颇有名气的企业的厂房。这过程中具体的细节我已经不记得了，只记得林爷爷最后在饭局上给了我一个红包，里面大概有五六百港币。按当时港币兑换人民币的利率还有物价水平，那是一个不小的数目。总之，林爷爷在我的印象里是很富有和慷慨的形象。

2.香港初识林爷爷

我来香港,林爷爷是家人向我推荐去见的第一人。所以在考虑拍摄的纪录片的选题时,我首先就想到了他。但在跟他电话联系之前,我的内心十分忐忑。

电话打了两通,都没人接。正当想要放弃的时候,我突然听到手机振动的声音,一看,是林爷爷拨回来的。他一听我是姑婆的侄孙女就非常热情。在通话一个小时后,林爷爷就到学校等我了。但和我之前的印象有些不一样:林爷爷穿戴非常朴素,除了他手上闪亮的钻戒和手表;他的衣服虽可以看出牌子,但明显已经旧得褪色了。

唯一特殊之处就是这件旧衣服上别着一枚毛泽东像章。林爷爷非常自豪地指着这枚像章说:"你看这个毛泽东像章,我现在剩下的人生都在宣传这个。"告别的时候,林爷爷语重心长地和我说:"你可能刚来香港不懂,这个地方非常复杂,你要拍我可以,但是为了你好,有些地方你可能需要回避。"

究竟有什么需要回避的?林爷爷所说的复杂又是什么呢?林爷爷这一说不禁激起了我的好奇心。可是由于他赶时间,只是匆匆和我介绍了一下他的人生经历。林爷爷一直都很忙碌,这期间我和他电话、微信联络过,得知他正在带团去河南南街村考察,具体做些什么,他说等我放假拍摄再细聊。

3.回乡之路

2015 年 12 月 22 日,我和林爷爷一起搭上了回泉州的动车。

林爷爷这次回老家主要有两个目的,一个是举办"人民节"(毛泽东诞辰活动),另一个就是想把河南南街村的食品供销合作社推广到泉州的城东社区。他已经买好了上千盒南街村生产的面食、啤酒,在人民节上送发给市民们用于推广。

我从香港赶到深圳北站,气喘吁吁刚坐下时,林爷爷早已在车站等候多时了。原来他提早一天来深圳住下了。候车的时候,一个乞丐找林爷爷要钱,林爷爷很认真地问那个乞丐"妹子,你今年几岁了?为什么要钱?背后是不是有人指使你?"等诸如此类的问题。当得知是因为家里孩子多,穷得只能靠乞讨为生时,林爷爷的情绪马上变得很激动:"现在'80后'一个人养四个老人,还有两个孩子,实在太不容易了。如果你情况真的是这样,那我愿意帮助你!"说罢,他掏出100块钱给那个乞丐。

也正是他的这个举动,引起了周围人的注意。旁边一位女士好心让我提醒林爷爷以后不要给乞丐那么多钱,他们大多都是骗人的。这话让林爷爷听到了,他很大声地回应并列举了他所认为的毛泽东时代的种种好处(人民不用担心没有钱吃不上饭,人人平等……),顺便把他在香港凭毛泽东思想办厂,现在主要精力都在宣传毛泽东思想等等都介绍了一遍。

当时我正拿起摄影机拍摄林爷爷与女士的交流,好心的女士看着扛摄像机的我,还有滔滔不绝的林爷爷,突然仿佛认识了大人物似的,激动地拉着林爷爷要合影。这个情景对林爷爷来说似乎很常见,他对陌生人宣扬自己的主张并乐在其中。

列车上我和一个小伙子换座位以便和林爷爷坐在一起。林爷爷特意拿着自己的名片到那个小伙子身边,让小伙子有什么困难可以到香港联系自己;还有一位旅客正在费力地搬行李,林爷爷见状,二话没说帮那人把行李直接搬放到头顶的架子上。他的身手丝毫不像一个即将 80 岁的老人,真是人如其名的"敏捷"。林爷爷还顺势教育我,要多帮助别人,像毛主席号召的那样,为人民服务。

这些细节让我对林爷爷的印象有所改观。虽然就这些小事,我还是很难与毛泽东思想联系到一起,但是如果对毛泽东的信仰能让林爷爷变成这样乐于助人的人(虽然有时候对被帮助对象还是应仔细辨认),也未尝不是一件好事。

4. 激情燃烧的岁月

从深圳回泉州的动车要 4 个小时。这期间林爷爷一直情绪高昂地和我说着他过去的经历,似乎还说不完。穿插着之后与林爷爷交谈的补充,我勾勒了一下林爷爷前半生的轮廓。

70 多年前,林爷爷出生在泉州市城东社区庄任村,他的父母在战争中亡故。作为孤儿的他,甚至沦为乞丐,也被卖给别人家当过儿子,深切体会过有上顿没下顿、寄人篱下的穷苦生活。

后来,林爷爷通过自身的努力,再加上口才不错,当上了家乡学校的教师,并加入了共产党。按他自己的话,他是读毛泽东的书长大的。后来,林爷爷和我老姑丈一起,都被任命为泉州城东公社的干部,做当时公社书记朱赞成的副手。

在农业合作社之前,泉州城东一直是一个极度贫困的地方。虽然也算沿海,但都是盐碱地,未被开发。当时老百姓只能吃有一点地瓜渣味的水。

在农业体制改革下,农民们团结在一起进行农业建设,城东的面貌也发生了翻天覆地的变化。林爷爷作为公社干部,认为一切成功都源于毛主席,毛泽东思想堪称"放之四海而皆准"。

虽然林爷爷在香港居住近 40 年,但如今他对毛泽东时期的各种方针政策依然还能倒背如流,特别是"农业八字宪法"。他觉得当时城东公社就是靠着这"八字方针"获得成功的。比如,要发展农业需要兴修水利。当时城东公社通过建设三级电灌站从别的公社将水抽到本公社,实现把农地变水田;还有就是引水上山的四条排洪渠。"下大雨我们也可以排出去,所以毛主席年代我们可以做到旱涝保收",林爷爷说。

关于围海造田,虽然现在从环保角度看并不是一种合理的开发环境的方式,但是在林爷爷看来,却是发展当地农业的一大"法宝"。当时他们响应毛主席号召的"农业学大寨",其中有一点就是要"在石头上造田"。因为城东公社面海,就"因地制宜"地改成了"围海造田",把海的一块区域围起来种田。

更让林爷爷怀念的是那个时代的氛围。他说那是个以劳动为光荣的时代,当时农民们都是唱着歌去劳动的。"比如今天安排我去除草,那是建设社会主义祖国去贡献我们的力量,是为人民服务,很光荣的事情。"他认为,在这样"破私立公"的氛围中,几乎所有人的力量都合成一股绳,几乎没有人敢有私心。但他也承认存在个别偷懒的人。"那就批斗你到你不敢为止,但过后还是会和你道歉",林爷爷说。

林爷爷说,靠着毛泽东思想,城东公社第一次解决了 19 个大队包括 3 万多人口的吃饭问题。老百姓不用再吃国家分配的统销粮了,甚至有时还有剩余的粮食卖给国家,彻底改变了当地贫穷的面貌。林爷爷因而认为"毛主席是最伟大的,中国社会主义制度是全世界最好的制度"。

5.人生转折点

　　正当林爷爷带领家乡人民如火如荼地进行农业、水利建设的时候，一场难说是否意料之外的"出走"发生了，林爷爷的人生轨迹也因此改变。

　　这还要从林爷爷很敬重的领导——公社书记朱赞成说起。"文革"期间，林爷爷被安排与朱赞成住一间房子，看到朱赞成为当地农民的生产生活忧心，经常工作到深夜，同屋的林爷爷也深受影响。他时常提起朱赞成不顾自己脚上的鸡眼，打赤脚在农田里和农民一起劳作，在堤坝要合龙的关键时刻不顾生命危险第一个跳下河去用身体挡住缺口的事情。

　　但是，就是这样一个在林爷爷心中受人爱戴的领导，却在"文革"结束时被误判。1977年，朱赞成仗义执言得罪其他派系，不久就因不小心打烂了一个热水瓶，被人以"反革命打砸抢"罪名逮捕。同时被抓的还有城东公社的十几个人。被逮捕后的一个月，朱赞成等三人被枪毙，还有一人病死狱中，我老姑丈也被判了无期徒刑。

　　林爷爷因为个人原因，在此两年前机缘巧合已经滞留在香港，侥幸逃过一劫。

　　按照林爷爷的说法，他当年离开泉州是因为需要给在菲律宾的养父送葬，途经香港，原本打算暂时离开泉州一些日子。可是没想到他前脚刚离开泉州，后脚就被当时的政府在泉州有名的街道四处打出了"林敏捷逃跑了"的标语，顿时骑虎难下。政府甚至还派人到罗湖关口抓捕他，但碍于他当时已经入境香港，只能作罢。林爷爷面对家乡对他这样的指控，一时半会儿也回不去故乡了。

当时林爷爷的岳母和最小的孩子都在香港（很多泉州人早期都来香港打工），但岳母一个人帮他带孩子已经很拮据了，没有多余的钱为他买船票去菲律宾，所以，带着很多无奈和苦楚，林爷爷被迫滞留在香港。

这是林爷爷对我的解释，但为什么时间会这么凑巧？我内心还是有点狐疑。后来随着与林爷爷交谈的深入，我才了解到，原来事发前，朱赞成已经感觉势头不对，极力劝说林爷爷离开泉州，因为正好赶上林爷爷在菲律宾的养父过世需要送殡。林爷爷不肯离开，想要留下来与大家一起生死与共，却遭来朱赞成一顿骂："你有路去你不去，我们没路走才留下来。你一定要离开，你活着，到时候外面有人给我们送个烟都好。"所以林爷爷当年的离开，是偶然也是必然。

6. 初来香港

当年离开家乡的林爷爷，开始了在香港独自打拼的日子。

刚开始的一年，因为不懂粤语，他只能在制衣厂里当小工。香港物价十分高，在 70 年代末，一顿早餐都要 10 元港币。为了节省下这笔开支，他每天早餐都只买一个小饼，吃不饱就到大排档上喝凉开水，喝到饱腹为止。这对于以前在老家一顿需要吃好几碗米饭的他来说，无疑是一种折磨。

虽然是一个流水线上的小工，但林爷爷仔细钻研制衣技术，希望有朝一日能学到本事。上天总是垂青努力的人，幸好这一年他熬过来了。第二年他就拿着积攒的一万多块钱，加上向表兄弟借的部分钱，在香港开了一个小小制衣厂。算是小老板的他不敢懈怠。来港 40 年，他进过全港最高级的酒店，但只是为了应酬。

工作以外，他甚至没有去过海洋公园、大屿山等香港有名的景点。他从来到哪里都是坐的士去，坐的士回，不在路边逗留。他说他对资本主义纸醉金迷的生活并不迷恋，一门心思都扑在工作上。

尽管林爷爷不喜欢灯红酒绿，也许显得不是那么入流，但他说他靠着自己在内地毛泽东年代养成的"舍己为公"的理念，赢得了客户和同事的信任。比如，他从不用公费接待吃喝，接待客人用的甚至是自己的钱，这点可能是他在毛泽东时期养成的习惯。

他是如何发家致富的呢？林爷爷说，靠着毛主席"下定决心，不怕牺牲，排除万难，去争取胜利"的口号，去克服一个个困难，所以他的生意越做越大。"连死都不怕，问题怎么会解决不了呢？"林爷爷反问我。他厂房里的衣车从开始的时候只有五六种，发展到之后五六十种，针也分有单针、双针、三针、四针的。对于他这个原来在内地围海造田、兴修堤坝的"粗人"来说，这是很大的挑战。林爷爷说他当时想起毛主席说的"两参一改三结合"，学习内地厂长每周有固定工时、要下厂房劳动的规章制度，他经常和工人同吃同住，虚心向他们学习技术。久而久之，他学到了一些只有在实践中才能获得的技术，在工人中也渐渐有了威望，这也和一般老板的形象有些不一样。

做生意到后期，林爷爷成为某国际品牌的生产商，经济上也相对比较富裕。他出席过全球的会议，见过该品牌的董事长在飞机上给各大洲合作商开会的场景："就是一个大洲一个大洲地教训你。"他也曾经出入香港顶级的餐厅。不过他还是最怀念毛泽东时代。他说在香港这个社会，见了太多穷苦百姓：有多少每天睡在公园、桥下的无家可归的人，又有多少年过半百还在辛苦持家的人。他不禁回忆起他所经历的毛泽东时期，那时大家不用考虑养老、住房、看病、读书……

但我也不禁好奇,林爷爷所怀念的那个时期,究竟是他心中的"共产主义",还是更多倾向于"平均主义"? 如果换作现在,这个时代还能存在多久呢?

7. 故乡的"异乡人"

到了泉州,林爷爷去我姑婆家探望,这是他每次回泉州必做的一件事。他一进门就直奔主题,回忆着他们之前围海造田的事情。可以看出,林爷爷真的是和他自己描述的一样,"不管见到什么人,他说的都是这些话"。和林爷爷相比,我老姑丈和姑婆对于过去不过多表露些什么,只是在一旁静静地听。

吃午饭的时候,林爷爷兴致高昂地说起他在完全保留毛泽东时期规章制度的河南南街村的见闻。在他看来,那里的村民安居乐业,不用考虑医疗、住房、教育等问题,那里的人才是真正幸福的,那里的食物也特别好吃,所以这次他想回家乡来推广南街村的模式。他希望社区能采纳他的建议,建立一个食品合作社,让家乡的老人来这里工作,为自己的晚年攒一点生活费。为此,林爷爷自愿出资 200 万元,支持这个项目。

我原以为,按林爷爷的经济水平,他应该很早就在泉州买了很多房产了。但让我吃惊的是,林爷爷每次回泉州都是住酒店。林爷爷说他在泉州没有建房子,除了那座围海造田纪念馆。他本打算以后回老家都住在这个纪念馆里,可由于他在这里花钱打造的毛泽东塑像,还有纪念馆里的一些物品被人搬走了,林爷爷的朋友们都不是很放心他一个人住在纪念馆里。林爷爷还说,早年自己曾经有机会买地,眼见着房地产在内地的发展,他或许可以靠着卖地皮发一笔财。但林爷爷选择放弃,他说自己不相信投机,还是愿意靠着自己的双手积累财富。

围海造田纪念馆建立于 2011 年,占地 300 平方米左右,是林爷爷自家的宅基地。这个纪念馆从外观看,与常人居住的闽南古厝别无二致。纪念馆分为两个区域,一个是毛泽东纪念堂,里面有一尊毛泽东的塑像;另一间则是林爷爷为他的同胞——朱赞成特意打造的纪念堂,里面供奉着朱的照片,还陈列着当时围海造田的老照片,以及锄头、镐头、簸箕等老物件。门口立着一块"城东海堤碑",碑上记载着当年海堤建造的经过,以及当年朱赞成的相关事迹。

12 月 26 日是毛泽东诞辰日,林爷爷在他的围海造田纪念馆举办纪念活动。林爷爷制作了一面宣传布,宣传布上他将朱赞成和毛泽东、焦裕禄等人的照片摆在一起。

活动中,所有到场的人都可以领取纪念品。纪念品都是林爷爷自己出资购买或定制的,其中包括毛主席像章、印有毛泽东图像的挂历、南街村的食品等等,村民在拿礼品之前都会自发地到毛主席像前敬拜一会儿,说声"毛主席万岁"。有的人也是毛泽东的热爱者,愿意拉着林爷爷亲切地交流;其间有很多林爷爷之前的老同事、同事的亲属们也来参加,他们说就是过来看一看,这个活动其实也为他们提供了一个缅怀过去的机会;也有些人说是来帮忙的,简单拜了一下毛主席像,就迫不及待想拿礼物离开。

活动中,林爷爷召集着大家集体敬拜了一次毛主席像,喊着"毛泽东思想万岁"的口号并发言,说到动情处,他几乎老泪纵横:"全世界再也找不到一个像毛主席这样好的领袖,没有为自己的后代留下一分钱,一分地……"林爷爷最佩服毛泽东作为领袖的一点,就是无私。

8. 香港的"毛泽东思想万岁"

林爷爷住在九龙城的一座唐楼里。我很吃惊,以林爷爷的经济能力,应该买得起香港高档社区的楼房,但他反而居住在老旧的楼房内。

值得注意的是,楼房外的墙上挂着醒目的红牌匾,上面印着"毛泽东思想万岁"几个漆金大字。它是林爷爷在 2010 年花 26000 元港币特别打造的。林爷爷对此非常满意,他特意叮嘱我要在这里多拍几张照片作纪念。他还给了我一份报纸,那是 2013 年《苹果日报》对他的采访。记者将他比为"老毛死硬派",用略带戏谑的语言大致介绍了林爷爷的经历以及他宣传毛泽东思想的故事。但林爷爷不以为意,反而觉得这是对毛泽东思想的一次很好的传播。

林爷爷并不满足,他当时告诉我,自己计划再花 600 万元港币,在家附近另一条街上买一套房子,外面再挂一块牌子,写上"只有社会主义才能救中国",事实上他做到了。

2016 年 6 月,这块新牌子按计划挂起,这在香港看起来很扎眼,引起了很大的反响。据说那里如今已成了一个景点,这让他很满意。揭牌后没过几天,林爷爷和许多毛泽东的拥趸者一共 80 多人还走上街头,为香港毛泽东思想学会造势,当天也有很多港媒前来报道,此事甚至还上了头条。

《苹果日报》当天跟拍了学会游行的过程,但是用了一种反讽的手法,如林爷爷一脸严肃抱着毛泽东像带领大家游行、在带领大家喊口号时林爷爷的咳嗽、路人的一脸茫然以及问询小朋友对毛泽东的了解等等,都引导受众将这次游行和香港毛泽东思想学

会当作一种"过时的噱头"。

9. 家庭生活

关于家庭,林爷爷曾经说过,他的五个子女没有一个给过他生活费,但他已经给孩子们在香港买了两套房子。作为父亲,自己的责任已经尽到,现在他只希望子女能和他一同信仰毛泽东思想,如果不信仰的话,他宁愿与他们断了父子关系。

2015年冬至,我恰好赶上林爷爷的家庭聚会,香港人有在冬至日阖家团聚的传统。所谓的聚会,其实就是在他住家附近的富临酒家吃饭。虽然子孙绕膝,但他曾经和我姑婆感慨过,羡慕姑婆家那样和睦的关系。

到酒店的时候,林爷爷很热情开心地用粤语向他的所有家人介绍我,和他家人交代着称我为"自己人"。主桌有三个林爷爷的孙辈。一个孙子在美国,长得高高壮壮;一个孙女在加拿大留学,今年因为结婚回香港办婚礼;还有一个孙子定居内地,带着女友来参加聚会。

用餐过程中可以看出林爷爷虽然是家宴的组织者,但是不像他宣传毛泽东思想时那样侃侃而谈、一呼百应,在家人觥筹交错之间的他略显落寞。我和林爷爷的女儿以及毛泽东思想学会的一些成员一桌。林爷爷的女儿很照顾我,一直帮我夹菜,她说自己支持林爷爷宣传毛泽东思想,但她平时主要生活在内地,有时候回香港看看。

好不容易等林爷爷走来我附近招呼大家的时候,我悄悄和林爷爷提了我想拍摄大家的小要求,林爷爷挥挥手义正词严地拒绝我说:"这个场合还是不要,等以后熟悉了再说。"所以这次拍摄只能作罢。

回家的路上我和林爷爷的一个孙子同路。他看到我身上背的脚架，问我说这是乐器吗，我说不是，是摄影器材，我其实想来拍林爷爷。没想到他的反应有些激烈，说："你别吓我呀！你不会是要拍我爷爷那个什么毛泽东思想学会吧？"从他有点抗拒的态度，我猜想他也许对爷爷所热衷的事业并不是很感兴趣，这也让我有点疑惑。林爷爷的亲人会参加毛泽东思想学会活动，但是并不像林爷爷这样狂热，至于他们参加活动是给林爷爷以家人的支持，还是发自肺腑的对毛泽东的热爱，这个就不得而知了。

10. 独居生活

林爷爷一个人住六七十平方米的房子，如果没记错，应该是一套两居室，这在寸土寸金的香港已经算很宽敞了。他的妻子去世多年，这么多年他都是一个人生活，但家里收拾得很整洁。林爷爷说自己没有请佣人打扫，一切衣食起居都是他自己打理。

平日里林爷爷喜欢在家里跑步，他家里有登山机、跑步机、摇摆机。他说自己不太爱去户外运动，一方面因为在户外难免碰到熟人，他总是不自觉会在路边与人谈很久；另一方面因为每天有很多来自全国的支持毛泽东的人与他联络，为了节约时间，他还是选择在家运动。

意料之中的是，他家里的陈设都与毛泽东相关，有好几十册毛泽东选集，林爷爷说这都是他自己出资印刷送给亲友以及其他毛泽东支持者的。装饰柜上摆设的都是林爷爷去各地搜集的关于毛泽东的物件。书房里，林爷爷特别提醒，有一张他精心裱起来的证书，定睛一看，原来是他创办的毛泽东思想学会在香港的注册证书。林爷爷说,这也证明了他们是一个合法的社团。林爷爷坦白地告诉我,本来他们的成员是想拉我作为年轻的新成员入会的,但他把我视作家人,还是希望尊重我的意见,让我以学业为重,日后再考虑入会的事。

11. 香港毛泽东思想学会团拜会

2 月 28 日,在距离林爷爷家最近的富临酒家,举办了香港毛泽东思想学会的团拜活动。当天参加活动的人有七八十人,以中老年人为主。但可以明显看出热爱毛主席的那几位核心成员。这个学会是完全由林爷爷出资办起来的,他担任会长,会场也是按照林爷爷的意思布置的,他甚至还从家里搬出毛泽东像,挂在舞台左侧。

副会长李爷爷一见到我就分外客气和热情,说:"叶小姐,我有一个小小的请求,不知道可不可以?"我第一次遇到一位老爷爷对我用这样的表达方式。正在我有点摸不着头脑的时候,李爷爷递过来一张表格,是入会申请表,让我填写。在我来港之前,家人有叮嘱过我参加组织的时候要格外谨慎,我就用别的话题岔开了李爷爷的请求。这样相比之下,我更喜欢林爷爷了,因为林爷爷虽然很激动地让我帮他宣传毛泽东思想,可是私底下总是以亲人的立场和我说参加这个学会的利弊,也考虑参加学会将来可能对我的影响,而非传教性质地拉我加入。

学会活动上年轻人很少,有一个穿着中山装来参加活动的年轻人,年纪 30 岁左右。据介绍,这是一位内地的退伍军人,在部队里开始接触毛泽东思想。因为认识学会里的人,所以这次他也顺道来香港参加学会的团拜活动。还有一个年轻的香港公务员,在这群人中显得很特别。林爷爷现场向大家赞扬这位年轻人特别勤俭节约,自己带盒饭上班,平时还要肩负养家的责任。让我好奇的是,这位年轻人没有在内地生活的经验,是如何走上信仰毛泽东思想的道路的呢?后来在与他的交谈中,我了解到,他在2008年金融危机时突然意识到香港政府说谎话,正好他上网浏览到一个林爷爷他们宣传毛泽东思想的网站,就开始逐渐地吸收马列主义、毛泽东思想,心灵有了寄托。

活动的流程大致是先奏《东方红》,向毛泽东照片鞠躬,给新成员赠《毛主席语录》,林爷爷等人发言,最后一起用餐。

林爷爷在发言时主要强调了参加学会活动的纪律(不要缺席、迟到等),以及领读《毛主席语录》。而参加活动的很多人,在我看来并非是真正的毛泽东思想的支持者,因为在林爷爷发言的时候,有的在场人士仿佛像在婚宴上一般大声聊天,林爷爷总是像班级里的纪律委员一样,走过去比一个"嘘"的手势,让大家安静。在吃饭的时候,他又像个宣传委员,到每桌鼓动大家去舞台上唱红歌、发表演讲。林爷爷本人吃得不多,更多时候都是在招呼大家,他除了声音沙哑,看上去还是很精力旺盛的。

当然,除了宣传毛泽东思想,林爷爷也很关心身边的人。只要在网络上搜索他的名字,就可以找到若干条他在内地捐款的新闻。我生病了,林爷爷去看我,还在我的枕头下留下数千元港币。他说:"不要怕,多少钱爷爷都给你治。"虽然这对于得了小病的我来说有点"小题大做",但是林爷爷这样大老远来探病,也让我切实地感受到他做人的善良和直接。

故事背后的故事

做纪录片的时间久了,特别喜欢有故事的人。所以,当叶嘉莹报选题的时候,林爷爷的故事立刻就通过了。

这是怎样一位老人呢?在香港赚大钱后,投入余生宣传毛泽东思想。

叶嘉莹说,采访过程中 80% 的内容都是林爷爷自己在滔滔不绝地说,虽然中途多次试图打断他,但都被他圆过去了。林爷爷的故事还有很多,事实可能不仅于此。有些事情和理论通过他不断的重复,使他越发相信他描述的那个世界。

这样是否合理?

叶嘉莹在拍摄后,相信这种合理性。她说:我相信每个人都有自己的思维逻辑。走进林爷爷的世界并不是为了反驳他的逻辑,而是通过林爷爷,去了解他们这一个有毛泽东情结的群体⋯⋯

特别开心的就是看到年轻人,对自己未知的世界有自己的判断和思考。相信梁漱溟所说:不要在人格上轻易怀疑人家,也不要在识见上过于相信自己。这个社会如果是多样的和包容的,那么就允许有不同的认识存在。那才是一个可以良性发展的社会。

回乡路

文/林慧君

文摘

他自己的故乡,是中国,也是马来西亚。他想念他小时候住的排屋,家门口的小河。他想念和他一起奋斗的战友,也想念他的母亲。

序

每周,我都要带爷爷出门吃一次咖喱。如果碰巧周末有事,那就改天去或者打包回来。他最爱吃的是咖喱虾,每次都吃得特别开心。有一次还跟我说:"慧慧,为什么这里的咖喱比马来西亚的还好吃?"我也答不上来。奶奶笑道:"你都70年没吃啦,还记得什么味吗?"爷爷没听清,"啊"了几声,又继续吃。

爷爷今年已经87岁了。自从几年前摔了一跤,病了一场之后,听力就不太好,每每要在他身边说好几次,他才能听清;记忆力也大大衰退,新近发生的事总是记不住;走路也很不稳,需要有人在旁用力搀扶,但他不愿意坐轮椅,多慢都要自己走。因为行动不便,除了偶尔出去吃饭聚会和一周一次的"咖喱宴"以外,他大部分时间都在家里,读书,看报,看电视。

他看的电视节目几乎都是抗战剧。前一阵子央视播《海棠依旧》,他因为没赶上头几集,一直念叨。我买回来影碟,他就坐在电视机前一下午一动也不动,目不转睛地看,连一向的午睡都忘了。直看到血压高了,不能出门吃咖喱了,才不得不躺上床休息。还有最近上映的《湄公河行动》,他在新闻里看到了,说要去看。奶奶不让,因为电影院音响太大声,怕他高血压受不了。他气得一顿饭没吃好,我说买碟回来给他看,"那怎么能一样呢!"他还是不满意,而且一直记挂,睡觉的时候还在念叨。

爷爷老了。大部分时候,我们都尽量满足他的要求。有时候我满足不了,会觉得很内疚。最让我感到内疚的,是爷爷经常挂在嘴边的:"什么时候陪我回马来西亚看一看啊?"我总是回答:"医生说可以,我就买机票啊。"但我知道,爷爷的身体很难承受长途飞行和舟车劳顿,我不敢让他冒险,尽管我也怕这会给他带来遗憾。或许,每周一顿的咖喱宴和每天都看的抗战剧,是他另一种方式的回乡。

1. 爷爷的故乡

1929 年,我的爷爷林叙文出生在马来西亚吉隆坡郊区。那时候马来西亚还叫马来亚,是英国的殖民地。英国政府为发展殖民经济,引入大量华人作为廉价劳动力,俗称"卖猪仔"。爷爷的父亲林德就是那样从广东惠州被卖去当苦力的。爷爷对他父亲的记忆很模糊,因为他父亲很早就去世了,留下爷爷的母亲和他的兄弟姐妹住在郊区沙勒秀的一栋二层房屋里。在六个兄弟姐妹中，爷爷排行倒数第二，比他大得多的兄长们亦兄亦父，挑起了全家的重担。他们的子女和爷爷差不多大，所以，爷爷的童年是和他的侄子们一起度过的。

为了拍摄纪录片，我代替爷爷回到了他的故乡。我事先在家里给爷爷做了采访，根据爷爷提及的地方取景。爷爷的侄子阿有伯伯带我去看了他们当年住的房子。那是一幢联排的平房，已经没有住人了。地面凹凸不平，走进去能闻到朽木的味道。连接二楼的楼梯也已腐朽，每走一步地板都有要踩塌的感觉。阿有伯伯按了一下墙上的开关，80年前的老吊扇竟然还转得动，风吹起来呼啦呼啦的。我对着吊扇拍了几个空镜头。来之前爷爷说，家门口有条小河，小时候他很爱在河边唱歌。然而这么多年过去，小河已经被填平了，他记忆中的柳树还在，却也枝丫稀疏。

阿有伯伯说，当年一大家子人，就是在这幢小楼里打通铺睡觉的。现在看起来很苦，其实当时的华人都这样。那时大量的华人移民到马来亚，引起了当地人的恐慌。英国政府为了强化统治，为自己塑造了马来人保护者的角色，不给华人公民权，因此华人不被主流社会所接纳。华人社区之间的情谊却因此更加牢固，对中国的关心更甚于对马来社会的关心。不像其他地区的移民，马来的华人从一代二代起，就坚持传统的中文教育，并且一直延续至今。爷爷上的就是沙勒秀附近的一所中文小学——大同小学。

当我到大同小学门口的时候，阿有伯伯跟我说，这也是他读过的小学。其实不只是他，整个林家从爷爷的爸爸算起，至今五代人，除去第一代，每一代人都是大同小学的学生。这让我很惊讶。因为他们都已经搬离了沙勒秀，有些还住得很远，却依然把小孩送回来上小学。可能这就是家族的传承吧。

我看到的大同小学是几栋现代教学楼,而爷爷记忆中的校园是一排茅草屋。"那已经很好了,以前穷人家的小孩不一定有学上的。我的学费是大哥挣来给我的,"爷爷说,"好像差不多小学毕业的时候,日本人就来了。"

2.抗日、坐牢,和母亲永别

1941 年,太平洋战争爆发,日军登陆马来亚,马来亚进入了为期 4 年的日据时期。同一时间,国内抗日战争进入到白热化阶段,日本政府在马来亚境内大肆欺压华人。爷爷说起这个依然愤怒,他亲眼见到老师被日军屠杀,邻里被捉走以致家破人亡的事件。一开始,他们每天都活在担忧之中,生怕一个不慎就丢了性命,比英国政府统治时期更小心翼翼。当时报纸已经在民间流行,每天国内的抗战消息源源不断地涌来。人在异乡,心系故土,同仇敌忾的心情让他们对中国的关注越发强烈。很快地,不少华人开始积极抗日。有的人组织大伙搞游行和募捐,有的人制作抗日材料,偷偷派发宣传单。这股思潮也影响到了小学。在目睹了日军的种种暴行之后,爷爷也开始关注起中国的抗日情况。

伴随着炮火隆隆,爷爷进入了中学。"开始是在尊孔中学,后来就转去了中华中学。"当时才 13 岁的爷爷受抗日思想熏陶,觉得中华中学思想更加进步,就给自己办了转学手续。好笑的是,这事家里并不知道。他正式过去读书之后才告诉家人。当时的中华中学只是比较好的华文中学,而今天的中华中学已经是马来西亚知名的华人学校了。林家的子女一直以考入中华中学为目标,却也不是个个都能考进去。

进入中华中学之后，1945年，爷爷在16岁这一年，加入了新民主主义青年团（新青团）。同年，日本投降，二战结束。

说到新青团，爷爷脸上泛起了笑容。他还记得，当初是一个老师把他带进团里的，他负责的主要任务是宣传。因为爷爷爱唱歌，于是加入了抗日救亡歌咏队。他们利用晚上、周末和节假日，在师生之中组织义演，奔赴各个地方演唱抗日歌曲或者表演话剧，号召人们团结起来奋勇战斗。爷爷演过《夜之歌》和《升官图》。尽管布景简单、道具简陋，但大家认真热情的表演，还是获得了当地华人的喜爱。"大刀向鬼子们的头上砍去，全国爱国的同胞们，抗战的一天来到了，抗战的一天来到了……"久未唱歌的爷爷，依然清晰地记得歌词。

在加入新青团后，爷爷又加入了马来亚共产党。18岁的时候，他在一所夜校当老师。然而，教师和马共成员的双重身份，让他时刻战战兢兢。日本战败后，英国政府重新执政。爷爷回忆："英政府明面不捉你，但会在背地里捉你，很多暗牌（特务）。"1948年6月20日，英国政府颁发紧急条例，内容是疯狂镇压马共团体。爷爷收到风声，回家躲避了三天。阿有伯伯说，当时家人也不知道他发生了什么事，只模糊地听说他加入了抗日组织。三天后，爷爷偷偷返回学校准备上课，在公交车站里，突然有把枪抵住了他的后背。

"其实我早就被敌人跟踪上了"，爷爷说。于是，来不及跟家里人交代一声，他就这样离开了家，被押上车带往警察局。"审讯啊打啊什么都做了"，爷爷还是一口咬定他没有罪。警察只能把他关押在扣留所内，一关就是一个星期。我问爷爷："那时候你也才18岁啊，不害怕吗？""那时候就是想着要怎么应付他们，没有害怕过，真的没有。"他这样回答。

　　尽管严刑拷打，他也没有承认他是党员，但他在马来亚的罪名已经被定下。就是这薄薄一纸案底，在之后的半个世纪，化成一堵厚厚的墙，让他无法回家。

　　在爷爷的叙述中，被扣留了一个星期之后，他被送去了半山芭监狱，在那里被关了一个月。然后被转去马六甲集中营，在集中营里被关了将近一年。半个世纪过去，半山芭监狱如今只剩下一座被隔离起来的牌坊；而马六甲集中营，也早已消失在人们的记忆中。我问了几个马六甲老人，他们都不知道昔日的集中营在哪里了。

　　回忆起集中营，爷爷说，那时捉了好多华人到集中营里。有的华人村落被集体搜查，没有过关的一律送进集中营。在营里，男、女、小孩分开住在不同的营区，有的夫妻就此分散了。爷爷不知道什么时候能回家，想到前途也是一片茫然。不过有趣的是，爷爷天性乐观，在集中营里也没有多少恐惧。况且集中营的管理还算松散，除了日常劳作之外，其余时间没有太多管束。爷爷就偷偷组织了一支歌友团。"他们没发现的时候，我就集中了一帮人唱歌，我来指挥。""你你你，你是个坏东西……柴米油盐布匹天天贵，这都是你，都是你，囤积的好主意！"爷爷唱起在集中营里唱的歌，脸上笑开了花。"很好听的！"他笑着说。

　　然而就像所有经历过集中营的人一样，除了苦中作乐，他也有难以弥补的遗憾。

　　在住了快满一年后，一日通知下来，所有犯人要被押往位于新加坡的四排监狱，之后便要被遣回原籍。这就意味着，爷爷要被送去从未生活过的故乡——中国。爷爷的母亲骆卿收到通知，立刻申请过去探望。阿有伯伯当时也随她过去了。据他讲述，当时家人知道爷爷被捉走了，很是焦急，等了一年才有消息，想不到却是这样的消息。太祖母典当了家里不少物品，换来一只金戒指。多的东西也没有了，怕爷爷不能带。她戴着那只戒指，牵上阿有伯伯，去了集中营。

"集中营有铁丝网围着，中间是一条路，妈妈在那边看向我。临离开的时候，她把手上的戒指脱下来，用手巾包着，扔向我。"那天的情景对爷爷来说历历在目。"那时候我都没想过那是最后一次见面了，没想过啊！"爷爷的母亲在几个儿子里最疼爷爷，她送走了心爱的孩子，不知何时才能相见。那抛出去的金戒指，不仅仅是贫穷家庭中最贵重的东西，还有一个母亲对儿子最不舍的寄托。

被押往新加坡后，爷爷在四排监狱被扣押了半年。1949 年 5 月，爷爷被押上船，在船舱最底层度过了七天七夜。晦暗的船舱没有光，也没有海风，只有一波又一波的起伏，有些人吐得天翻地覆。幸亏爷爷撑过来了，还在船上认识了一些朋友，有些至今还保持联系。七天之后，船终于停靠在一座中国南方小城，汕头。那是爷爷第一次踏上祖国的土地。

3. 新中国

下船之后，他凭着马来亚朋友的介绍，进入了游击区。在芦苇荡的日子里，因为肚子饿得很，他把母亲给的金戒指当了，换了一些钱，还买了两条烟分给朋友。不久之后，他做了游击小组的干部，还加入了华南文工团，继续他喜欢的宣传工作。几个月后，广州解放，他在华南文工团的队伍里，踏着正步进了广州。

光阴似箭，爷爷从汕头走到广州，从游击队员变成宣传兵，又从宣传兵变成文艺兵。一路走来，际遇随着国运沉浮。50 年代末，他因为华侨的身份被打成右派，下放到农村进行改造，一去就是五六年。而在马来亚，他的母亲自从集中营一别，天天都在等待爷爷的消息。当时国内与国外没有信件往来，讯息隔离。他的母亲一直没有等到信件，天天以泪洗面，到后来眼睛已经不太好了。1963年，他的母亲去世了。在通信并不发达，政治重重阻隔的年代，他的母亲不知道自己的儿子还活着，而他也不知道他的母亲已经在等待中耗尽了生命。

这段是我从小就知道的家事。然而，当爷爷再次对着镜头哽咽讲述的时候，我感受到从未有过的心酸。"我当然想回去了，回去一次看看自己的亲人。"爷爷说。关山路远，道阻且长。离家万里不得归，也不知何时能回，在那个动乱的年代，应该有很多人跟爷爷有着同样的心情吧。

爷爷被下放到农村的时候，已经和奶奶结婚了。奶奶背着姑姑，带着爸爸，每周去农场一次，给爷爷送吃的。就这样过了几年，好不容易爷爷出来了，想着终于能一家团聚，却遇上了"文革"，爷爷又被批斗。于是，又是漫长的两地分离。爷爷对于这段下放的经历，所言不多。只是回忆起有时候在农村能吃上烤猪，那可是外头都吃不到的好东西。他也跟着当地的农民学会了怎么做烤猪，"那吃起来可香"，他给我描述着，话语带笑。

"文革"结束之后，爷爷已经50多岁了，他终于又回到了他最喜爱的舞台上。70年代，家家户户都逐渐有了电视。每天晚上的"固定节目"就是一家人围着坐在一起吃晚饭，看电视剧。爷爷参演了好些风靡一时的电视剧，多数是喜剧。他最知名的作品是80年代制作的，长达104集的《万花筒》。那是国内第一部情景喜剧，播出的时候受到了空前的欢迎。他饰演冯主任，是一个有很大官架子的芝麻官，每次遇到的事情都让人捧腹。就是我现在看,也还是觉得很好笑。小时候跟爷爷外出吃饭,总有老一辈人认出爷爷,叫他"冯主任"。爷爷也都会乐呵呵地打招呼,像邻里见面一般。他的粤语很地道,普通话也很好,一点马来口音都没有。除了家人,没多少人知道他从马来西亚来。他多次往家里寄信,却都石沉大海,杳无回音。

"那时候我们一直在等消息,"马来西亚的大伯说,"一直在等,一直在等,终于等到他的消息了,却过了几十年。"

1990 年,马来西亚取消了禁令,那一纸案底的力量才渐渐解除。爷爷一直寄信的地址是沙勒秀的老宅,他不知道老宅已人去楼空。幸亏有一次,老邻居看到了信,辗转交付给已经搬离的叔伯们,爷爷才跟失联的家人联系上,并约在香港见面。当时 60 岁的爷爷和奶奶坐火车到香港,一住就是一个月。他的姐姐和妹妹也来了,把马来的情况翻来覆去地说给他听。后来见面次数逐渐多了起来。改革开放之后,爷爷回了好几趟吉隆坡,中华中学百年校庆的时候也回去了,很多老校友都是从中国回去的,他们都有着和爷爷相似的故事。

4. 那一代人

在吉隆坡采访阿有伯伯的时候,他说,其实当时家里不仅爷爷去参加了抗日救亡,他的堂叔也参加了。那是另外一个少人知晓的故事。1938 年,武汉、广州沦陷之后,中国边界被日军封锁,只剩下一条滇缅公路可以输运军资。但前线的机工人数严重不足,不少华人同胞报名回国支援。于是这个年轻的小伙子凭着一腔热血,来到了敌机环绕的滇缅交界。几载寒暑,他们不分昼夜地运送战备,还要躲避当地高发的疟疾和敌军的轰炸。这保证了抗战的持续进行,但也牺牲了他们中三分之一人的生命。我不知道这数字是否确切,只知道那位年轻人自踏上去滇缅的路起,就一去不回,生死不知了。

那个年代,还有多少这样的故事,不得而知。如果留在马来亚,他们大有可能像其他叔伯兄弟那样安稳地渡过不安的时代,开枝散叶,儿孙满堂。爷爷算是幸运的,他没有去前线,但也遭受了够多的折磨,孑然一人,万里飘零。而那位堂叔叔,却失散在历史的洪流中,我只能通过后人的只言片语来拼凑出他的故事。

在马来西亚,我去了沙勒秀、大同小学、尊孔中学、中华中学、沙勒秀警察局门口,还有半山芭监狱的牌坊门口。我去了马六甲,找不到当年的集中营,就拍了马六甲海峡的空镜头。我把这些镜头整理成片,放给爷爷看。爷爷仔细看着他自 18 岁起就不再生活的地方,其实环境已经大改。昔日的旧街变成了繁华的步行街,他总能发现那些没有变化的细节。"这个风扇还能用啊?""对,就是这个警察局,但不是这栋楼,是不是新建的啊?"爷爷一边看一边寻找与记忆中相似的地方。

我有点不懂了,爷爷既然这么思念马来西亚,为什么当时来中国的时候没有一丝不情愿呢?

爷爷回答说,因为他是中国人,中国是他的故乡。当时的华人刚来到一片陌生的土地,没有一两代,过的是备受欺压的日子,想的是如何谋生,还没有产生多少长期居住的想法,移植得很成功的华文教育又强化了他们的家国观念。在爷爷看来,中国是他从小就听到的,还未回去的原乡。这种心理在一二代马来华人身上是非常普遍的。当时多少少年听到广播,看到新闻,就凭着一腔热血辞别家人,不远万里回到中国参加革命。这些少年,有的消失在时间里;剩下的,大多在中国扎下了根,现在已经垂垂老矣。每个周一早上，跟爷爷围坐在酒楼里的，就是这样一群"少年"。

我跟爷爷去吃过几次早茶，认得几位爷爷奶奶。有一两位在近年去世了，饭桌上的人谈起，平静的语气中有一点伤感。他们很少谈马来西亚的事，因为他们都已经很少回去；也很少谈过去的事，更多是在谈近况。老年的生活就这样日复一日地过去，他们离马来西亚已经很远了。

爷爷谈起马来西亚的时候，更多是马来的亲戚们回来探望他的时候。爷爷的兄弟姐妹现在都已经去世，但爷爷的子侄辈都很有心，每年逢广交会来中国的时候，都会来探望爷爷，带上爷爷最爱的咖喱酱，这就是爷爷和马来最密切的联系了。

我回过吉隆坡两次，第一次就被庞大的家族震惊了。在一位伯伯的家里，我看到林家的大合照，起码有五六十人。我的很多堂哥堂姐已经成家了，他们的中文很好，但很多都只会说，不会写。在聊天群里，他们用的都是英文。他们在 Facebook 上转发的内容，也大多认同自己是马来人。听着他们对话时熟练地在粤语、福建话、普通话、英文和马来文之间切换，我自叹弗如。这是这代马来华人在我眼里的标准形象。

我的姑姑早已移民美国，她也曾经把爷爷、奶奶接去住过一阵。在美国的时候，爷爷、奶奶住在唐人街里。爷爷还好，他会英语，能进行日常的交流，奶奶却是一点英语都不懂的，因此去之前还很担心。但到了那边，情况完全相反。奶奶认识了不少新朋友，爷爷却大门不出二门不迈，只是在家里看电视，还抱怨没有国内电视台，看不到抗战剧。奶奶在那里认识了飞虎队的老兵，把爷爷带过去和他们一起说往事。这是爷爷唯一期待的活动。姑姑带他们去加拿大游玩，爷爷也兴致缺缺。他老了，不想去看更多的风景,他想去的地方只有两个:马来西亚和中国。

我问过爷爷:"如果一早知道要离家(马来西亚)50年,你还会选择参加革命吗?"

这个在我看来是很痛苦的问题,爷爷却想也不想就回答我:"不会的,不可能会后悔的。怕死不革命,革命不怕死。"说完他又笑了,他的表情告诉我,他不是在喊口号,也不是因为拍摄而标榜什么,他是真的视危险如无物,为了理想悍不畏死,在他那代人看来,这像吃饭喝水一样自然。

5. 哪里是故乡?

我问了爷爷一个当时我不解的问题:"你的故乡在哪里?"爷爷想了一想,说:"我从出生开始就在马来西亚,但是这个地方不是我以后想回去终老的地方。我的故乡还是在中国,还是在惠州,我原来的故乡就在那里。"这段我录了下来,放在片子的结尾。

然而我不完全认同。爷爷说我们现在的家和故乡是中国,这我信;但他自己的故乡,是中国,也是马来西亚。他想念他小时候住的排屋,家门口的小河,他想念和他一起奋斗的战友,也想念他的母亲。对于祖国的热爱,让他义无反顾投身国难,自此一生动荡,万里飘零,幸存或牺牲,都无怨无悔。从吉隆坡到马六甲,到新加坡,再到中国,这条在我看来离乡万里的旅途,在他眼中,却是一条命中注定的回乡路。他从小被教育成为一个中国人,这颗种子在他心里生根发芽,支撑他一路走来。

为了给片子做结尾,我和爷爷到珠江岸边。这并不是他当年登陆的码头,但不变的是滚滚江水顺流而下,似乎裹挟着历史多

爷爷一生离乡别井

少激动无奈，多少悲喜交集。

"今夜别离你，奔向艰苦搏斗的中原。我们默默地怀念，美丽的马来亚，我们第二的故乡……"往事一幕幕如水流过，这个 19 岁离家，长年不得回的游子，在广州的高楼大厦前唱起半个世纪前他在押来中国的船上唱过的歌，歌声颤抖，涕零如雨。

我一直很感谢爷爷和他的同辈人，是他们收拾好破碎的山河，让我们有了安宁的现在。我把爷爷的故事拍下来，权且当作一次小小的致敬。然而爷爷很喜欢，看了一遍又一遍。爷爷知道我记住了他的往事。所谓家庭故事，不外乎你在说，我在听……

故事背后的故事

我们每年都是在新学年开始时，才开始募集想参与纪录片项目的学生。这其实是非常随机的一种形式，有非常大的偶然性和不确定性。刚开始做"族印·家庭相册"项目的时候，我们其实有很多的担忧。

比如，有些学生完全不知道什么是口述史，有些学生完全没有拍摄纪录片的经验。但是这些都算是技术性的问题，都可以在培训的过程中慢慢解决。我最担心的反倒是，没有好的选题和故事。

但是，没有一次让我失望过。因为最好的故事，永远来源于生活。

林慧君是我们第一季"族印·家庭相册"纪录片项目的学生。毕业 3 年多了，每次想到她，想给予她的最精准的描述，就是一个完美的孝顺孙女。

　　我不知道是否还有更多的年轻人，愿意并且能够像她这样，替爷爷重返故乡，记录爷爷曾经生活中的点点滴滴。她走访了爷爷住过的老宅，成长的小学，甚至爷爷曾经被关押的集中营。这位爷爷真的可以说是世界上最幸福的爷爷之一。

　　如果没有更多的像林慧君这样细致的拍摄者和记录者，普通的马来西亚华侨和他们在中国近代史上留下的辉煌一笔，也许就像流星一样，消逝在浩瀚的历史长河中了。

　　这是家史，更是历史。

冬天家庭

文/罗立鹤

文摘

毫无疑问,感情、依赖、温度这些东西仍然并且始终存在。但对于我、父母、外婆他们来说,感情就像是一个被摔碎的瓷盘子,虽然碎片一片都没有丢,但再也无法还原成以前的形状了。

序

回头看,在我成年前的十几年岁月里,对于我的家庭,我并无什么难忘的回忆。无论是美好的,伤痛的,并没有什么印象或者深刻的大悲大喜。我想我可能已经丧失了用文字讲述故事的能力,又或许是我还远远未到能够追忆往事的年龄和心境。

成长的过程中,父母自然是最为重要的两个人。不,我的母亲是更重要的那一个。父亲一向比较自我,对我的成长并没有太多帮助,至少我是这样想的。另外还有外婆,她算是除了爸妈外的亲人中对我最好的人。从小我就很喜欢外婆,当然也可能只是因为她做的菜很好吃吧。

现在想想甚是可惜。因为他们三位现在已经不太可能和我一起坐下来吃顿饭了。

1. 妈妈

我的胸口一直到肚子有一道很长的刀疤，那是 1998 年做心脏手术留下的。听说妈妈怀我的时候发过一次烧，对胎儿发育有一点影响，以致我先天心脏房室间隔有缺损。房室间隔修补术，我到现在才能勉强记住这个名字。如今这不算是大手术，但在 1998 年，两万块钱的手术费不是一般的教师家庭能够负担得起的。对了，我的爸妈，都是成都一所高中的老师。

1998 年，为了做这个手术，救回我的小命，妈妈除了工作外还找了别的兼职，再找朋友东借西凑。那段日子实在是很苦，当然这也仅仅是我后来听大人们说起的。初闻此事时，我确实觉得非常感激，小小年纪心里就暗暗下定决心要报答妈妈。但现在想起来，其实那时候也并无太大感慨。因为年龄见识所限，想象不出也感受不到妈妈的辛苦，再怎么感动也只是心理暗示，内心深处还是不痛不痒。

妈妈出生在重庆市潼南县，那时候重庆还没有从四川省分离出去。县城建在一片丘陵地带，城外经过一条叫涪江的大河，那里产的涪陵榨菜很有名。大河旁有很大一片河滩，上面铺满了密密麻麻的鹅卵石，大小不一，形态各异。城镇的地势高于河滩，交界处是一面高数十米的悬崖。半山处有一座寺庙，叫大佛寺，里面有一座高三十多米，号称世界最大的镀金大佛。这座建于明朝的寺庙是这个城镇旅游业唯一的支柱。

就 60 年代出生的人来说，妈妈其实出身还算不错。生长在城镇，没有体验过农村的辛苦。他的父亲，也就是我的外公，是县级法院的院长。除了"文革"的时候外公被批斗过，被强戴过"铁帽子"之外，整个家庭还算安稳，衣食无忧。

外公外婆有四个小孩，除了老四是男孩外，前面三位都是女孩。妈妈排行老二。老大出生那年，正是全国困难时期，谁也吃不饱，想来是因此影响了发育，所以生得比较矮小。老三调皮捣蛋，在外给父母惹过不少麻烦，因此常常是子女中最常被当作反面教材的一位。弟弟老四太小，什么事情都需要姐姐们照料，凡事出不得风头。而妈妈生得漂亮大气，成绩好又乖巧懂事，自然成了四子女中最得父母重视的一个。

二十世纪七八十年代，民间的热武器管理似乎没有太严格，不像现在的老百姓是不可能也没有渠道接触枪支弹药的。由于外公是部队出身，又在地方法院高层任职，因此家里还留有一把老式手枪。从小接触过枪的妈妈高中时入选了县里的射击队，还曾外出参赛，由此成了学校里的风云人物。除此之外，她还是学校排球队的"二传"。在那个《排球女将》火得一塌糊涂的年代，一个外表秀丽、性格大方，还打排球的女生，自然成了县城的小鹿纯子，"女神"级人物。

2. 父亲

距我妈妈生长的潼南县三十余里地的地方有座小镇，两条河流相对穿镇而过，因此这里叫双江镇。这个地方现在成了 4A 级旅游景区。从前在这里有一大户人家，姓杨。杨家后来出了两个大人物，一个叫杨闇公，另一个叫杨尚昆。前者在革命早期牺牲，后者后来成了国家主席。双江镇附近山水农田围绕，数十户姓罗的农民住在其中一处山湾中。那里，便是我父亲的故乡。

爷爷奶奶生了三兄弟，父亲是长子，在家中待遇和老二老三本来并无太大分别，但是父亲天资聪慧，又极爱读书，在学业上从来游刃有余。因此，爷爷奶奶往往免去他放学回家做农活的任务，放任他每天读书。那些繁重的农活便都由老二和老三承担。其实在那个年代，"读书改变命运"并未成为一种普遍观念，爷爷能够放任父亲整日读书而不做农活，也不过是因为他自己是小学教师，觉得孩子读多了书将来可以去当个老师罢了。

在我小时候，每当我犯了什么错，需要被言传身教的时候，父亲总会跟我讲他儿时生活与求学的种种辛苦。父亲高中是在县里的潼南中学念的——那也是妈妈的母校。（妈妈大父亲两岁，所以在妈妈临近高考之时，父亲还是个初入高中的小学弟，当然那时他们并不认识。）家住乡下的父亲，由于家距离学校太远而不得不选择住校，每到周五放学才回家过周末。周日晚上则需要走上十里地到镇上，继而坐公车去县里的学校。听父亲说起，那个时候学校的食堂并不会提供现成的餐食，而是需要学生自带饭盒与食材交予食堂，饭点的时候再去取做好的食物，食堂不过是提供加工服务而已。爷爷奶奶收入低微，除去日常花销和孩子们的学费，到最后能够进到一家五个人嘴巴里的东西并不多。在学校的时候父亲大部分的食物就是红薯混合一些米饭，再配以一些咸菜，现在想来实在辛苦。

80年代曾经流行过一个词，叫"万元户"。那时候大家都想做笔小生意成为"万元户"，正在读高中的父亲也不例外。他把攒下来的生活费拿去买了介绍鱼类养殖之类的书，琢磨着退学去养鱼，成绩也逐渐下滑。后来被爷爷知道后，遭到一顿毒打。那之后，父亲痛定思痛，专心务学，在高考中大爆发，考了个全县第二的好成绩。

但每每说到此事，父亲都深感遗憾。因为他高考的成绩原本够上复旦，却因为当年家庭的思想观念和经济能力所限，他在高考前选择了提前与四川师范大学签约。毕业之后，他回到自己曾经念书的高中，做了一名老师。

3. 外婆

外婆过去的事我其实知道得并不多。因为外婆在老家，而我在成都长大，每年仅能在寒暑假与外婆相处十余日而已。再加上年龄辈分之隔，我跟外婆的交流话题也非常有限。最可笑的是，我在上了初中后才知道外婆的名字是什么。

外婆的出身如何，她的父亲母亲是怎样的人物，我一概不知。仅仅知道她小外公 8 岁，是外公的第二任妻子。我所知道的关于外婆年轻时候的信息，几乎全部来自于其他亲友在春节饭桌上就往事的闲聊，但信息颇为破碎，并不确切。外婆年轻的时候似乎是一位公务员性质的搞建筑的工头，性情非常豪爽。作为一个女子，往往能在酒桌上撂倒几个爷们，白酒都是一碗一碗地下肚。大人们谈及此事，一般是从我舅舅嗜酒如命一事上说起，说舅舅的酒量都是遗传自外婆。当大人们说到这事时，外婆几乎都是在场的。我记得外婆听到大家追忆其青年时代的豪情，总会眉飞色舞地描述酒桌上的细节。尽管她因为切除了一个肾，已经无法再言饮酒之欢了。

外婆很关心我的成绩。小学的时候，大人看重的一般是语数两门科目。只要期末考试拿到双百，外婆就会奖励两百块钱（那时这对孩子来说并非一笔小钱），低于95分就没有奖励了。好在我成绩一直不错，逢年过节聚会时，外婆总喜欢跟那些不算太亲的亲戚介绍我，后来我考上了人大，去了香港读研，就更是如此。虽然外婆性格大方，心地善良，但对面子一事还是看得比较重。

4. 聚散

我初入大学，第一学期顺顺利利，参加了很多趣味非凡的社团，结识了要好的朋友，去了很多向往已久的名胜。紧接着我在寒假回到家，妈妈就告诉了我，她因父亲出轨而与他离婚的事。

从小到大我从未察觉到父母的关系有明显的嫌隙，他们似乎一直都很好。父亲比较以自我为中心，不太考虑他人的感受，有时对妈妈不够体贴，但总的来说性格温顺，比较听话。

这件事当时对我来说除了打击之外，还让我对过去生活的记忆产生了怀疑。一起生活了20多年的人，自以为完全了解的人，竟然会在短时间内做出颠覆以往所有印象的行为。很长一段时间内，我都无法思考这些问题，念头稍微一起，我就会感到痛苦烦躁。回到学校，正好可以让我避开烦恼，埋头于其他事务中。就这样，我浑浑噩噩过了两年。

再后来，听说父亲过得也不顺利，终于又变回一个人。他在外租了房子，工作倒是未受多少影响，但因为自己生活习惯差，又没有妈妈的照顾，整个人不修边幅，看着状态实在很糟。虽然我寒暑假回成都，吃饭出游，他们还是会一起陪着我，但这种形聚神散的状态让身处其中的我周身不适。

在学校的时候，我常常和妈妈视频，问问近况，聊聊最近看过的电影和书，再听听妈妈对我学习生活的嘱咐。但我们从未谈起过父亲。对父亲，我只偶尔发去信息问候身体，并不会与他长谈，更不会进行视频通话。父亲曾在我得知他们离婚一事后不久，给我发过一封长长的电子邮件，站在父亲的角度说了一大堆，什么很多事我不懂之类，但在我看来实在避重就轻，我不得其意。之后我也没有和爸妈聊起过这封邮件。

大学生活过去了大半，到了大三下学期，课程已经修得差不多了，我便开始了实习。虽然不知道具体的时间点，但可以确定的是，妈妈和父亲是在那一年正式皈依了藏传佛教。他们开始和佛学院的很多师兄一起学习佛家经典，作为弟子开始修行。那个暑假我回到家，发现曾经的书房已被改造成了佛堂。每晚妈妈都会在此磕长头，通过网络听上师讲课，周末跟志同道合的人一起上课交流。这些我都能够理解，也为妈妈感到高兴。稍感诧异的是，父亲回来了，并且和妈妈一道做着这些事。

过年的时候，爷爷奶奶私下找过我好几次，让我向妈妈劝和，说父亲已迷途知返。我口头上答应，但根本无法也不想去开这个口。我早已打定心思，他们的事，让他们自己去解决。我会做好一个儿子，也会一如往常地爱他们，但……就是做不到。

或许不插手这一决定是正确的，妈妈和父亲的关系越来越好。甚至有时候我会恍惚觉得，离婚从未发生过，一切都一如往初。三人一起吃饭的时候，他们可以对一些哲学性问题探讨到很深的程度，也可以就一些共同圈子里的八卦聊得热火朝天，我很开心。

假期我和妈妈单独在一起的时候，不论是逛街还是出游，她很多次问过我："你觉得你爸爸现在和以前比有没有什么转变？"每次妈妈问起这个，都会让我陷入很窘迫的境地。因为我知道她想听到什么样的答案，但我确实看不清也得不到那个答案。至少我知道妈妈是在求证着一件事,一件非常重要的事,一件可以让她内心彻底解放的事。我说不来谎,这种事情上也说不得谎,因此每次我都用含混的回答糊弄过去。我能够读到妈妈眼里的失望。

5. 大年三十

拍纪录片的时候,在对父亲的采访中,他说了一件事,他用这件事部分解释了当初离开妈妈的原因。

因为我。

每年的大年三十,我极少在爷爷奶奶家过,总是在外公外婆家,即是妈妈那一边。其实造成这个情况的客观原因有很多。但父亲认为,归根结底是两家地位的差别。因为父亲当初家境贫寒,与妈妈并不门当户对,因此 20 年来很多事情都迁就外婆一家。父亲说自己一直非常不满,但因性格温和软弱,一直忍耐着,其实心里一直向往自由以及能够自己做主的生活。

我只信一半,因此没有将这段话放进纪录片里。

父亲回到妈妈身边,是因为真正认识到她才是这世上真正对他好的人。但一些已经发生过的事和难以改变的事,始终让我身边最亲的这些人的关系在渐趋平静的表面之下,隐藏着不可调和的危机。

共同的宗教信仰是两人之间仅次于我的联结,这种联结的存在到目前已经有近 3 年了,一切都还安好,不知今后又会如何。因为毕竟已经工作的我,不可能像过去几年那样,每年都有机会与他们相处。现在已是 2017 年,很久没有回顾这个家庭故事的我,又陷入了惶恐和不安。虽然远不如过去那般强烈。

我知道或许自己今后再也没有机会与父母外婆共在一个桌上吃饭了,因此也觉得,自己应该在极其有限的可操作空间里,做出一些小动作,或许会成为飓风形成之初那一小股蝴蝶翅膀扇动的风。

2017 年的大年三十,我是在父亲家这边过的。和当初做此决定时设想的状况截然不同,父亲和爷爷奶奶当然高兴,但也仅尽于此;外公外婆固然觉得家里有少许冷清,但也仅尽于此。一切并无太大区别,我本以为这在大家看来是个大问题。

由此我才真的明确了一件事,也是我花了很多时间理解的事——所有事,所有人,都绝不是非黑即白。我们常常会有这样的感觉:在看文学作品如巴尔扎克、莎士比亚所写的故事中的人物时,会觉得他们比现实生活中的人物更深刻,这看似是文学作品对人的各种欲望表现得很极致,能帮助人认识自身,但也恰恰可能是人们看多了文学、电影,那些艺术世界中的形象导致了我们都有一种巨大的认知障碍——认不清人的复杂性。

人的多面性复杂到无法归纳,由人所做的事也就更加复杂。剖析、还原动机和心理变得几乎不可能,结果只能是碎片化的、片面的。因此我觉得,在我家里发生的事,故事的几位主角,他们也难以真正认清眼前的一切。我感觉他们与我一样,疲于再去刨根问底了。大家不约而同地产生了一种想法,一种我不懂如何准确描述,但类似"就这样吧"的想法。

毫无疑问,感情、依赖、温度这些东西仍然并且始终存在。但对于我、父母、外婆他们来说,感情就像是一个被摔碎的瓷盘子,虽然碎片一片都没有丢,但再也无法还原成以前的形状了。

每个人都会有"就这样吧"的想法,这也不是什么不好的事,无非是遇到了过不去的坎,不强求,换条路;碰到了解不了的题,

搁在那儿，再往下翻页罢了。至少我的家人们，他们都是这么做的，也只能这么做了。

故事背后的故事

在这部 15 分钟左右的短纪录片里，妈妈是当之无愧的主角。但是，罗立鹤自始至终都没有对妈妈进行正式的采访。妈妈在短片中，虔诚而沉默。

罗立鹤对妈妈的爱护表现在，在这样一部关于父母和家庭的纪录片里，他根本就不忍，也不想对妈妈提问。

罗立鹤是人大新闻系的高才生，四川人。精瘦干练，完全不像文字中这样细腻和善感。无论是纪录片还是他的文字，我们看到的和读到的，是一个即便已经成年了的年轻人，在父母感情发生变故时，遭遇的那种纠结、折磨和伤害。

在片尾，爸爸对罗立鹤敞开心扉。他说："人生是有季节的。冬天的正常情况和夏天的正常情况是两码事。如果说冬天的时候，还像夏天那么蓬勃，冬天就不正常。"这也是这部纪录片名字的由来——Family in Winter.

罗立鹤仍然相信"家庭就是大家相守在一起"。而他，也会非常非常怀念，他的家庭记忆中，所有一切当时的模样。

那还是因为，不舍曾经简单的幸福时光。

深圳土著

文/黎梓强

文摘

最后我惊讶地发现，原本以为已经消散的"深圳土著"印迹，依然深深地刻印在我的骨子里。逢年过节，我还是会按照老人的吩咐，恭恭敬敬地给祖先上香祈福；无论有多么喜欢外地美食，也还是忘不了那一碗浓浓的老火靓汤。

序

我是土生土长的深圳人。或许是因为从小就习惯了这个群体的风俗习惯和文化传统，我在这个圈子里经历过的、感受过的一切都是那么的理所当然。我从来没有问过，为什么家里有一个"神主台"（即神龛）；为什么每天吃饭之前，都要先给神主台里的观音像和祖先牌位上香；为什么神主台上的水果零食不能随便乱动，要先恭敬地向神仙、祖先们请示过才能拿下来。我也不太在意，为什么吃饭的时候桌子上不能摆 7 个菜；为什么大年初一不能洗头；为什么我们说的"白话"和学校里面教的不一样；等等。我只是很简单地以为，大家的生活本就该是这样子的。你看隔壁屋的三叔公，还有村口的姑婆，也都是这样子生活的。

直到我的堂哥娶了从外地来的大嫂，我才发现，我们这些祖上三代就在深圳扎根的，以村落为基础生活发展的一群人，在深圳的外来人口口中，有着一个意料之外却也情理之中的称呼——深圳土著。

1. 祖上三代便是深圳人

"深圳"一词，意指"很深的水沟和河流"。这是因为在很早以前，深圳不过是南海边上的一个小渔村。当时绝大多数的深圳居民，就是在这些"水沟和河流"上以打鱼为生，过着朴素的渔民生活。就连我自己，也都还依稀记得，三四岁的时候，在爷爷奶奶鱼塘边的茅草棚屋里，听奶奶唱的深圳渔民儿歌渐渐入眠："月光光，照地堂，虾仔你快滴训落床。听朝阿妈要捕鱼仔洛，阿爷睇牛要睇到天光哦……"听爸爸说，像这样的渔村生活，是在 80 年代深圳改革开放之后，慢慢被城市化建设所改变的。而到了千禧年后，基本上所有的鱼塘用地都被当地政府征收整改他用。深圳的渔村历史也因此走到了尽头，如今只有在村头"共和村历史发展图"（注：我所住的村子名为"共和村"）的大型石碑上，才能找到记忆里那清冷而宁静的水塘月色。

多少年来，土生土长的深圳土著居民，个个都是开船捕鱼、织网开塘的好手。奶奶告诉我，大字不懂一个的她，可是当年村里开渔船的领队。她经常带着其他村民，开着那种中小型的柴油渔船，从村里的河港一路开到香港的流浮山，运送河鲜和其他物资。直到如今，奶奶还保留着当年政府发出的渔民证。当年也是凭借此证，才可以一路开船跨境直达香港。我小时候还会帮着奶奶，拿着渔网线，坐在院子里，看着奶奶一针一线地编织出一个长达三丈的大渔网。奶奶一边织网，一边对我说，这样的渔网，现在可以卖多少钱，再织够多少个，就够供我上学读书。

改革开放之后，作为经济特区的深圳，为了发展经济，把曾经的鱼塘都征收建设成工厂和出租屋，随即迎来一大批来此打工创业的外来人员。失去了鱼塘的深圳渔民，再也没有了发挥一技之长的场所。曾经只知道捕鱼的他们，唯有将政府补贴的些许土地建成出租屋，靠着收租得来的收入继续生活。没想到，却成了如今"富得流油的土地主"。

2. 今天的深圳人

如今的深圳人，大体可以分成三种：深圳土著居民，深圳二代移民和外来人员。所谓深圳土著居民，就是指像我家这样祖上三代便在深圳扎根生活的深圳人；二代移民是指在深圳出生或者小时候随父母来深圳，但父母是在八九十年代从其他省市移居深圳的人；外来人员就是近几年来深圳求学打工的人。

在深圳这个拥有 2000 万人口的城市中，像我们这样的土著居民，如今也不过 40 万人，大多以村落形式分布在深圳的远郊地区。这些土著居民主要分为两个民系：广府民系和客家民系。目前以客家民系居多。这两个民系以广九铁路为界，广府主要在西边宝安区（靠近广州，多说粤语），客家大多在东边龙岗区（靠近梅州，以客家语为主要语言）。

我家属于广府民系，爷爷四五岁的时候随其叔父从广州番禺来到深圳,奶奶是一直在深圳生活的广府民系深圳人。如今我所在的村落"共和村",一个约有 700 人口的土著居民村落,还是当年爷爷奶奶领着其他逃难而来的村民一起填河开荒渐渐建成的。当年有初中文化的爷爷一直充当着领队的角色,帮助其他村民一同建设家园。而村落所在的小镇是深圳最西边的小镇——沙井镇,距离东莞市仅有两三公里。我记得小时候我和小伙伴们经常游过那条界河,"偷渡"到东莞市那边摘水果。

随着外来务工人员的不断流入,深圳城市的发展也是日新月异。类似"深圳速度""深圳精神"等词汇不断被印刷在各大市报、区报上。最先是市中心的区域被各地来的创业人才抢占,本身并没有什么竞争力的本地土著居民被不断赶超,最后只能死死守着家传的几块土地生存。而近年来更是连市区外的地方也都尽是说着各地方言的外来人员。今天走在深圳的大街上,几乎碰不到几个说粤语的本地居民。

为了自身的生存延续,也为了迎合深圳的城市发展,深圳的土著居民找到了一条特殊的生存之道:各个土著村落以自己的村子为基础,兴建花园式的居民统建楼,并让全村的土著居民都住进这种统建楼里。将剩下的公共土地以或租或卖的形式换取资金收入,并成立农村合作社股份制公司,让全部村民都成为公司的股东,每年以分红的形式获得一定数量的收入。随着城市的不断发展,土地资源变得越来越值钱,村民们基本上每年都能有几万元到几十万元不等的分红收入。再加上统建楼的房产价值,不得不说,如今深圳土著身上的"隐形富豪""土地主"标签也确实有一定的合理性。

如无意外,当年在江河湖海上自由穿梭的深圳渔民们,凭借股份分红和收租的收入,完全可以在各村的统建楼里打打麻将、跳跳广场舞,逍遥自在。但是,对于像我们这些80后、90后的土著居民,却又是另外的一番光景。小时候的我们,住在鱼塘木棚屋,与村里的小伙伴们一起上山,爬树,到河边玩耍,在池塘抓泥鳅,在水坑抓蝌蚪,去树顶摘水果,在草丛抓草蜢,在芦苇丛掏鸟蛋。然后过了几年,搬到了自家建起的小洋楼里,与同村的小孩们上一所小学,与隔壁几个村的小孩们上一所中学。这几年,大家开始搬进统建楼里,高中毕业后外出打工或者考上大学继续读书。

在外人看来,深圳土著居民大多家里都很有钱。像我这样的青年一代不太愿意努力学习,也不会追求高学历和好工作。不得不承认,对比起二代移民和外来务工人员,大多数深圳土著居民在这方面确实没有太大的追求,但绝不是外人看来的仅仅因为"家里有钱"。

在土著居民家庭里,父母当然也希望孩子能努力学习,但更重要的是希望孩子能健康成长,结婚生子,传宗接代。用我奶奶的话就是:"不求你聪明伶俐,大富大贵,只望你健健康康,娶个新抱(即媳妇),帮你阿爸生个乖孙,就够了。"

没错,靠土地资源的收入,如今大多数原住民家庭都比较富裕,而且村里也有很多资源。土著居民如果在外面找不到工作,可以回自家村委会里挂个闲职,或者做个代名厂长,都能有个三四千元的月收入;再加上分红,生活也过得去。在这种环境下,大多数青年原住民都会选择轻轻松松地生活,不能考上大学就出来工作,娶妻生子。当然也有不少像我这样的,考上了外地的大学,离开了这个原住民的圈子。

如今,逐渐成长起来的年青一代土著居民开始和这个群体外的同龄人接触,渐渐地,就产生了一个让很多老一辈土著居民意想不到也无法理解的事情——"外来媳妇本地郎"。而这,也是我们家,我的爷爷奶奶、大伯大娘不得不面对的真实生活。

3. 外来媳妇本地郎

土著居民有自己的圈子,平时除了收租拿钱,像我的爷爷奶奶、三姑六婆们并不愿意和那些"满口普通话""顿顿吃辣椒""不上香、不拜神"的外地人交流,更不用说彼此之间通婚入户。婚姻在老一辈深圳土著居民看来是一等一的大事,甚至可以说贯穿了他们全部的生活主题。一直以来,土著居民之间的婚姻被认为是"最佳的选择",而"外来媳妇"则成了老一辈的心头大忌。这主要有两个原因,首先是文化沟通。土著居民讲粤语,吃粤菜,按自己的文化风俗婚丧嫁娶,拜神祭祀。两家土著居民联婚,逢年过节不需要两头跑,高兴还可以一大家人一起过节,说的吃的看的都有自己的"谱"。其次就是经济问题。本地人基本上都会有"分红"和"楼租",两家人都是本地的话,基本就不用愁钱的问题了。

大嫂 2006 年从贵州来到深圳宝安一带打工,当时也不过 18 岁;而我堂哥自 2004 年高中毕业之后,去了大伯投资的一家工厂打工。两人因打工相识,最终结为夫妻。大嫂以"外来媳妇"的身份,嫁到我们家族。大嫂的家庭并不富裕,她本身也完全不懂深圳土著文化,甚至连粤语都讲不上几句。之所以能够被长辈们接受,可能主要是当时大嫂有了身孕。看在孩子的情分上,大伯大娘最终还是同意了这场婚事。

然而初来乍到,不懂粤语的大嫂,面对不会说普通话的深圳老一辈土著居民,几乎完全无法交流。语言不通也就成了大嫂融入我们家的第一个难关。大嫂也明白,如果不学会粤语,根本不可能和老人们好好相处。然而，让只有初中文凭，从小就出来打工的大嫂，在短时间内学会一门完全陌生的语言，其艰难程度可想而知；再加上堂哥自己也不太懂得如何教大嫂说粤语，经过最初一段时间的尝试之后，大嫂渐渐放弃了学习粤语的想法。因此，大嫂甚少和家族长辈们交流。即使是过节吃饭，大嫂也不过是摆好桌椅菜肴，默默一个人在角落吃了。我不知道，随着时间流逝，大嫂最终能否用流利的粤语和其他的本地居民交流。但是，留给老人家们的时间并不多了。

这也是老人们最难以接受的地方。以前我不懂，为什么长辈们一直和我唠叨，一定要找个本地的媳妇。最初我采访奶奶的时候，奶奶并不愿意说这件事。因为奶奶觉得，说这事似乎是在背后责怪大嫂，被人听到不是什么好事。直到我多次追问，奶奶才向我透露了她内心的真实想法：

"摸不到她（大嫂）内心，不说话就摸不到啊！我说话她听不懂，她说话我也听不懂。如果我和她说（吩咐）一句话，她到底听不听我的呢？这就是摸内心。说不通话，就听不到心里话啊！但如果是本地媳妇，就可以说；如果她做不对，可以说教；外地媳妇我们教她，她也听不懂，是吧？"

我想，在老人家心里，应该都希望儿女聪明勤奋，家庭和睦，这就需要经常和后辈们沟通交流。但面对外来媳妇的时候，如果连日常的对话都无法进行，就谈不上沟通和交心了。

这几年我也逐渐到了本地人认为的"适婚年龄"，"婚姻"一词开始闯进我的生活。每当回家参加同村小伙伴的婚礼，我妈就会借机问我什么时候找个女朋友，什么时候结婚。长辈们还很认真地问我要不要帮忙介绍。还记得有一次我实在逃不过去了，半笑话半试探地说："我不结婚行不行？还可以省了宴席。"我妈当时就怒了,反应特别激烈:"你敢!绝对不行!你找不找本地我不管,但你一定要结婚,而且一定要回来办喜宴,不然我以后哪有面在村里活下去!"可以说,婚姻,特别是子孙后代的婚姻,已然成为土著居民日常生活最重视的"仪式"。

4.外来媳妇不好当

语言不通,不过是大嫂遇到的第一个问题。随着时间流逝,一些更生活化的问题都渐渐显露了出来。首先就是深圳本地人的饮食文化,这在我们家还真闹过一个笑话。大嫂刚来那段时间,有一次过节和爷爷奶奶一起吃饭,有一道菜是我们这边常吃的清水烫青菜,还真就是拿清水煮熟青菜就上桌。而大嫂吃过之后以为是忘了放调味料,直接拿起酱油往菜上淋,当时就把家人都惊呆了,还以为是大嫂不满意这边的菜,后来讲通了才知道是误会一场。

而这道清水烫青菜,也代表了深圳土著的饮食习惯。沿袭了广东地区的传统,以清淡新鲜为主,讲究保留食材本身味道的粤菜是深圳土著居民的日常菜系。而来自贵州的大嫂则比较喜欢有风味的菜肴。当然按大嫂的说法,并不是一般人理解的"每一道菜都要很重口味,一定要放辣椒",而是强调调味料的使用。像清水烫青菜这样的吃法,在大嫂看来几乎是不可思议的事情。

不过,在"吃辣"这件事情上,大嫂有她自己的看法。来了深圳几年,大嫂也渐渐了解到为什么广东的本地人都不吃辣。刚到这边的时候,大嫂也坚持吃辣椒。但因为广东靠海,湿气比较重,平时也多以湿热天气为主。一旦吃多了辣椒,脸上就容易长痘痘,身体也容易上火燥热。于是渐渐地,大嫂也就不吃了。后来她和我说，过年回家的时候，对着家里的各种辣菜，她一下子还真吃不动了，家人还以为她不舒服，说"怎么出去一下回来就吃不了了，那你以后回家怎么办呀？"

如今无论是深圳还是其他广东城市，因为外来人员的大量涌入，各种外省餐厅菜式遍地开花。老一辈的土著居民们还是无法接受一道菜上铺满干鲜辣椒。每次带他们去吃其他菜系，都要想着法子"哄"他们吃才行，类似"这个不是很辣的""吃一两次不会有问题的"，之后还要听他们不断地唠叨，"吃这么多盐呀味精呀对身体不好""这么多辣椒吃了伤胃"等等。

对大嫂而言，"吃什么"并不是问题，不喜欢的话，就不吃或者少吃就行了；"怎么吃"才是最让大嫂难以习惯和接受的地方。媳妇娶进门了，自然会给家人做饭。刚开始，大嫂也不觉得这会是个问题。离家打工多年的大嫂，对于做菜还是非常有心得的。

但是，问题还是出现了。有一次过节，大嫂给大伯大娘做饭，想一展身手，一次做足了七菜一汤，满满地摆好了一桌。谁知道大娘来了之后，第一句话并不是夸赞大嫂，反而是半吩咐半训斥地说起了大嫂的不是。先是说过节的时候，一定要记得给神主台的神仙、祖先上香，之后才吃饭；然后说做菜一定不能做七个菜，因为只有祭奠先人的时候才会做七个菜。大嫂当时就懵了，满肚子的委屈。自从来了这边，谁也没有和她说过这些事情，好不容易一个人忙活了一天做了一大桌菜，却只换来婆婆的一番责骂，换谁都不好受。最终大嫂也只能默默记下来，避免以后再犯。

诸如此类的日常生活习俗形形色色，如正月不能买鞋，初一、十五不能洗头，等等。对此毫无头绪的大嫂，总是不经意就犯了家里的禁忌。虽然堂哥并不介意这些风俗习惯，也会帮着大嫂说话，但是作为家里唯一的外地人，大嫂还是难免觉得委屈，渐渐变得更不愿意接触这些土著文化。

如果是本地媳妇，这些问题都不会出现，因为从小就会被爷爷奶奶、爸爸妈妈言传身教，也都乐于遵从和延续这些风俗习惯。即使不是本地媳妇，如果能够主动学习深圳土著文化，大多数禁忌也不会犯。如果真的做了七个菜，关系好的婆婆就会教媳妇说，你把其中一个分量大的菜分成两个盘子装就可以了；如果初一、十五不能洗头，出去发廊洗还是可以的。但是，不会粤语的大嫂无法和大娘沟通。这些常规的变通做法，居然还是经由我的这次采访拍摄，她才真正懂得。

4. 土著文化血浓于水

如果说大嫂是因为之前不曾了解，不小心犯了一些土著居民的日常禁忌，还情有可原的话，那么不懂得逢年过节上香拜神，甚至不愿意去做这些事情，就是老一辈土著居民们不能接受和容忍的事情了。对于大嫂来说，拜神上香是她最难坚持的习俗。按照大娘的要求，每逢农历初一和十五，大嫂都要给家里的神主台上香祈福。当遇到中秋节或是春节这些重要的节日，拜神的仪式就越发庄重复杂。

但没有类似信仰，从小也没有接触过类似习俗的大嫂，对此有着本能的抵触。反复而繁重的步骤，更是让大嫂无所适从。于是渐渐地，大嫂能不做就不做，即使是做了，也没有按大娘的要求做足全套。这让大娘非常不满，她多次催促和训责大嫂要学会尊重神仙祖先，为家人后代祈福，但最终还是没能改变大嫂的想法。如今，大娘也心灰意冷了。到了要拜神上香的日子，大娘直接把本归大嫂的部分都给做了，不再强求大嫂。大嫂对此也算是松了一口气。

据记载，这种上香拜神祈福的传统习俗，从唐朝起就一直流传至今。到了如今，除了清明扫墓祭祖这样的集体祭祀活动，日常的拜神祈福都是由家里的女人来做的。如果媳妇不拜神，不上香，说小了是不尊敬神灵，不孝敬祖先；说大了，就是不愿意接纳和传承本地的文化习俗。这样的行为，对老一辈土著居民来说，是绝对不能接受的。点香，举香过头，三拜，默念祈福，这些上香拜神的动作代代相传，一直保佑着土著居民的平安幸福。

这些年，渐渐富裕起来的中年一代土著居民，因为无须过多担忧儿女的生活和工作问题，对外来媳妇或女婿也变得越来越包容，特别是本身就是外来媳妇的婆婆，更加不会过多限制儿女的婚姻选择。

而土著居民们代代相传的饮食习惯、风俗禁忌，或多或少地失去了原有的韵味。饭前上香，似乎只有在节日或是特殊日子才可看见；吃饭不摆七个菜，也大多只剩下老一辈在坚持。而像正月不买鞋的禁忌，妈妈只会说不好，爸爸就更不管了，只有奶奶会和我说，正月不买鞋，是因为老祖宗说，不能在新年的时候给家里带来"邪"运。

如今村里的青年，大多数还是会听从家里的安排，在本地人中选择伴侣，然后在村委会里寻得一工半职，靠平时的收租和年底的分红安然度日。不过，越来越多本地青年选择了外出闯荡，最终不是远嫁外乡异地，就是带回来一个又一个外来媳妇。原本只给本地土著修建的统建楼，也渐渐搬入很多打工创业有成的外地人。可以说，深圳土著居民，已经不再坚持那一片原来只属于他们的天地了。

我一直觉得自己有很多地方都不像深圳土著居民，或许是因为从初中开始就在外求学，很少在村子里生活。但随着年龄的增长，特别是到了这两年参加工作，也开始被家里父母长辈催婚，深圳土著居民特有的传统习俗渐渐开始在我身上"套现"。听多了，看多了，我也渐渐开始思考，深圳土著居民的身份给我带来了什么影响。最后我惊讶地发现，原本以为已经消散的深圳土著印迹，依然深深地刻印在我的骨子里。逢年过节，我还是会按照老人的吩咐，恭恭敬敬地给祖先上香祈福；无论有多么喜欢外地美食，也还是忘不了那一碗浓浓的老火靓汤。

虽然说，我自己是不会也不可能忘记，这些童年时就已铭刻于血脉里的生活记忆。但我不知道，我们下一代的深圳土著居民，还会不会有这样的环境和心情，来一一传承这些辗转百年的深圳土著故事。

故事背后的故事

不仅仅是深圳，全中国、全世界都存在融合的问题：文化融合，宗教融合，风俗习惯的融合。但是这种融合，并不是我吃掉你，或者你吃掉我，而应是 agree to disagree，就是尊重大家的不同，求同存异。

世界上大多数城市，都有两种人存在：本地人和外地人。

地域差异的存在决定了地域歧视的存在。本地人和外地人的矛盾，每一个城市都在天天上演。无论是北京、上海这样的大城市，还是二三线小城市，本地人总是在保持本土文化上抗争，然后自然而然地把外地人看作这种文化的破坏者。除了文化风俗上的不同，外地人在新的城市总是更加努力和拼搏，也会反过来嘲笑本地人的保守和懒惰。

走过世界很多地方，觉得纽约可能是真正实现了这种融合的城市。但也可能是因为，这个城市居民的多样性太丰富了，流动性也太大了。这样反而很难去彼此歧视，似乎只能尊重彼此的不同，相亲相爱了。

深圳作为一个移民城市，可以说是全中国最开放、对移民最亲切友好的城市之一（如果不是嫁为本地媳妇）。正如黎梓强所说："在深圳这个拥有 2000 万人口的城市中，像我们这样的土著居民，如今也不过 40 万人。"在这样一个本地人已经是小众的快速发展和膨胀的城市，本地人对自己的文化和传统消失的担忧似乎也是情有可原。

外来媳妇和本地土著家庭的矛盾，不仅仅是家长里短的争斗，更多的是本地土著对本土文化消失的担忧。黎梓强看到了这一点，并努力把它展现了出来。

失去

他们的哀愁自我消解，
他们的日子飞逝。

——辛波斯卡

东堰桥头

文/周凤婷

文摘

她读《圣经》，唱赞美诗，不缺席每一周的礼拜。她把每一分钱都看得像金子一样珍贵，不掩饰吝啬，不改变邋遢。那些生活在她身上留下的痕迹，她都和它们坦然相处。

序

2016 年 12 月的一天，我忽然接到家里的电话。母亲告诉我，奶奶因为摔了一跤，行动不便，半夜从床上翻了下来，一直到第二天姑妈去送饭才发现。现在奶奶已经被接回姑妈家住，每晚母亲、姑妈几个人，轮流陪护她。

我想，奶奶不得不结束独居生活了吧。

我的奶奶今年 92 岁了，身体还算硬朗，性格开朗。也正因此，她不接受和儿子们居住在一起。相比被唠叨和唠叨人，她更喜欢读《圣经》，做礼拜，独立安排生活。

我和奶奶一直很疏远。在我眼里,她吝啬、邋遢、重男轻女,而且完全缺席了我的成长。她有很多毛病和怪癖,小时候我常常对父母说,她是别人家的奶奶。

1. 从大小姐到小贩的转折

因为太过陌生,我对奶奶反而有无限好奇。

她年轻时经历过什么?她如何从教科书里那些动荡不安的年代里走过来?她如何抚养七个孩子长大成人?她为什么要在绝大多数老人都信奉佛教的乡村选择信奉基督教?不一而足。

奶奶生于 1924 年。她历经了军阀割据、抗日战争、国共内战、土地改革、人民公社、十年动乱、改革开放,几乎是中国现代史的活化石。

奶奶生于浙江省宁波市北仑区(当时为镇海县)。现在的北仑是一个经济发展迅猛的沿海港口城市,但在当时,只不过是一个背靠青山丘陵、面朝大海的小县城。奶奶出身大户人家,曾是一个大家族的小姐。她的父亲是镇海县上有名的大厨师,出门有十几二十个徒弟跟班。奶奶的母亲早早过世,幸而继母对她还不错。

旧时女人,婚事是媒妁之言。到了年纪,媒人登门一瞧,品相端正,家境合格,出了父家进夫家,下半辈子就在那儿了。被掀起红盖头时,也仅仅是知道对方长什么样。

奶奶 16 岁那年,她的父亲帮厨回来,告诉她已订好亲事,是当地保长的儿子。爷爷当时在上海的洋行工作,结婚后奶奶来到上海,和爷爷住在小南门。习惯了县城的自由与空旷,她对大都会的车水马龙感到无所适从。爷爷有一辆自行车,每天上班,嘎地一下消失在巷子尽头。奶奶闲居在家,后来加入太太麻将团,像《色戒》开头的场景一样,麻将渐渐成了她的"职业"。姑姑说,她见过奶奶在上海拍的照片,精致的盘头和服饰,那是她一生最美的照片。

可惜我从未见过她最美的样子。拍摄时我翻箱倒柜,也不曾找到那些记忆。从我记事起,奶奶就是一个信基督教、做些"倒买倒卖"的小生意、对女孩子不太在意的老人。我被寄养在外婆家到 3 岁,而后一直同父母一起生活。我的奶奶从未像别人家的奶奶一样对她的小孙女嘘寒问暖,像心肝宝贝一样疼爱。

奶奶曾经肋骨生水,但爷爷没当回事,觉得是"闲出来"的。她回到乡下养病,幸而遇到老医生,治好了。但是病根从此落下,以后每生一个小孩,她都会头痛欲裂,需要旁人给她揉搓以减轻痛苦。

但她还是生了九个孩子。大儿子夭折,小女儿溺水而亡,留下七个孩子。

抗战愈演愈烈,爷爷所在的洋行倒闭,他拿着遣返费回到乡下。那儿的单调生活和日日笙歌的夜上海完全不同。爷爷是个公子哥,从小生活优渥,喜爱拉琴看戏。抗战后又三年内战,小镇不可避免地卷入动荡。祖上的资财慢慢耗尽,爷爷与生俱来的优越感再无处安放。于是,他把怨气撒在了妻子和孩子身上。

爷爷时常郁郁寡欢,在外"老好人",在家却动辄打骂。回到农村后,他在粮站做会计,工资不多,为人又耿直。虽然管着村里的钱,但从不打小算盘不动歪脑筋,有时为了不让人说闲话,反而吃点小亏。随着孩子一个个出生,微薄的工资渐渐承担不起家中需要的口粮。稍微值钱的家产被逐一变卖。爷爷卖掉一个铜锁,却先下馆子喝了黄酒吃了猪肝。在物资匮乏的时代,他还是要自己先饱餐一顿。奶奶知道后直抹泪。最后，熬不下去了，爷爷卖掉了雕花大床。

家产就这样被逐渐卖光。现在奶奶住的老屋甚至有些破败，完全看不出曾经富贵的样子。

那是个命如草芥的年代。养不活的孩子送了、扔了、卖了，都是常事，但奶奶从未这么做过。有一次她听另一个老人讲如何把家里的两个7岁男孩带到宁波去丢掉，她哭了。她说她舍不得，生下的小孩，无论如何都要养活。

七个孩子，大都是她靠走街串巷、"倒买倒卖"养活的。

大姑妈8岁那年，奶奶带着她和还在喝奶的小姑一起去上海。天气很热，码头上很多人排队接受盘查，小姑被塞在篮子里，时间太久，腰里生了疮，没了生气。有人劝奶奶，直接丢水里吧。她坚决不。奶奶对孩子没有太多慈母的关爱，嘘寒问暖、亲密无间，她从没有过。但她用尽各种办法，让孩子活下来了。在家家户户在生产队挣工分的年代，她已经开始寻思做点小买卖，因为那样来钱快。

那时交通极不便利，挑担子走码头都靠脚力。而且一个女人常年在外，免不了闲言碎语。在父亲的印象里，爷爷奶奶三天两头吵架。吵得最凶的一次，爷爷直接把刀架在奶奶脖子上："再说我就杀了你！"

奶奶想离婚，但那个年代离婚关系到双方家族的脸面，这件事很快被家族族长阻止了。

2.养育儿女

在人人挣工分的年代，贩卖东西是犯法的。码头上天天有人盘查,严查"投机倒把"时,奶奶还被抓过。

奶奶做小本生意,把乡下榨的油拿到上海换各种粮票(全国粮票最值钱),再批发上海的日用小商品,到乡下街头巷尾兜售。吃住无定,夏天在街边找个僻静处躺一宿,算是过夜了。

生意人对外人吝啬,对自己也苛刻。姑妈曾和奶奶一起去舟山买小鸡小鸭,住在人民公社旅馆。房间是通铺,一个人一晚一块钱。晚饭是只放了酱油的清汤挂面,也是一块钱一碗。每次把吃剩的汤面喂了小鸡小鸭后,奶奶会把旅馆的碗偷偷拿回家,家里越积越多,最后堆了二三十个。后来奶奶入了基督教,有一天,她把所有的碗都还了回去,对旅馆主人说"我以前思想很不好"。

那时,奶奶几乎一年有半年的时间在外面跑码头。镇上生意不好做,她就去舟山附近的小海岛。小岛地处偏远,对日用品的需求更大,赚的钱相对多,可辛苦的程度也是翻倍的。出入海岛的唯一工具是小船。有一次,从海岛返程,狂风暴雨,她和姑妈两人身上只披着麻袋挡雨。多年后,姑妈回忆起来仍心有余悸,她以为娘俩真要死在海上了。

生活并没有因她死里逃生而善待她。因为生意的不正当性,她时常被各个关卡盘查,甚至被没收货品。有一次在离家不远的关卡,奶奶被拦了下来,一筐小鸡仔被没收。她闷声不吭又回家挑了一筐,路过巡逻站,哨兵看她又带着一箩筐,很好奇。奶奶面不改色地说:"这是刚刚被你们没收剩下的。"哨兵语塞,看她一个妇人也不容易,放过了她。

但也不是每次都有这么好的运气。有一次在码头,价值500块钱的货物被搜查出来,全部没收。而这笔巨款是四处借来的。最严重时,村人眼红,将奶奶告发。幸而有人担保,证明她做小买卖只是为养活一家孩子,才未酿成大祸。

有一年冬天,我父亲忘记关好鹅圈的门。那天下雪,第二天,鹅圈空了,脚印被新雪覆盖,鹅不知去向。那是已经养肥的鹅群。奶奶坐在家里哭了一场。

在小买卖终于合法的八九十年代,奶奶光明正大地把镇上童装厂的衣服带到偏远的小山村去卖,从中赚取差价。那时她已年近70,寡居,但能跑能跳,看到钱两眼发光,忙得不亦乐乎。

我从未亲眼见过她做生意的样子。但想来,她应该是享受的。每个人都有自己的天分,奶奶的天分,大概在做生意上。年轻时下田种地,插秧的脚法和手势,她总学不会,常常被村里人嘲笑。但做生意,记账算钱,加减乘除,她不用算盘顺口就来。她自来熟、胆子大,和路上的陌生人聊着聊着就成了朋友。

但她终究只是为了养家糊口,这一辈子,没经历过商海沉浮。说到底,她只是个普通而卑微的小商贩。

3.寻找信仰的后半生

后来我长大,她老去。年纪夺去了她的脑力和体力,她无法再做生意。她开始安分,也开始孤独。每周一次的礼拜是她接触人群的唯一机会。

在困苦的一生里,唯一幸运的是,奶奶小的时候有机会上学识字。她在上海哥哥的帮助下念了三年书,包括一年夜校。在那里,她学会了识字。信仰基督教后,她因此能看懂《圣经》,那是她60岁之后全部的精神支柱。

很多老人都期望孩子的照顾和关怀,但奶奶没有。或者是她骨子里的独立意识,觉得不应该去掺和孩子们的生活。又或者,她的前半生都是作为一个妻子、母亲,为家庭付出,儿女成家之后，她想为自己活一次。总之，成为奶奶辈以后的她，和其他老人不一样。

为了拍纪录片，我问她第一次去教会的情景，她说得手舞足蹈，非常兴奋。因为在我之前，鲜少有孙辈的孩子，对她和她的主感兴趣。

"去教会的第一天，我听老阿姐在台上说话，没什么感觉。第二天，她上台问，你有没有犯罪，我说我有，然后就开始哭，号啕大哭。别人把我扶到房间里去，说我影响其他人听讲。我躺在床上哭，眼睛都哭肿了。然后姐妹说，你重生了。我当时不知道重生是什么。后来我懂了。"

这段话，她重复和我说过好几遍。像是一段烂熟于心的台词。以前我不懂，奶奶有什么罪。现在逐渐明白，那可能是曾经萦绕在她心头的抹不掉的苦难。

因为长年在外，奶奶其实并没有尽到一个传统母亲的责任。她吝啬，斤斤计较，不惮于和别人吵架撕破脸，还嗜赌如命。老年之后，她热衷捡别人扔掉的废物，衣服、鞋子、包包，只要在她看来还有利用价值，就都统统拎回家，堆积在老屋的客厅。"名声远扬"后，附近的老太太总会把要扔的衣物送来给她。

虽然每个月都能领到养老金，但她一个月的花销不会超过100块。她指着桌上的一袋饼干告诉我："我就是胆小，只买了3块钱的。其实买10块又怎么样呢？我就是胆子太小。"她对10块钱的概念，大概还停留在20多年前。以前逢年过节，她给我的压岁钱就是10块。

去过几次教堂之后，奶奶就受洗成了基督徒。她也试图让爷爷加入教会，但没几年，爷爷就因为身体不好过世了。也许是教会给了她来自集体的温暖，也许是她确实从《圣经》的语义中找到了生活的力量。总之,她成了远近闻名的虔诚的基督徒。同她脱离生产大队去做小贩被人所不理解、说闲话的情况一样,奶奶成为村庄里少数的基督徒后,同样成了以信仰佛教为主的老年团中的异类。但她并未动摇。逢年过节,家族里根据习俗祭祀长辈、烧香拜佛之类的宴席,她也因信仰不同无法参加,甚至不能坐在一起吃饭。因为"供奉过神灵的食物不能吃"。

奶奶被生活逼迫着做出选择。这些日复一日,造就了今天的她。而皈依宗教最大的意义,也许是和自己和解。奶奶60多岁信奉基督教后,每个礼拜都风雨无阻上教堂。那是她找到的依靠。长辈们都说,从那之后,奶奶变得宽厚很多。

奶奶有两本《圣经》,包上了布封皮。都是繁体字,因为她只能看懂繁体字。其中一本已经被翻烂,纸张泛黄脱页,里面夹了张纸条,写着她不认识的字。她工整地摘出来,询问别人字的念法和意思。每周的礼拜,牧师都会传道。她有好几本笔记本,写着日期、地点、每周的内容。字不漂亮,但工整。

奶奶有一副老式的黑框老花镜,不知道用了多少年,一只眼镜脚已经折断,用铅丝缠绕起来。她的笔也是,没了笔套的廉价圆珠笔,笔杆有些破损,笔芯出水并不顺畅,但她也照旧用着。她所有的物品都是折旧磨损的,和她自己一样,略带老气和颓败。但她用这些,建造了一个完整而丰富的精神世界。谁也抢不走,谁都进不去。

爷爷20年前去世后,奶奶一直寡居。家里没有电视机、收音机、电话,她与一切现代设备绝缘,她也很少去麻烦孩子们。我有一段时间在外地读书,语言不通,经历过长时间独处,好几天说不上一句话,见不到熟人,才体会到巨大的空洞容易把人吞掉,才明白独自一人抵御这些有多艰难。

4.第一次亲密接触

奶奶几乎完全缺席了我的成长。长大后,我对她充满好奇。但终究,缺失的亲情难以弥补。

我初三那年,大年初四,吃完团圆饭,奶奶一个劲问我,要不要去她家住。我害怕,甚至有点恐惧。这个我应该叫奶奶但非常陌生的老人,我要怎么和她单独相处,怎么和她睡在一起呢?况且她又那么邋遢。我残忍地拒绝了她。这不是第一次。但我为此不安,我看到了她眼光一瞬间暗淡下来。

对此,我无能为力。我们之间没有亲情,无法亲近。

拍纪录片的时候,我破天荒主动提出跟她一起去教堂,扛着三脚架跑上跑下给她"拍照片",她逢人就说——"这是我孙女,还在念书。她在给我拍照。"对方点头微笑:"你福气真好。"也许那几天她是真的开心,所以精神很好,90 岁高龄,还身手矫健。

我曾经怜悯奶奶,但经过那几天的相处,我纠正了一些看法。她孤单,也许并不孤独。精神上一直与主同在,每周固定参加团契礼拜;每个月拿一笔养老补贴,用掉很少一部分,乐滋滋地看到银行存折上又多了几百块钱;不断扩增自己囤积的二手衣物(已经填满了大半间屋子),然后挑挑拣拣把它们送给自己觉得重要的人。

拍完片子之后,我们突然变得亲近起来。每次我去她家,她总是说,让我陪她一起去教堂"拍照片"。

就在我拍摄片子的 2014 年春节,我的二伯突发疾病去世,从住院到离世,不到一个月。年三十还以为是个小毛病,到初七就被下了病危通知书。整个春节,家族都笼罩在阴霾里。但这阴霾,

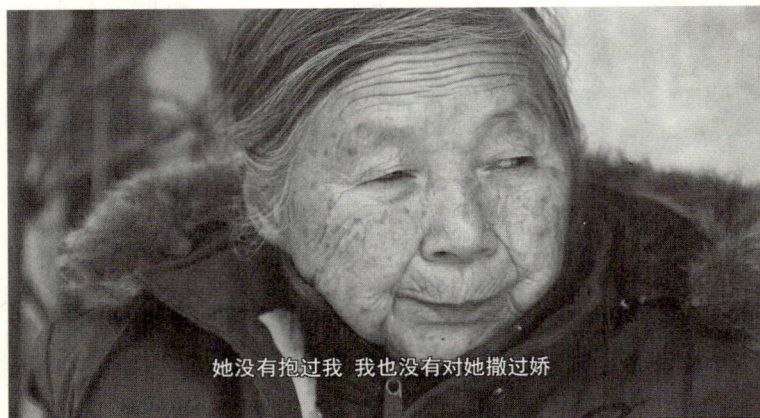

她没有抱过我 我也没有对她撒过娇

奶奶并不知情。在手忙脚乱为二伯转院、准备后事的过程里,大人们已经顾不上照顾奶奶。唯一达成的共识是,暂时不告诉她这个消息。

而我还带着拍摄的任务。有一天天气特别好,太阳暖暖的,我摆好三脚架在屋外拍她读《圣经》的样子。不知道是不是冥冥之中的感应,那天她话不多,动作有些迟缓。她看书,我站在脚架后面拍她,她不说话,沉默中,有一丝悲哀。

那时,二伯正在宁波的医院里,身体发黄,微弱得说不出话,医生已经通知家属准备后事。在动荡不安的岁月里,即使以命相搏,奶奶还是失去了两个孩子。20 年前,她失去了自己的丈夫。而不久之后,她将失去自己的另一个孩子。而她,还被蒙在鼓里。

二伯父去世后几个月,2014 年的端午节,我放假回家看奶奶,她的面色差了许多,与其说是身体变差,不如说是因为精神垮了不少。

一见面,她说:阿毛,你是阿毛。我点头。其实,阿毛是我弟弟的乳名。但我已经不执拗于跟她解释什么了,名字终究是个无所谓的东西。况且这 20 多年来,她记得我名字的次数,一只手就能数过来了。年纪大了,记忆也会逐渐被时间腐蚀,像锈迹斑斑的铁块,迟钝而臃肿。

不像几个月前的矫健身手,这一次,她有点木然。她动作迟缓地把我捎去的鸡汤倒到碗里,嘱咐我以后不要再带鸡肉过来了,她已经吃不动肉了。

储物间变得"萧条"了很多,她的"宝贝们"被清理了大半。"都扔掉了,他们说这些捡来的东西没用又占地方。"她略带惋惜,又有点无可奈何。给二伯办完丧事,儿女们突然想起这个住在祠堂附近的老祖宗,给她新修了卫生间,帮她收拾了屋子,把冰箱从一堆杂物里抢救出来。

可惜,奶奶嫌马桶冲不干净又浪费水。而冰箱,总是开两三个小时,心疼电费,又拔掉电源。她从关闭电源的冰箱里拿出几只发黄的馒头,问我,还能吃吗?

她说话不再那么神采飞扬了,也不再对着我兴致勃勃地唱赞美诗了。站了一会儿,就坐在了床沿上。不知道是不是因为坐在阴影里的关系,她的脸暗黑没有血色。

闲聊之中,她突然冒出一句:我有罪。我突然怔了一下。我问:为什么呀?她又开始顾左右而言他地选择性过滤,一个轻巧的旋转,冒出一句:你什么时候毕业啊?毕业就去教堂吧?教堂现在像你一样的年轻人可多了。

那次我有一种错觉,觉得她快不行了。但我错了。快一年半了,她还健康、自在地生活着。或许是我还不够了解她,低估了她经历过的风雨,低估了她承受痛苦和自我治愈的能力。2014年国庆我回家,又去看了她一次,她又开朗起来了。

故事背后的故事

2016年年初,纽约长岛大学环球学院中国项目的10多名学生,在项目负责人胡涤菲和另外两位老师带领下,来香港城市大学媒体与传播系参观。我组织了一个小型放映会,让这些美国孩子们看我们的"族印·家庭相册"纪录片。当时,选了3部片子,其中就有周凤婷的《东堰桥头》。

片子放映后是讨论。这十几个美国孩子问了什么问题我都忘记了,因为那天大家都被他们的一个带队老师给吸引住了。这位老师想评论《东堰桥头》，但是没说几句，就开始哽咽。美国学生有些茫然地看着老师，不知道发生了什么。他们告别的时候，这位老师走到我面前，眼睛红红的，只是喑哑了一句：这片子让我想起了我的家人。

片子的导演周凤婷是正宗文艺女青年。本科学戏剧文学，文字功夫了得。但这是她第一次拿起摄像机拍纪录片，而且是拍摄和她一直很疏离的奶奶。拍回来的镜头实在不能说很专业，看素材的时候，我们快被摇摇晃晃的镜头晃晕了。但是，真挚的感情带给人的感动，甚至让人忽略了不那么专业的画面。

周凤婷说："我的家族特别普通。没有大江大海那种改变时代浪潮的伟大故事，更像是被时代的起伏裹胁着前进的水滴。没有自主选择的权利，有时候，甚至没有自我。他们之所以对我重要，是因为他们是我的家人。"

在拍摄后没多久，凤婷的二伯父去世。之后不多久，大伯父也意外去世。但因为这次"族印"的拍摄，凤婷记录下了两位伯父最后的样子。在一个多小时的采访拍摄里，他们讲了很多过去的日子里那些关于贫穷的辛酸回忆，这是浙江宁波一个普通家庭的家族史。没有这次谈话，他们将带着这些故事孤独地落幕。

凤婷在她的拍摄后记中这样写道：

"老人看着我们一天天成长，我们看着他们一天天衰老。从单身到成家、添丁、孩子长大再成家、帮孩子带孩子、老伴去世，最终回到一个人孤独的状态，孑然一身。他们把一辈子都给了家庭和孩子，那种克己奉献几乎到把心掏出来的程度。但最终，父母大多时候是被孩子所'辜负'的。因为每一代人，都希望找到自己舒服的活法。

"如果没有足够强大的内心，老人的生活里萦绕最多的就是孤独。很多老人本能地会希冀于孩子的照顾和关怀，但我的奶奶并没有。她读《圣经》，唱赞美诗，不缺席每一周的礼拜。她把每一分钱都看得像金子一样珍贵，不掩饰吝啬，不改变邋遢。那些生活在她身上留下的痕迹，她都和它们坦然相处。"

《东堰桥头》是我们"族印"系列早期作品，也是让"族印"系列坚持走下来的温暖的支撑。因为它让我们感受到了家人和家庭故事的力量。

周凤婷说，奶奶不该被同情或者怜悯，也不必受敬佩或赞扬，而是应该被记住，像千千万万背负着生活的老人一样。如果有一天他们突然离世，而我们与他们依然疏远而陌生，那是一种莫大的遗憾，对我们而言，也对祖辈而言。

大马情[1]

文/程度

文摘

这个毛毯啊，是我父亲在我出狱的时候送我的，现在就留下作个纪念……

序

我出生在一个简简单单的福建人家庭。家庭和睦，大家吵吵闹闹，也相亲相爱。

在我出生成长的八九十年代，出国这件事还是相当不容易的。那时候我应该在念初中，妈妈有一段时间忙着签证，纠结着出国穿什么衣服，要买什么东西带去。比起现在，那时物资确实匮乏。我大概知道，原来外婆马来西亚的弟弟家中有喜事，娶儿媳妇，特别邀请她回去。妈妈首先出国陪同外婆一起去。

---

[1] 文中引用部分来自外婆杨芬的回忆录。

平时总是对我们细声细语、非常温柔的外婆竟然是外国人？我使劲地打量她，觉得她跟我们没什么差别啊，非常中国人的脸，跟平日里看到的外国人一点都不一样啊！我一直以为她也是个福建大妈，虽然她跟福州甘蔗县大嗓门的奶奶还是有很大不同的。

原来外婆从马来西亚来。她为什么很少提起？为什么没见她回去过？她不想家吗？听说她在马来西亚参加革命坐过牢，"文革"期间被当成间谍进过学习班，这些不在家人身边的日子，她是怎么过的？她的那个家是什么样的？借着学校的纪录片项目，我终于有机会去揭开这些沉积了多年的疑问。

1. 太外公和太外婆

外婆祖籍广东省台山市，田头赤溪乡。她是 1930 年生人，生于马来亚（后更名为马来西亚）。外婆的祖父早早到马来亚谋生，随后带着一大家子移民至此。听妈妈说外婆娘家很复杂，因为外婆的爸爸，即我的太外公，有过四个老婆，官方数字子女十四人。现在他们分散在马来西亚四处，有喜事的时候是唯一能把家人聚在一起的时候。为了拍摄纪录片，我去马来西亚探访了外婆的家人们，很明显地听出大家对那位爸爸——我的太外公多有怨言，外婆自然也不例外。

父亲是严肃的人，很少和子女有交流，兄弟姐妹都怕他。我想弟妹们会恨他，我也曾恨过他养育一大群孩子，没有很好培养教育。他也没给我们一个完整的家，可以说不负责任。幸好祖母维持了这个家，让弟妹们健康长大。

我在听故事的时候，觉得太外公的故事简直是传奇。先说他和第一位太太，外婆的妈妈，也是我的大太外婆。两人是明媒正娶的结发夫妻，本是相安无事。就像普通小夫妻一样，他们的婚姻生活也算和睦，直至 1937 年发生了变化。

> 1937 年，母亲连生我三姐妹，（让）祖母有了危机感。曾祖父、祖父、父亲三代单传，我的父亲生下来就过继给他早死去的伯父。父亲从没有叫过我的祖母"妈妈"，只叫"婶婶"，叫我的祖父"叔叔"。祖母担心她名下无后，就同意父亲回中国娶个人带到马来亚。

大家长做主续弦，本以为温顺的媳妇毫无意见，怎知大太外婆完全不能接受，用外婆的话来说"这下子不得了了，从此不得安宁"！

> 母亲一气之下，回娘家了。父亲可气疯了，把我抓起来当成布娃娃，掐起我的脖子，我差点被掐死，幸而祖母赶到把我救了。父亲还在晚上跑到舅舅家，把母亲箱子偷走，不让母亲住舅家。

外婆的描述颇有粤语长剧的气氛。接下来的情节是太外公不愿意放弃发妻，三番两次找她，发妻为了躲他，出外租房子，但最终都被他找到。大太外婆是个刚烈的女子，而太外公是个痴情种子。

毕竟续弦非他初衷，大太外婆也就将就着和他藕断丝连。大太外婆只是离家出走而已，二人并未离婚，名分上还是夫妻。所以在离家出走后，大太外婆还为太外公生下一男一女，就这样又过了几年。

> 母亲是个个性要强的人，会劳动养活自己。战争年代缺衣少食，她像男人一样去开山种地，养活我姐妹。经历那么多磨难也都过来了。日本投降，终于过上和平日子，我也16岁了，可以打工赚钱。可是这时母亲不顾子女感受，改嫁他人，我恨她怨她。

怎么大太外婆就改嫁了呢？真正的爆点在于太外公遇到我的三太外婆。据说日本投降后，太外公过得还不错。在全盛时期，他拥有一个波仔档（保龄球俱乐部）、一片橡胶园、一间咖啡馆、两辆车。三太外婆就是他开波仔档时认识的打工妹，只长外婆4岁。于是大太外婆再不能忍，丢下子女改嫁他人。在现在看来，娶个三妻四妾，自然不让人接受，但在当时那个社会，算是正常标配。作为女人为此抛弃子女改嫁，却无法被世人理解。外婆恨她的亲生母亲，路上碰到她都不理她。我的大舅公，也是到死也不肯原谅自己的母亲。

> 经过那么多磨难，作为一个女人，也怪可怜的。这时父亲又娶第三个老婆。可能对父亲彻底绝望了，她才做这样的决定。但母亲不管我怎样恨她，我在马来西亚坐牢时，她多次去看我，每次来都哭着回去。

虽然亲生母亲经历不幸，但外婆对其他小妈们并没心存芥蒂，特别是和同她年纪相仿的三太外婆，两人相处得跟闺蜜一般。

那时波仔档的打工妹遇到了多情的波仔档老板,也不管年龄悬殊就在一起了。姨婆(外婆的亲妹妹)问过三太外婆:"你为什么要嫁给大你那么多的人?"她说:"因为有安全感。"可惜她为太外公生下二男二女后就病逝了。

外婆说,如果当时三太外婆还在,这个家就不会散。

2.革命

  1942年年底,日本南侵,快达到马来亚。父亲接我回平顺的家,一到家就(给我)剃了个男孩子的光头,穿上父亲早准备好的男孩子衣服,防被(日本人)强奸。每天躲到山上,天黑才敢回来……鬼子兵未到,飞机就先乱轰乱炸,同时机枪乱扫射。督亚冷警局被炸毁,一条街全烧光。凡是鬼子所到之处,打砸抢烧抄奸,到处一片荒凉……有一50多岁老伯,半夜被抓去,用刺刀一刀、一刀刺身上,不让一下杀死,而是慢慢地让他痛苦死去。有的父子被抓去,强迫儿子打父亲后挖洞埋父亲,再挖洞埋自己。日本投降后,从监狱放出来的人,(在狱中)被毒打灌水,饥饿折磨得只剩下一副骨头,家人看到都不认识。亲朋好友准备饭菜迎接,结果吃了,就胀死了。多悲哀啊,在牢里没有饿死,好不容易盼到日本投降出来,就这样死去。

  老百姓被迫无路可走,有的躲到深山老林,有的在自家房子里打地洞……马共领导在平顺号召大家团结起来抗日,有钱出钱,有力出力……我十三四岁,在这时受到革命影响,参加儿童团,做些能及的工作,如动员群众开会、收捐、站岗、放哨。

日本入侵马来亚 3 年 8 个月，日子是非人的，外婆也就是那时候开始接触马来亚共产党。她算不算马共呢？其实充其量就是个青年团团员。据说提交过入党申请，但还没批下来就入狱了。或者她已被批准入党，却和组织失去了联系，这就不得而知了。

好不容易等到 1945 年 8 月，日本投降了，英国人又来了。日子正常了一段时间，政府就开始整顿抗日军队，让他们把所有的武器上缴。抗日军全部回家自谋职业，接着政府又对所有的社团进行"大清洗"。

1948 年 6 月 20 日，英国当局发布紧急法令。在这一天，全马总动员，对所有进步的团体突然袭击，封闭取缔。凡是这些社团的工作人员，全部被捕，有疑的人都被抓起来。在这一天抓了不少人，全关到各个监狱、集中营，后全部驱逐出境。一时人心惶惶。这时马共领导重新拿起武器，组织群众归队，成立抗英军。为了把群众和马共隔离开，政府将乡村群众赶入所谓新村，实际是集中营。出入没有自由，进出受检查。我就是在这以后带二妹离家参加抗英军，在部队任看护工作。二妹则去搞民运工作，16 岁被捕，后来死在怡保监狱里……

情势越来越紧张，敌人进攻更疯狂。开始我们住在菜农的地方，后来搬到番港，几个月搬了四个地方，最后转到黑水港。这个地方原本是原始森林，抗战时人们逃难躲鬼子，在这里开荒种地，是当年鬼子都不敢轻易来的地方。这个地方群众不多，生活极困难。后来部队要转移集中到其他地方，我和郑娇（革命同志）被调去搞民运工作。一天，我们来到一个乡村，十几位民运工作同志住一间草房。第二天，天刚亮，放哨同志大叫："敌人来了，快冲啊！"敌人听有声音，就乱枪扫射。同志们从睡梦中惊醒，大家往山里冲去。我和郑娇、李亚水被野草绊倒，三人被捕。其他同志是否平安冲出去，有否牺牲，全无音信。

被捕后，我和郑娇始终在一起，关在华都牙也监牢。一进牢房，全部脱光衣服检查，换上囚衣。我流泪了，觉得受到极大侮辱。被捕时，亲人来探望，从没流过泪，这次忍不住流泪了。

在那漫长的 5 年牢狱中，我们过着非人生活，吃的糠稀饭，常有糠虫，实在无法吃就用自来水冲洗，剩下几粒米饭就是一餐。中、晚饭几片木薯、地瓜，几粒米饭，白菜、空心菜一锅煮，加点臭红油，实在难吃。为了活命，只好硬咽，吃不饱也饿不死的日子。

外婆说，坐牢的 5 年中身体上当然很辛苦，但在心理上她是革命的、进步的。在监狱时，还苦中作乐和狱友们演话剧，偷听广播，兴奋中国革命胜利的消息。虽然被发现而受惩罚，但她至今仍十分怀念。到现在，她还能梦到和战友们一起革命的情景。

3. 外婆，从海那边来

1952 年，我刑满出境回到祖国广州。正好国庆节，我们参加国庆游行。人们对我们很热情，我深感祖国温暖。高兴之余，也很想念家人。觉得远离家人，人生地疏，不知今后去向如何。

外婆责怪她父亲最多的，就是没有好好教育孩子。还有钱的时候，都不好好让孩子们上学，她在大马也只上到小学毕业就辍学了。22 岁在被遣送回中国后，她原本最先去了广州。后来听说来福建可以学习，只有小学文化水平的她，也不管别人说福建离台湾近，随时可能打起来，离开同行的小伙伴只身来到福州。学习后被分配到人称中国笋竹之乡的闽北建瓯。所以有了后来的故事，邂逅作为同事的外公，生下四个女儿，然后才有了孙辈的我们。

我长到 3 岁后，就跟爸爸妈妈搬到福州，基本每年过年回建瓯一次。福州的冬天大约 10℃，而建瓯则是 0℃ 左右，幸运的话还能撞上下雪。外婆被调到建瓯的时间正临近过年，树上挂着长长的冰凌。她这个从热带来的人，根本没经历过四季。福州就够冷了，建瓯简直就是冰窟窿，退休后移居到福州的外婆如今想起来还发抖。当时大太外婆写信告诉她，如果稳定下来，就找个人结婚吧。她还淘气地回信："你不想我回马来亚了？"一句玩笑话，听起来却有点心酸……

　　　　我们虽然同个单位工作，甚至同桌吃饭，但没有交往。认识，但不熟识。经人介绍才开始联系……当时领导知道我谈恋爱，曾两次找我谈话。因为傅坦在读书时参加过三青团（国民党青年团），领导要我三思。

外婆那么革命，怎么会因为成分问题就打退堂鼓？外公当时是少有的高中生，有文化的人最让她仰慕了。来到中国两年后，1954 年的中秋，他们结婚了。"那个年代很简单，行里（外公工作的银行）开个会，算是婚庆会。买两斤水果糖，连一件衣服都没买，租一间房间，被子搬到一起，就算结婚，太革命了。"

4. 再次入狱

建瓯是个水灾多发地，六七月份最严重，这段时间也是高考考生最紧张的时候。前几年，还暴发严重水灾影响了高考。其实政府也不是没有措施，当年选了块地方，距离建瓯县城三公里左右，取名新城，找苏联专家帮忙建设，打算日后将整个建瓯城搬过去。不巧的是，建设中途中苏关系破裂，整个计划搁置，建好的房子也被闲置，直到"文革"时期派上用场，成为"牛鬼蛇神"们接受审查的地方。"来历不明"的外婆和作为"国民党余孽"的外公就被发配过去，进行"改造学习"。

为了实地采访，我和妈妈特意回了一趟当年的新城。我们惊喜地发现，大部分房子都还保留当年的原貌，虽然有些已经荒废。妈妈说，"文革"时她和大姨是小学生，就十二三岁，最小的姨也就三岁左右，每周末两个大姐姐就带着两个妹妹，翻山越岭来这里看望爸爸妈妈。在我两个小姨的记忆里，新城就是个改善生活的地方，她们至今仍对那里的食物念念不忘，殊不知外婆心里苦，一个革命人士竟然突然被打成了"反革命"。

在马来亚的监狱里面，身体辛苦，但思想上认为自己选择的是对的。（"文革"）是第二次被七斗八斗，都不知道自己选择是不是对的。自己经历了那么多，那么苦，和家人断绝关系，远离家乡（都没有绝望）。（但"文革"挨批斗）那时觉得一切都没有希望，有苦无处诉，死的念头都有。

还好当时有朋友劝外婆，让她忍忍就过去了，告诉她比比看全国各县市长、书记都被揪出来游街批斗，她只是上学习班算是很轻了，才让她打消了消极的念头。

忍一忍，两年的新城时光过去了，"文革"也过去了。现在外婆算待遇不错，老革命的身份让她成为离休干部，享受工资全拿，医疗费全报的待遇。

5. 外婆回忆录

要拍摄家庭纪录片，我首先想到了外婆的故事。

"这个毛毯啊，是我父亲在我出狱的时候送我的，现在就留下作个纪念……"采访中外婆最动容的就是从柜子的最顶端拿出那床毛毯。她开始笑着，笑着，突然一阵哽咽……

我不敢再看外婆，担心我的眼泪比她的更大朵，好一会儿我还缓不过劲来。毯子看起来还十分结实，妈妈说，如果不是太冷，外婆平时很少拿出来，一直珍藏着。

我和二妹出来参加抗英工作，父亲寄口信叫我永远不要回家。我真的一辈子都回不了家。这也难怪父亲生气，我是家中老大，没有为家做一件事，反而让家人操心受累。万一连累家人，添点什么事，那一家子怎么办？父亲养活一大家子也很不容易。1952年我要出境时，父亲买一床毛毯给我，现在还在用着。60年代困难时期，父亲还想着在中国还有一个不孝女儿，寄来花生油、麦乳精、阿华田、麦片、鱿鱼干等。还寄过500美元，过年还有寄给孩子们压岁钱。

外婆怨过太外公的狠心，但现在回想起来还是理解和感激。

"文革"后,外婆和太外公断了消息。直到 90 年代小舅公联络上外婆,邀请她到大马参加儿子的婚礼。那时候,太外公已经去世 10 多年了。据大舅公说,由于遭遇了车祸,太外公为了止痛吸食鸦片,染上毒瘾,最后去世的时候亲人都不在身边。

太外公到底是什么样一个人?好人还是烂人?他到底是一个什么样的爸爸?是个埋头苦干却被子女误解的好爸爸?还是个完全不负责任的爸爸?在做纪录片的时候,我有种非常想为太外公"平反"的心态。至少我的外婆认为,他是个好人,好儿子,是不是好丈夫和好爸爸,则见仁见智了。

至于大太外婆,外婆 90 年代回去的时候见过她。不过第二次再去,因签证耽搁,太外婆走了。

现在的外婆 87 岁,精神不错,每天和 90 岁的外公一大早就去院子里散散步,买点小吃,也愿意自己做点简单的餐食。在福州的阿姨们和孙辈一有时间就去陪他们,在他们的冰箱里塞满好吃的。对于马共这段历史,她说自己是幸运儿,在战乱中没被打死,经过牢狱之灾回到祖国。国家承认她们的革命历史,给她们这些归国难侨离休干部的身份,她过着幸福的晚年生活。在我完成《大马情》纪录片后的一年,外婆也完成了她的回忆录,成为我这篇文稿最好的码字帮手!

在回忆录上,她给予小辈们一段话:

> 孩子们,我不希望你们大富大贵。有吃有穿,快快乐乐,健健康康每一天就好。钱财是身外之物,不可强求,靠自己双手赚来的,吃得香睡得安。今天的幸福来之不易,希望珍惜。我二老看到你们家庭和和美美,愉快生活工作,就是我们最大的幸福。

故事背后的故事

读过这篇文章的人，大都被太外公、大太外婆、三太外婆等如此复杂的人称打败了。但是，这些称谓，何尝不是我们的历史的一部分呢？

本来是要讲外婆的故事，程度却迷上了太外公，也就是外婆的爸爸。在子女眼中特别有争议的太外公，其实是一个非常立体的父亲——他很真实，痴情多情，让人既恨又爱。既有对儿女不听老人言之后的绝情，也有对远在外地的女儿的珍惜和疼爱。

如果说家人对太外公有很多的误解，那么通过关于外婆的纪录片的拍摄，也是一次给太外公"平反"的机会。无论是外婆还是舅公，都开始忆起太外公的好，一家人无论经历多少颠沛流离，终归是一家人。

特别有意思的是，作为外婆众多孙辈中的一员，因为这部纪录片，程度像一个纽带一样，把失散多年的家人，从马来西亚到中国，重新联系在一起。不仅仅是空间距离上的，更是精神层面上的重聚。在纪录片完成之后，外婆就洋洋洒洒地写完了回忆录，为逝去的历史记下了浓重的一笔。

口述史的魅力就在于这几个字：谢谢你，记住我。

失忆

文/陈　梦

文摘

　　人们都说一切事情的结局都是好的，如果你现在觉得不好，那就说明还没到最后。

序

　　我是一个不太会写文章的人。文笔不好，可能因为神经比较大条，记不住一些细微的小事。但我有时又很敏感，会被一些很小的事情触动。

　　姥姥家的被子有阳光的味道，这是从小到大一直都有的记忆。可不知从什么时候开始，就有了发霉的味道。

1. 姥姥姥爷的流水账

　　我记得姥姥什么菜都会做，而且不管做什么都很好吃。姥爷爱看报纸、写书法和打台球。

姥姥姥爷是退休的红军老干部。姥爷曾经是射击教练,姥姥是助产士,家里有姐妹三个孩子。和大多数老一辈人一样,男主外女主内。我妈妈说他们小时候,姥姥姥爷都上班,每天忙完工作,姥姥回家还要忙东忙西做家务,而姥爷则会坐在书桌前看书。从我记事起,他们就已经退休,姥姥姥爷就平衡且平淡地过日子。

姥爷小时候上过私塾,当兵后上的大学。他文采极好,博学多才,总能谈古论今。姥姥姥爷都在部队上班,他们每天回家也不和孩子们讲单位上发生的事情。姥爷经常出差,家里的事情还都是姥姥说了算。姥爷就是个文人,胆子比较小,很多事情也拿不了主意。姥姥则是个有主见且坚强的女人,从来没有因为什么事情掉过眼泪。

姥姥住院之前一直头脑清醒,她是我见过最能干的女人。懂人情世故,吃苦耐劳,会说话,会办事,会照顾家。家里被子褥子全都是姥姥亲手做的,妈妈姐仨年轻时的衣服,我小时候的衣服和鞋,也全出自姥姥之手。姥姥糖尿病 30 年,一直都吃药控制。我最佩服的就是姥姥能几十年如一日地抵挡住美食的诱惑。但我对姥姥印象最深的是她能吃药,每天抓一大把药片一口水全部咽下。

2.你从哪里来

姥姥姥爷都来自东北乡下,一直到现在还是满口的东北话。就和电视剧《激情燃烧的岁月》里演的一样,他们是从小农村走出来的大干部。姥爷后来说,他是瞒着家里出来当的兵。当年那些

敢闯敢干的人都走出来了,那些胆怯的都留在了农村。姥姥也不甘心留在农村,出来上了助产士学校,成了优秀的军队护士。

姥姥姥爷这代人是看着新中国成长起来的。姥姥小时候,日本人已经占领东北三省。他们都被要求学日语,直到现在姥姥还能清楚地说上几句。姥姥说小时候日本人进村子,村里的女人和孩子会把自己做的衣服、被子和食物藏起来,等日本人走了再拿到市集上去卖。

姥爷在 1952 年的时候参加过国庆阅兵,还见到过毛主席和宋庆龄。作为军人,这是他这辈子最骄傲的事情。后来有了三个女儿,又到了饥荒年代。妈妈说因为他们在军队,相比普通人家要好很多,但还是吃不饱。那个时候,真的会有饿死的青壮年。

"文革"期间,姥姥姥爷没有受到迫害,也没有去迫害别人,很低调地度过了那段让很多人痛苦不堪的岁月。这还要多亏姥爷胆小的性格。大姨讲过她小时候回家会路过一个坐在单元门口的中年女人,但有一天那个女人消失不见了。大姨回家问姥姥,姥姥只说她被批斗了,后来那个女人再也没有出现过。长大后我问起姥姥姥爷"文革"的事情,他们也都从来不讲。

军队总是到处迁移。姥姥姥爷从东北到了大同,又到信阳,最后落脚在石家庄,住到了飞机场旁边的干休所。那时候土地开发还没有这么充分,商品房很少。附近都是村子里的菜地,飞机场大得没边。干休所里的老头老太太们都会找一块地方自己种点菜,姥姥姥爷也不例外。他们每天会带着水和肥料,骑着小三轮去拾掇菜地,丰收时会有零零散散的一些新鲜黄瓜、豆角、茄子等等。这几年来的房产开发,使得飞机场越变越小,直到再也不能使用。菜地也都变成了楼盘,失去了往日的宽阔。唯一的

"净土"恐怕也就是姥爷他们住的小小干休所了。

姥姥姥爷一辈子朴素节俭，和这个日益发展的新社会显得格格不入，有时甚至节俭到我们都无法理解的地步。我认为他们抠门，所以小时候买冰棍都不朝他们要钱。他们的退休工资足够养活好几家人，可是他们从不拿出来。他们穿的衣服也都是补丁套补丁，这就是那些旧社会过来人的习惯。

一直到现在，姥姥吃完饭还要把一张纸巾撕成两半，用一半擦嘴，另一半放兜里。最后蹭得满手都是油，为此妈妈和大姨不知道说过她多少次。但是她一切照旧，只不过通常撕剩下的半张纸巾放在兜里就不记得了，下次用还会再撕一张新的。

姥姥年轻的时候极爱干净，虽然东西旧，但都干净整齐，家里收拾得一尘不染，东西摆放得井井有条。我最喜欢冬天回姥姥家，姥姥把在太阳底下晒过的被子盖在我身上，我就闻着太阳的味道安然入睡。

每年过年的团圆饭都是姥姥亲手做的，我只记得好吃得不得了。具体吃什么，哪个菜最好吃，一点印象都没有。我小时候姥姥家里总是会有几个大坛子，酸酸的味道弥漫在坛子周围，里面都是姥姥亲手腌的糖醋蒜和酸菜，每每路过我都想打开坛子偷吃一口。姥姥知道我馋，总会捡出一颗蒜让我咂摸味儿。

从两岁起我就被姥姥带着，学了满口的东北话，爱上了吃棒子面。上学后每个寒暑假去姥姥家住，那段记忆是简单快乐的，每个暑假好像有一个世纪那么长。姥姥家在航校旁边，暑假的每个夜晚，姥爷都会骑着三轮车带我和妹妹去飞机场驰骋，在机场的草地里捉蚂蚱。不知为什么那会儿的夜晚那么长，总是能玩那么久。寒假则是最兴奋的，因为要过年，因为全家要团聚，因为年三十晚上可以看春晚，因为可以包饺子，因为可以吃酸菜，还因为能吃到姥姥包的东北黏豆包。

我儿时的记忆零零碎碎，但一切都是开心的，人可能就是这样，总会选择性地记住高兴的事。姥姥姥爷金婚的时候我们拍了一张最齐全的全家福，我们一起去饭馆吃饭，我们一起在照相馆里照相，有表哥，有我，也有表妹。

我们都是姥姥姥爷带大的孩子，姥姥姥爷永远温暖着我们的童年记忆。

3. 失忆

姥姥在糊涂之前总会问妹妹去哪了也不来看她，我不知道怎么回答。这两年妹妹从东北回来了，我特别高兴，姥姥却不记得她是谁了。

可能是当过兵的缘故，姥爷身体特别好，饭量能顶三个人。在我上初中的时候，姥爷因为直肠癌做手术，需要切掉一段直肠。听说姥爷是自己上的手术台，医生们都赞叹姥爷的身体真棒。手术很成功。

那时候我对癌症还没有概念，也一点都不觉得害怕，每天到点拉着妹妹去医院吃饭。我和妹妹会兴奋地到医院食堂打饭，然后拿到病房。姥爷是离休干部，在医院住的单间，所以一家子都可以在病房吃饭。每天我能吃到不同种类的炒菜，印象最深的是大姨夫带来的塑封扒鸡，之后这么多年我都没再吃到过那么香的烧鸡。一家子边吃边看电视剧，我对那段时间的印象好像就只有烧鸡和电视剧。

记得有一年过年放炮，不知道是因为离炮太近，还是平日里爱吃咸菜的关系，姥爷的耳朵突然听不太清了。从那以后，姥爷就少言寡语了,也不怎么和家里人交流,慢慢开始活在自己的世界里,家里的大小事全都是姥姥一个人负责。

姥姥因为糖尿病,慢慢地股骨头坏死,一条腿就不太好使了。她会每天出去遛弯,既锻炼腿脚,也控制血糖。姥爷一辈子不会做饭,连方便面都不会煮。姥姥还是坚持着做饭,但已经没有从前那么利索了,姥爷就负责擦擦地洗洗衣服。

7年前,干休所大院要拆迁,姥姥姥爷被迫搬出来,轮流住在三个女儿家里。离开了自己的家,老两口总是不踏实,总是心神不宁。虽然是住在自己的女儿家,但总觉得是寄人篱下,处处小心谨慎,怕给女儿家里添麻烦、增负担。毕竟老人和年轻人的生活方式不同,难免会有争执,姥姥姥爷就这样默默地适应着没有家的日子。一年又一年,干休所的房子一直没有动静,说是有合同没谈好,政府没批准之类的原因。干休所的老人们耗不起,一个接一个离开人世。姥姥姥爷也备受打击,身体一天比一天差,精神更是一天比一天萎靡。

就这样撑过了好几年,直到有一年冬天,姥姥突然在夜里大喊大叫,然后被救护车带走了。还好没有危险,是轻微的脑梗和脑萎缩,多年的糖尿病导致的。大夫说要开始注射胰岛素,脑萎缩会导致老年痴呆,姥姥可能会越来越糊涂,让我们多注意。从那次开始,姥姥的身体状况就急转直下。家里人没办法,请了保姆24小时照顾。出院后姥姥的腿脚越来越不利索,走几步就腰酸腿疼。姥姥的心理落差很大,开始还不适应别人照顾,但慢慢意识到自己的力不从心,不得不顺从。我懂姥姥的那份坚强,她怎么甘心看着自己四肢无力,看着自己什么都要靠别人?

姥姥越来越糊涂了,有一天不小心在厕所滑倒了,又被送到医院打吊针。她的一只耳朵突然变聋了，情绪也十分不稳定。她会和大夫吵架，会说自己的女儿是混蛋，还会因为没吃饱大哭。之后又辗转几次住院，消耗了很大的元气，姥姥的身体和心灵经受了一番又一番的打击，近乎触碰到底线。

这些年我长大了，记忆里的姥姥也变得不好了。家里乱糟糟，自己也一塌糊涂。姥姥是那么要强、爱干净的人，现在却常会擦不净屎尿。原来的姥姥姥爷彻底变了，变成了两个老小孩，需要被人哄，被人管。如果你说不要吃太多甜食，她反而会说："我养你这么多年什么时候不给你吃过东西？"这些话是曾经的姥姥绝对不会说出来的，原来的那个为家庭奉献一切的姥姥就这么消失不见了。

他们慢慢习惯了被人照顾，也就把被照顾当成了理所当然。他们越来越懒，再也不愿意遛弯，也不愿意控制饮食。他们会在你转身的时候偷偷放一大块西瓜在嘴里，或者在你做饭的时候吃一整盘的葡萄。

4. 变老，变老

姥姥姥爷变得消极萎靡，对生活没有任何兴趣和希望。他们总是爱说："我活不了几天了，我这个脑子什么都不知道了，我就是个傻子啊现在。"其实我们很不愿意听到这种话，不仅是因为伤心害怕姥姥姥爷离我们而去，更是气愤，气愤他们对自己这么没信心，对生活这么没底气。我们了解，其实他们是最怕死的。

就这样，姥姥姥爷再也不是当年支撑起家里的大人了。过年过节的饭桌上也没有了欢声笑语，只有默默吃饭的人。他们听不见也就不愿意多说话。为了给他们找些事情做,我给姥爷买了写书法的便利布卷,给姥姥拿来了麻将让她认数字,但这些似乎都没有什么作用。

　　拍摄家庭纪录片,我的第一反应就是拍姥姥姥爷。不管他们有什么故事,不管能拍成什么样,我一定要记录下来。因为他们可能哪天连自己都不记得了。

　　我的爷爷奶奶去世早,我对他们的印象寥寥无几,反而和姥姥姥爷很亲。过去的美好都还没有留下来,我不想再错过现在的幸福。在拍片时,姥姥姥爷还没有搬进新家,姥姥还能推着轮椅自己走。他们也还能清楚地表达自己的想法,还能给我讲他们年轻时的故事,还知道我是在给他们拍录像。但这两年来,姥姥姥爷的情况更差了。

　　现在的姥姥姥爷已经住进了自己的新家,但常会做出一些让人哭笑不得的事情。比如半夜叫醒保姆问是不是有人偷了他们的枕巾,其实枕巾是白天洗完晾在阳台上了;他们在屋里很大声地说"悄悄话",估计连隔壁楼都听得见吧;他们还总是会问这是谁的家,黑夜白天分不清,吃没吃饭不知道。曾经那么好面子的姥爷去超市不给钱,跑到别人家的报箱里拿报纸。而那个坚强的姥姥,现在则变成了爱哭鬼。

　　姥姥总是哭,她一哭姥爷也会跟着哭。拉肚子会哭,找不到拐杖会哭,护士扎针会哭,哭起来不受控制毫无预兆。现在我每次回家,姥姥都问我妹妹是谁,哥哥是谁。不知为何姥姥唯独能记住我,可能真的有心灵感应吧。家里的三个外孙、外孙女,只有我和姥姥最亲,虽然糊涂,但她应该能感觉到我的爱吧。她会问我很多遍今年多大了,上学呢还是工作呢,然后在我走的时候哇哇大哭。从后视镜看她坐在轮椅上抹着眼泪,我不愿意回头也不想停车，因为我不够坚强。

从高中起我就接二连三地去国外上学，那段时间不经常回姥姥家，对姥姥姥爷那段时间的记忆也就断了。到底是什么让他们变成了这样，我总是想探究，但却毫无头绪。我总是不相信，曾经的他们和现在的他们会有这么大的差距。我心底有些愧疚，没有在他们最好的时候用影片记录下来。不知道以后的姥姥姥爷会变成什么样，我不敢想，也不愿意去想。他们有他们的执着和坚持，也有他们内心的脆弱，人的一生就是轮回，从小孩到大人，再从大人变成小孩。

很庆幸我做了这部家庭纪录片，更庆幸我写了这篇文章，它让我想起了过去的点点滴滴，触及内心深处那些美好和不美好的回忆。我总是抱着希望，对一切都抱着希望。

人们都说一切事情的结局都是好的，如果你现在觉得不好，那就说明还没到最后。

故事背后的故事

陈梦的纪录片在选题阶段让大家发愁了好久，姥姥姥爷都曾是军队干部，看上去一生平平安安，顺顺利利，这样的老人家的生活，能讲的故事的点到底在哪儿啊？

没想到陈梦从石家庄拍摄回来后粗剪第一版放映，就把大家看哭了。陈梦用细腻的镜头语言，展现了这一对可爱的老人面对不断变老时的无奈和无助。正如美国作家 Atul Gawande 在他的书 *Being Mortal* 中所描述的那样："晚年生活不只是一场战斗，更像是一场屠杀。"在慢慢变老的过程中，很多老人变成了孩子；

已经成年的孩子,则变成了他们的家长。

人生也许真的就是一场漫长的告别。最残忍的事情莫过于眼看着自己最爱的父母长辈,失去他们昔日朝气蓬勃的样子,一场场病下来,一天天地衰老。而我们自己,又何尝不是如此呢?

陈梦的纪录片和文字,客观坦率地描述了老年人面对的种种困境。在帮助我们理解老人心理变化的同时,希望也能照亮我们自己余下的人生。

姐妹

文/余　婷

文摘

　　我有两个姑妈，大姑妈林维云和小姑妈林维玉，她们是亲姐妹，却做了 30 多年的陌生人。

---

1. 小姑妈

　　小姑妈居住在浙江乡下的眍口村，是个地道的农村妇女。做饭、种菜、喂猪、家务，一天都不闲着，为整个家操持一切。业余时间她也没有什么其他的消遣，看电视是最大的乐趣。偶尔空下来，在阳台晒个太阳也是一大享受。讲话的时候也没什么顾忌，你问什么她就答什么，不懂应该隐瞒什么、避讳什么。

　　小姑妈家的厨房和城里的不一样。有原始农村的大锅炉和灶头，需要用柴生火，但是也有煤气和煤气灶。大锅炉用来烧猪食，小灶用来烧人食，分配合理，两不相误。虽然吃上一口很美味，但小姑妈做的菜还是有些不合我胃口的，因为她喜欢放很多油。荤菜自不必说,她最常做的蔬菜是白菜粉丝,捞出白菜后就看见汤面上的油了。中晚饭都有红烧肉,精髓却都在肥肉里,让人欲罢不能但又难以下咽。我最后还是剩下了许多饭菜,内心非常愧疚。但小姑妈完全不在意地把剩下的饭菜都和进猪食。用小姑妈的话来说,吃不下的都给猪吃;用姑父的话来说,养头猪我也开心。

姑父的乐趣可比小姑妈多多了。他坚持养猪,没事儿走个几公里去山上刨笋,空闲时和邻居打打牌,晚上再看个电视。他说,其实养猪并不赚钱。猪吃的不比人差,养的时间又长,卖的价钱还没有羊的价钱高。至于刨笋,则有种赌博的意味在。笋长在泥中不可见,如果没有经验,是无法找到的,加上各家各户都会去山中刨笋,所以能挖到笋已经是收获了,更多的情况则是空手而归。我在他家做客的时候,姑父每天都去刨笋。他夸我是幸运星,因为这几天挖到的笋竟然可以抵上之前很久的收获。

说起竹笋,这可是和小姑妈一家难以分割的东西。俗话说"靠山吃山",那里的山上盛产竹子、竹笋,小姑妈一家的生计也曾和竹子有关。当年人民公社时期,他们一家被分配制作纸张,比如白纸、黄纸,甚至花纸,原材料都是竹子。将竹子砍断,浸泡水中,捣碎磨成浆,压成纸,再晒干,手工分离。如果要做黄纸,还要加入颜料。由于很难上色,更费时间。人工制纸十分劳累,脏臭、耗时,但他们一家一做就是 40 年。随着机器取代人工,老工人相继去世,现在这个工艺逐渐失传。小姑妈对此十分惋惜,但是她坚持不愿意再继续。不仅因为人工造纸成本太高卖不上价钱,而且实在是太艰苦,她已经厌烦了这个工作。

现在小姑妈一家盖起了自己的小楼房,拥有自己的田,自己的猪。他们的三个孩子各自有了家庭,有了事业,也有了孩子。

姑父说,现在的生活比原来好太多了,他们已经满足了,只想安安稳稳地过着小日子,享受晚年。他说着便大笑起来。小姑妈也认为,现在能吃饱饭,每天晒太阳,已经非常知足。她并不寄希望于过多的钱财,比起年少时期受的苦,现在简直是天堂。

特别是比起她的母亲来,她实在幸运太多太多了。

2. 林家往事

一说起母亲,小姑妈就禁不住泪流满面。

小姑妈的母亲原是苏北阜宁城中戴家的千金小姐。戴家在当地是地地道道的商户,酱油铺、裁缝铺是他们主要的营生。戴老爷本是个裁缝,只是后来下了海,原本的技艺就不常显露了。由于经商,外加戴老爷性格开放、待人真诚,所以四海朋友不少,林家的小爷就是其中一个。

林家在苏北阜宁林王村,是大地主,田产、房产、店铺应有尽有。林家老爷有四个儿子,大儿子和三儿子在家务农,管理田产;二儿子读军校后在国民党宪兵队任职;四儿子则在城里读书,准备将来接管家里的商铺。

林小爷并不是林老爷的直系,是旁支中一房的儿子。在生意交往中因为兴趣相投,同戴老爷成了朋友。恰逢林老爷的三儿子刚死了媳妇,正在找续弦,于是林小爷意欲促成两家婚事。戴老爷当然一口答应,林家家大业大,富甲一方。而且林家老三老实本分,虽成过亲却没留下一儿半女,也不算委屈了自家三闺女。

但是戴家大姑娘极力反对父亲把三妹妹嫁到林家。哪有城里人下嫁到农村当续弦的道理?戴家闺女各个裹足养在闺中,家务农活从未沾身,哪吃得了乡下的苦?结果大姑娘挨了戴老爷的一巴掌。儿女婚事，哪有你们做主的道理？三姑娘则不说话，默默接受了这桩婚事。

林家老三是当地出了名的老实人，勤劳肯干，脾气温和，大家都叫他"三爷"。三姑娘第一次见到三爷就觉得很安心。干净整洁，房间收拾得一尘不染。她说，他是个好人。

然而，城里的姑娘在农村自然无法适应。林家奶奶非常不喜欢这个儿媳妇，不会农活，家务也做不好，怎么看都不顺眼，经常连打带骂，每次都往死里打。毕竟当时打媳妇就像打墙，墙倒了可以再起，媳妇死了可以再娶。林家奶奶的泼辣是出了名的，林家老大最像她，脾气暴躁，见人就骂，不到 50 就突然在路上倒下猝死了，留下三个儿子，他老婆就成了寡妇。

林家奶奶也十分精明能干，林老爷的家业也是靠了她的帮持。林家的大权和财务大部分掌握在她手里，四个儿子媳妇都拿不到钱，更说不上话。后来，三爷的第一个儿子出生，养到 4 岁，喉咙里长了个东西。林家奶奶说，还能吃说明没事，不需花钱看郎中，于是病拖着拖着，孩子就死了。接着三爷连着生了两胎女儿，也就是我的大姑妈和小姑妈，林家奶奶对三媳妇更加不待见。

这时的林家老二已经在国民党中央宪兵队任职。自 1937 年日本侵华，便随国民政府全国迁移。他负责保护政府官员，维持城市秩序。

3. 家难

1945 年，林三爷决定到上海谋生，没过两年就把妻女都带到上海生活。那时候的小姑妈还在襁褓中，她的母亲日夜照顾她，非常劳累。她母亲的四妹戴四小姐全家也在上海。四姑娘从小伶俐,看事看人有自己的想法,当年曾提醒过她的姐姐:"千万不要太劳累,不然林三爷晚上丢下你逃走,你都不知道。"当时只是一句玩笑话,结果却成了真。

1947年,林家老二察觉到形势严峻,便委派传令兵到家乡通知林家奶奶。林家人在上海汇合后便一路南下,到福州、广州、海南,最后到了最南面的榆林,渡过海到了台湾。然而并不是所有林家人都去了台湾,大房寡妇和两个年龄不够参军的小儿子,三房媳妇和小女儿,也就是小姑妈和她的妈妈,都被留在了大陆。

林二爷把家中成年的男丁安排入了伍,可以拿到军粮,又安排他们随着大部队一起去台湾。二媳妇做人向来小气,觉着人多了便分走了粮食,坚决不想带上三爷的妻女。林家奶奶最不喜欢三媳妇,一时也没开口。林三爷为人软弱,嗫嚅着不知道该如何反驳。眼见三儿子一脸踌躇,林家奶奶便说道:"现在形势不好,还是把大的带上吧。"

老太太发了话,二媳妇也就不提了,何况只是多带个孩子。三爷心中悲苦,离开当晚便觉无脸同妻子讲。他只在前些天提到,乡下家中有用不完的银钱和吃不完的粮食,想着她们被留下回到家中也算衣食无忧。况且,也许两三年大家应该就能回了。于是便趁当晚妻女熟睡,把大女儿抱走了。

被留下的三媳妇一觉醒来,发现丈夫跑了,只有抱着小女儿哭。戴四小姐劝姐姐一起留在上海,两个人给别人洗洗衣服赚赚钱过日子。但三媳妇想起丈夫之前提到的家中钱财,还是决定回老家,于是带着襁褓中的孩子踏上了回乡的轮船。那船长夫妇膝下无子,见孩子可爱便想要来养。母亲觉着自己一个没了丈夫的女人,回乡后会被欺负,不想让孩子跟着自己吃苦,就答应了那对夫妇,结果被同乡拦了下来:"你把小孩给了人,你一个人回去干什么?"三媳妇想想也是,至少还有一个依托,这才把孩子留了下来。

　　然而那时的林王村已经完全不同了。当地的地主都被逐个批斗,收缴了田地。反革命分子被抓捕,他们的亲属也自然遭殃。林家被留在老家的就只剩老大的媳妇以及两个还没有成年的儿子。三媳妇回来看到被批斗的大嫂,不知所措。那寡妇奄奄一息中指着老三媳妇说道:"这才是被林家宠爱的媳妇,跟去了上海,要批斗也要批斗她!"

　　"他们就拿着这么粗的棍子往我妈妈身上打哦,这么粗,"小姑妈比画着,"落了一身伤,每年冬天都痛啊!"

　　"他们是谁?"

　　"当地的干部们。他们还骂:猪吃猪食,人吃人食,你个地主婆,活该没吃的。我妈妈那个气啊! 整天就在床上哭。"小姑妈含着泪。妈妈哪是受宠的媳妇,否则怎么会被留下呢?

4.苟活

　　林家的田地和钱财被充公后,村里分配给了母女俩几亩田地,还有一个猪棚居住。由于天天需要干农活,母亲没时间照顾孩子,于是戴家老爷就把小姑妈带在身边养。戴老爷子对三女儿心存愧疚,对这外孙女甚是宠爱,常常亲自裁布制衣。后来,小姑妈到了读书的年纪,才被送回母亲身边。

　　入学需要提供孩子的姓名,小姑妈原本叫林维玉,但是母亲给她改了名。母亲说:既然你父亲都丢下我们,为什么还要跟他姓? 从现在起你姓戴,把林姓放在下面,就叫戴林。直到前几年,她身份证上的名字依旧是"戴林"。

读到小学三年级,小姑妈就辍了学。母亲生了一种怪病,不仅没了月事,还只能卧床。她必须在家照顾母亲。虽然看了次中医,症状缓解了一些,但是因为没有钱就没再治病。此后,母亲就常年卧病在床,情绪很不稳定。她常常哭到半夜,喊着大女儿的名字,30多岁就双目失明了。

1961年,母亲还是没有熬过冬季,在腊月初八去世,享年42岁。就在此前几天,外公也刚去世。那时候小姑妈才只有14岁,她抽下房梁上三根木头,拿门板拼着做了一口棺材,把母亲下了葬。

"那时候我也不懂,把妈妈放在房子里,第二天下了葬。四姨妈过来跟我说,她看见妈妈的手都被老鼠啃掉了。"小姑妈回忆,母亲死前反反复复就一句话:我死了,你怎么办啊?然而,她只能哭,什么都做不了。

孤苦无依的小姑妈去了大妈家,那个死了丈夫的寡妇并没有善待她。夏天让她睡在室外,冬天睡在炉灶边,后来给她搭了个小猪棚,有一年台风把它刮走了。邻居周奶奶收留了这个可怜的孩子,小姑妈一住就是十几年,直到她离开江苏林王村。

因为在家乡长时间受到排挤,小姑妈选择独自一人离开,到浙江贬口村去找自己的朋友。进山的路不好走,人们都说浙江话,她一个字都听不懂,急得在车上大哭,在司机的帮助下才到了贬口村。

在贬口村的生活依然穷苦,她嫁给了一个农人,因为娘家没人,她被婆婆瞧不起。一年上山刨笋,下大雨,她滑下山坡,流了一地的血,失去了第一个孩子。小姑妈也不敢和别人说,婆婆说她只是来了月事,咒她没生养。她说,因为自己的成分,没办法嫁好人家。

她脸上浮出无奈的神情，想来也是有好人家曾来打听过的吧。

5.大姑妈

刚到台湾，林家人的日子是清苦的，二爷带着全家住进了眷村。三爷同四爷离开军队，自己营生。林家老太太到了台湾没多久，摔了一跤摔死了。

在忙活完老太太的葬礼后，生活更加拮据。三爷去给人拉黄包车、运蔬菜，做一些苦力活。大女儿则由四爷媳妇带着养。由于常年在外奔波，林三爷经常不着家，所以大姑妈与父亲的交流甚少。虽然衣食有着落，但最缺的就是亲情。

到台湾后，林三爷对妻子更是绝口不提，大姑妈也不敢问。看到四婶抽屉里有一张大眼睛女人的照片，她就想：这个女人是谁？是妈妈吗？但是始终没有问出口。

小时候的大姑妈很调皮，剃个西瓜头，蹬着自行车满大街骑，也没有人管束。当时她家住西门町捷运站附近，最是繁华的地段。她经常去电影院看电影，不回家。玩鞭炮炸伤了双手，就拿瓶子装了凉水敷着，也不知道要去消毒包扎。"没有妈妈就是这样，只能靠天照顾。"大姑妈说，她来世就想要个妈妈，其他什么都不想要。

所以大姑妈认为小姑妈比自己幸福，从小有妈妈照顾，很大了还有妈妈背着她。而自己长大后从来没见过母亲，连照片也没有，小姑妈至少还见过父亲的照片。

小姑妈也没有母亲的照片，当时被抄家，根本没机会拿照片，后来连母亲的坟也不见了。每年她们都到老家，去记忆中的地方祭拜母亲。

5年前,大姑妈回到上海,听亲人说起她长得越来越像她的母亲。大姑妈笑着说:"我母亲40多岁就去世了,现在我都70了,你说我长得越来越像母亲,怎么可能呢? 倒是维玉(小姑妈)长得像我爸爸,但她还是比我爸爸丑很多。"

虽然大姑妈从小没人管,但是她个性比较要强,坚持上了大学,做了一名高中教师,这也是她从小的梦想。如今退休以后,照顾四个孙子孙女成了她生活的重心。

6. 重逢

1985年,四叔的朋友与大陆的亲戚联络时,身在台湾的林三爷拜托他们顺便一起打听自己妻儿的情况。林家是当地的大户人家,更容易打听到情况。不久三爷收到了回信,信上说自己的妻子已经去世,小女儿嫁到山里,不知去向。

当他得知这个消息,立马倒头大哭。自从到了台湾也有不少人劝他再找个老婆,林三爷都拒绝了。他说,回了大陆该如何跟妻子交代? 当年他离开上海,抛下妻女的时候也曾告诉自己,过几年避过风头便可以回来团聚,结果没想到却是永别,再也无法相见。

大姑丈说,在与大姑妈结婚后,就同老丈人同住。他经常发现老丈人坐在床边发呆,不知道看向什么地方。他心里是有后悔的吧。大姑妈说,因为父亲就是个老实的人,有苦也不愿说,憋在心里。父亲到台湾以后就只交了一个朋友。他性格内向,只知道做苦力赚钱,这才得了癌症。

1987年,林三爷病逝,最终没能见上小女儿一面。

"如果能够见到父亲,你最想对他说什么?"我问小姑妈。

"我就想问问他,当年为什么要抛弃我们?"

林家人能够来台湾,完全是靠了林二爷在军中的关系。二爷的长子林维疆当时20出头,跟着父亲四处行军,是目前最了解那段历史的人。已经89岁的老人,仍然说一口南京话。他很早就离开家乡,被父亲寄养在南京干妈的家中。直到日军杀入南京城之前,才在父亲的安排下离开南京,逃往重庆。老人家说,他们家8个孩子,都生在、养在不同的地方。因为父亲常年随着部队迁移,再也没回过老家。照他的描述,当年三媳妇(姑妈的母亲)忙着回家拿钱,所以就没有等她回来,"当时是逃命,怎么可能等呢?"然而,根据四姨妈的说法,他们母女俩却是被抛弃的,而后才回了老家。当事人现在都已不在人世,真相也无从得知了。

1989年,大姑妈终于从台湾回到家乡探望自己的妹妹。她看到妹妹的家是一间斜坡上的破砖房,特别心疼。从1985年姐妹俩开始通信后,大姑妈知道了妹妹的困境,但未曾亲眼所见,也无法感受。在那之后,大姑妈为小姑妈提供了很多经济方面的援助。1998年,小姑妈家终于造好了自己家的房子,生活也逐渐得到改善。现在,分离了30多年的姐妹俩,每一年都会相约团聚一次,每个月都会电话联络。

在浩浩荡荡的历史与灾难面前,能够活下来已是大幸运。如今能归根重逢,则是天大的福气。大姑妈说,命运是残酷的,但是我们必须面对它。

故事背后的故事

认识的很多台湾朋友,只要谈起家世,随口就是一个让人瞠目结舌的悲欢离合的故事。余婷在讨论纪录片选题的时候,首先就想到了她的这两个姑妈:一个生活在台北,一个生活在浙江乡下。

大历史总是牵扯出小人物命运的无奈。在 1949 年迁移到台湾的人们,有多少人会相信这一离别,竟然就是 30 年,或者是,永别?

大姑妈儒雅有气质,吃穿不愁地长大,受到了很好的教育。小姑妈憨厚朴实,生活颠沛流离,只读过 3 年书。小姑妈一定是羡慕大姑妈,因为她吃过的那些苦,不是一般人可以承受的。而大姑妈则表示,即便吃再多的苦,只要有妈妈陪伴长大,什么都可以放弃。

但其实,姐妹俩并不需要做这样的二难选择。只是在大的社会变迁中,个人命运就如蝼蚁,太微不足道了。生离死别,几乎就是那一代人的日常。

历史类的纪录片在视觉呈现上总是一个难题。余婷在短短的寒假期间,分别在台北和浙江乡下拍摄,捕捉到了很多细节,为家族里这两位饱含辛酸故事的姑妈,留下了宝贵的影像记录。

真的希望这样的历史不会再来一遍。正如历史学家史景迁先生所说,好的社会,其实就是少一些人为制造的灾难,让个体生命有更好的选择。

小脚老太

文/赵亚琦

文摘

　　奶奶当然是怨恨小脚的，但比起身体的残缺，她更怨恨的是当了一辈子文盲。小脚没有妨碍奶奶撑起一片家业，反而为奶奶的奉献注入了悲情色彩，让奶奶有了一份超出同时代健全妇女的强韧。

序

　　我们家里的晚辈给奶奶买鞋，越来越难买到小脚的样式了。

　　小脚似乎决定了很多事情。最明显的，是阻碍了奶奶走更远的路。不难想象，如果不是有了自行车和汽车，奶奶能去到最远的地方，也就是 5 公里外镇上的集市。更深远的，也默默干涉了奶奶的人生走向。因为小脚好像会给人打上家庭妇女的标签，只能使人联想到围着灶台转的女人、没见识的人。在到处搞革命搞建设的青年时代，奶奶在人前感到自卑畏缩，没有放胆去参加革命做一个妇女干部，去体验那种轰轰烈烈的人生。

小脚伴随奶奶经历了悠长的岁月，小脚的故事是属于她的不可磨灭的一部分记忆。透过这些故事，我想知道这就快绝迹的小脚诞生在怎样的往昔，想拼凑出她年轻时的日月星辰，想捕捉一丝丝她走过的岁月的气息。

1. 奶奶来自农村

奶奶叫崔兰英，1932 年出生在山东中部一户农家。父亲是地主，家里算是村里的大户，除了她之外还有两个弟弟。很多人都说一家孩子中，老大懂事早，奶奶就是那个让父母省心的大女儿。

亲戚们都夸赞她学东西快，手脚利索，家务活很在行。她做得一手好针线活，做衣服、纳鞋垫、缝棉被、绣枕巾，样样针脚干净，人见人夸。其他几样我见得不多，纳鞋垫是一直延续到我小时候仍然实用的技能，家里大人孩子人人脚下都踩着吸汗的鞋垫。奶奶的做法，就是根据穿的人的脚形，用特制的厚布料剪裁出最贴合的形状，再在上面绣上装饰的花鸟图案。她做的自然是鲁绣，常用桃红配嫩绿之类的彩线，总是鲜艳热烈、喜气洋洋。徒手走针绣出来的牡丹、喜鹊，却也线条流畅，绣完了平平整整，连背面都纹丝不乱。蒸面点也是不在话下，不同造型的花卷和馒头花样百出。农忙时候，家里请短工帮手，女孩不用到田里干活，她就会在家帮着给一大家人做饭。

能自由奔跑的童年，奶奶只享受了八九年。奶奶在十来岁时开始缠脚，据说在这个年纪缠脚已经算晚的了。在那个年代，缠脚是很正常的事情，是讲究的人家的女子必须过的一道关。家里长辈们决定让她面对"这一天"时,她很自然地就接受了,只是不知道会这么疼。缠脚的过程,是奶奶的亲娘稳住她,让村里懂这门技术的妇女握住她的脚,生生把脚掌折断,折进脚心里。除了大脚趾外的四个脚趾头一律翻在脚掌的弓形凹陷里,垫在脚心下。这样还不算完,再用长长的白布条,把折断的脚一圈圈缠起来,牢牢地固定住,让缠好的小脚不再变形。

一对健康的脚就这么残废了。奶奶疼得哇哇哭,哭累了就睡过去了。血浸透了白布条,布条里面包裹的皮肉溃烂、发炎。夜里一双脚胀痛、灼热,奶奶实在疼得睡不着,听着周围静悄悄的,都该睡着了,就忍不住偷偷解开白布条。到第二天早上,怕被家里人发现了挨骂,又自己绑起来恢复原样。

奶奶说,那会儿农村贫苦人家的女孩也要跟着男人去田间地头种田的,家里还指望她们出劳动力。身体太弱不能劳动的女孩,在找婆家时会被嫌弃,所以穷人的女儿通常是不会缠脚的。而富家小姐不愁吃穿,才有资格缠起小脚养在房中,大门不出二门不迈,缠脚竟然是养尊处优的阶层的特权。奶奶自己的奶奶、母亲、姑姑都是这样缠脚的,所以她也不觉得缠脚有什么不妥。况且她是个孝顺的女儿,也甘心听从父母的安排。

小脚缠成了,穿上鞋头尖尖窄窄的绣花鞋,奶奶从无忧无虑的女娃娃,变成了待字闺中的女孩。除了行走不便,日子同样要继续。干家务活,教训调皮的弟弟,和邻里亲戚往来闲谈,日出而作,日落而息。

2.逃难

奶奶生长的那片土地,原本数千年都是这样的图景,却在那动荡的年代戛然而止。当时正值日本出兵侵占华北，1938年前后，他们的魔爪伸向了奶奶居住的村子。日本兵不时进村扫荡，谁家有粮食鸡蛋就抢，闹得鸡飞狗跳，谁也不敢确保明天会怎样，每一个人都提心吊胆。

那时奶奶家的房子建得最敞亮，日本人来扫荡，就先到她家的房子，奶奶因此常常见到那些人。据奶奶说，有的日本兵是有人性的，会拿出糖给中国小孩吃。有一次奶奶正在家吃饭，闯进来三个扫荡的鬼子加一个汉奸，当时奶奶还是孩子，本能地吓哭了。一个日本兵就比画着"小孩哭了"，让家里的大人来哄孩子。日本人最爱的就是鸡蛋，喝生鸡蛋。谁家有人被日本人擒住了，贡献些鸡蛋或许能捡回一条命。但有的日本人就跟恶煞一样，时不时拿枪吓唬人，甚至仅仅因为看不惯就杀人。谈起这一段，奶奶还是心有余悸。她说曾见到明晃晃的刺刀，一下下刺在一个张姓村民的脸上，戳出一个个血洞，然后日本兵还要舔一舔溅出的血。当时血腥、杀戮的场景，在场都有什么人、分别说了什么话，奶奶的讲述中还有着特别详细的细节。

日本兵烧杀抢掠犯下的人命案子多了，村里人人自危。不论哪一家出了事，全村人都感同身受。每天朝不保夕，活过一天是一天。怎么办呢？举村逃亡。只要有通风报信的说日本兵来扫荡了，全村人都拼了命地逃跑，拖家带口跑到后山，躲避不及就是死路一条。

但奶奶的小脚走多了路就疼，不利于逃跑。有一次，她和她的四奶奶跑得太慢了，落在队伍后面，差点丢掉了性命。这位四奶奶同样也缠过脚。那次逃荒的大部队跑远了，她俩眼见着就要被日本人追上，奶奶就喊她的四奶奶藏到一个坟丘后面。因为也不是特别隐蔽，这四奶奶就打算继续跑，刚准备动，一颗子弹落到旁边的土堆里,腾起一阵尘土。她们才慌忙躲到一边,娘俩一口大气都不敢喘地在坟旁躲了一晚上,总算是脱了险。可是天一亮,就看到村民搬运着许多八路军的尸体。那些血淋淋的手耷拉着垂下来,没了生气。小脚实在没办法逃亡,奶奶后来又投奔她远嫁的姑姑,而那里不安全了之后,又辗转到更加偏远的山里避难。这些记忆在她心里留下惊恐又沉重、挥之不去的阴影。

这种活在枪口下的日子熬了一年又一年,直到1945年夏末,日本人撤离华北,村里人总算松了一口气。奶奶自己家的人虽然幸免于难,但亲戚里还是有几个没活下来的。整个村子被搅得七零八落,损失了很多壮劳力。

奶奶小时候和她的弟弟唱的抗日歌谣,到现在她也都还会唱:"秋天秋风凉,鬼子来扫荡。鬼子住在望平庄,已时来抢粮,抢了粮食回后方……"血债累累,我想,奶奶这代人是永生不忘的,以至于奶奶看见今天小姑娘们穿高筒靴的时尚,就联想起日本军靴,感到很不理解:"这流行的算啥呀?怎么就和日本鬼子似的?"我那钟爱美食的表哥,提出带奶奶去品尝日本料理,奶奶也气得发抖:"你别跟我提日本鬼子,我不吃日本人的饭!"家仇国恨,不是时间久了就能淡忘的,不是生活富足就能抵消的。

战争强行改变了人们的生活轨迹。日本军队撤退后,宣传解放的革命队伍进农村普及文化,村里的孩子都要上识字班。农村女孩一般都没有像样的名字,只有个在家里喊的小名。奶奶在家里被叫作"大妮儿"。因为上识字班,总不能一屋子女孩都"大妮儿""小妮儿"地叫,奶奶也想有个学名。奶奶说,有一次睡着了,梦见有人叫她"崔兰英",醒了就去问教书先生这几个音,字是怎么写的,觉得不错就当成了自己的名字,这才有了大名。可惜上识字班的时候奶奶年龄较大,总跟一屋子孩伢子混在一起不好意思,学了不久没坚持下去。看到同龄人中会读书识字的,奶奶就很羡慕。她也很尊重那些有文化的妇女干部,喜欢凑到她们跟前,就为了听人家怎么讲话。

奶奶到现在最懊悔最遗憾的就是没有学文化,当了一辈子文盲。她觉得自己脑子还算灵,学东西快,但凡有点文化,定比现在大字不识要有用得多。家里只要是写了字的纸,奶奶都会小心保管,生怕弄丢了重要的信息。奶奶对我们晚辈的管教总是少不了一句"用功学习",过年给我们压岁钱还不忘嘱咐,要拿去买文具、买书。自己的遗憾,变成了对后代的殷殷嘱托。和其他老太太晒太阳聊天,也总是要聊聊孩子们学习的事。

3. 结婚 生活

奶奶不上识字班了,就在家专心忙家务。到了要结婚的年纪,家里人开始给奶奶选婆家。上门说亲的很多,奶奶总是不愿点头。到了爷爷这一次,因为奶奶听说爷爷的村子曾经出过小流氓,一开始其实没有好感。红娘带爷爷来见面的时候,奶奶就打发别人去看了一眼,结果去的人回来说这人还不错云云,奶奶就上心了,打听再三。

爷爷是抗日军人的后代,他的父亲是八路军一个区长,执行任务时牺牲,家门清白也光荣。而爷爷属于工人,在当时农村的供销合作社当会计。那时候爷爷的工作可谓相当重要也十分繁忙,但他对账目和数字过目不忘,盘点货物从不出错。奶奶欣赏爷爷的才能,看中了爷爷的文化水平。这才决定嫁给爷爷。

奶奶说,她在 1958 年 3 月结婚。当时结婚的风俗还很传统,很古老的形式。之后很快就开始大炼钢铁,不用说什么花轿,乐器都一定是被砸了拿去炼铁，稍晚点结婚的都没张罗这些。奶奶是穿着大红袄、坐着花轿来到爷爷家的。婚礼请了吹鼓手来，鼓乐齐鸣，看热闹的人门里门外站得满满的，挤挤挨挨。

可以说奶奶一结婚就过上了男主外女主内的生活。爷爷的工作吃住都在供销合作社。合作社是那个年代农村商品流通的主渠道，经营大到粮油种子、农药化肥、农用工具等生产物资，小到食物布匹、锅碗笔墨等日常百货。爷爷上班的供销社离家一百多公里，只能隔上一星期，步行一天一夜回一次家，这样他就无暇照管田里的农活。那些放在别人家应该是男壮劳力干的活，就全数交给了奶奶。什么拉水车、浇麦田、锄荒、拾穗……都是奶奶用一对小脚一力承担下来的。夫妻俩齐心合力过日子，爷爷家破旧的屋子，他们一点点攒够物料，一点点修整起来。还在庭院——天井里开辟了菜地。一来二去，奶奶真正变成干农活的一把好手，她种的庄稼和蔬菜总是能比别人种的长得好、收得多，推碾拉面一类的活，她只要揽下了都能干得有模有样。奶奶在当时的生产队里获得了勤快能干的名声。奶奶说："我虽然是小脚，过得也不能比别人差，人家能干好的，我也能干好，还要干得比别人好。"

奶奶结婚那年，正好赶上大炼钢铁。很快，这股风潮席卷了农村。很多家什儿，锅碗瓢盆什么的，只要是带铁的，都给人收走了，甚至连插门的小小门闩都被撬走了。没过几年，家家户户的生活困难到了极点。奶奶拉扯着几个幼小的孩子，家里东西常常不够吃，大人孩子都瘦得营养不良。为了在生产队多干活、多挣工分，奶奶每天不敢多睡，天不亮就赶去生产队，摊煎饼给集体做伙食。最出奇的一次是奶奶怀着我小姑姑的时候，临产当天还在生产队摊煎饼，一直到疼得受不了才停下来去生孩子。

推碾磨面粉是最累的。奶奶推一天碾回到家，喊几个大点的孩子过来捏捏肩，不一会儿就累得沉沉睡去。生产大队计算工分的时候，在一群壮劳力中间，奶奶也总是能得很多工分。而工分就能换到粮食和布料，在生产队发放的少量口粮之外，尽可能满足一家大小的吃喝用度，还能额外买些油盐酱醋。幸好孩子们也算懂事，奶奶说，她的小脚走路多了磨得起泡出血，姑姑看在眼里十分心疼，总是放学路上去找各种止血消炎的草药来给奶奶泡脚用。

爷爷后来托在上海的舅舅买到了一辆 28 式的大自行车，回家就方便些了。每次回家的时候，爷爷的车横梁上，挂着买的各种物件，小到食品、毛毯、成衣，大至种子、化肥、农具。在那个物资匮乏的年代，爷爷带回的东西都成了稀罕货品。爷爷一回到家，叔叔小姑他们都争着往屋里搬那些东西。奶奶就会跟爷爷絮叨生产队里的新鲜事，聊她和婆婆相处的鸡毛蒜皮，爷爷会跟奶奶聊在单位碰到的趣事。在家相聚几天，爷爷又赶回供销社工作。

过年过节的时候，本来农村最看重一家团圆，有几次，奶奶等着爷爷回家，但爷爷把回家的机会让给了离家更远的同事，留守在单位值班。奶奶挺生气的，但是爷爷拿回的加班费高出平时几倍，奶奶想想，能给孩子多添不少衣服呢，也就忍忍作罢了。倒是孩子的上学问题让他们犯了难，升学后的学校都在十村八店外，离家很远，孩子上学只能寄住在亲戚家。

到了 80 年代初，农村又起了变化。农田实行承包制，奶奶家第一年没有分到好田，种的粮食歉收，家里闹了饥荒。即便向亲戚朋友借着吃，全家大小还是过了一年总是吃不饱的日子。孩子还在长身体，不能饿下去。没办法，奶奶去村里据理力争，声泪俱下地让村干部们体谅自家的不易，总算争到了肥力好一点的田地,生活才慢慢有了起色。和奶奶相熟的人都说,奶奶什么都先想着家人孩子,很顾家,很会过日子。

在困难时期,农村的邻里间相互都很关照,总有赊账欠账的时候。不过,奶奶见过也有人利用这种情况,明明有余力还账却拖欠,肥了自家穷着别家。奶奶觉得只要有能力,就得还账,不愿意占这点便宜,也不愿意欠这个人情。那时候,家庭妇女们平时会拿自家产的黄豆,去磨坊推磨做豆腐。快到年关了,磨坊主向每个借用磨的街坊追账,惯性思维地也喊住奶奶,说:"二奶奶你等等,我要看看账本上你有没有欠钱。"奶奶知道自己没有赊账,自信地说:"我不欠你的,你甭看了,一分钱也不欠你的。"磨坊主不信,对了之后,果真没有奶奶的名字。奶奶告诉他:"我就只有一次钱不够,差几毛钱的事,我宁可回家拿去,接着给你送回来,也不赊账。我不欠人家的账的。"

奶奶说,当时有个流传一时的经典段子,概括得很到位:"戴上帽子当男人,摘下帽子当女人。"在农村,下地干活要戴一顶草编的遮阳帽预防中暑,戴上草帽后一群人都弯着腰干活,衣服又都沾满泥土,也就看不出是男是女了。离开田地回到家里,还要做衣做帽、做鞋做袜、推碾磨面、洗衣做饭、带孩子……一刻也不得闲。生活的担子这么重,奶奶慢慢就忽略了小脚的不利,忘记了这重障碍,如同一个放开脚的正常妇女一样辛苦奔忙。

4. 小脚之痛

姑姑说,五个脚趾头有四个压在脚心下,想想就知道有多疼。我想起有的城市公园铺了鹅卵石的健身路,赤脚走在上面,脚心被石头硌到都难受,而奶奶一双小脚,不光脚趾头硌着脚心,还承担着全身的重量。奶奶缠了脚以后的每一步行走，都伴随钻心的痛苦。她还给我唱关于缠脚的歌谣："缠脚受痛苦，折断筋和骨，一步挪动不了二寸五……"今天人们很难理解古人畸形的审美观，非要认定三寸金莲才是秀美，女人的定位就该是弱柳扶风连站都站不稳，男人才能横刀跨马大步流星。并且这一审美流行了千百年。缠脚还兼无形之锁的功能，限制女子的自由和思想，让她们行走不便，只能深居闺阁，看不到外面的世界，于是顺从训诫，三从四德。

本来奶奶的父母想给女儿更好的未来，才给她缠脚。因为社会变迁，却害她在未来走得更艰辛。即使吊诡，奶奶也不见得就要怨恨。缠脚本来就是遵守先例和传统的安排，她也不觉得是父母的错。

奶奶忍受了缠过的小脚一辈子，苦也受了，罪也受了，再去哀怜惋惜命运，听上去也都很无谓。陈规陋习也好，封建愚昧也罢，不管出于何种原因，缠足已经是不可逆的事实，这双创伤遍布、行立皆痛的小脚，注定了跟随奶奶一辈子。木已成舟，她能做的，唯有接受，试着与肉体上的畸变和平相处，坦然面对异常艰辛的生活。似乎，她也做到了。

奶奶当然是怨恨小脚的，但比起身体的残缺，她更怨恨的是当了一辈子文盲。她崇敬有文化的人，无论条件怎样艰苦都让子女们接受完整的教育。小脚没有妨碍奶奶撑起一片家业，反而为奶奶的奉献注入了悲情色彩，让奶奶有了一份超出同时代健全妇女的强韧。奶奶告诉我："小脚能怎么办？说真的倒是没什么，最恨自己的是没有文化。"如果她有文化，也愿意当个妇女干部，在外面搞搞事业。既然能顾好一个家，工作也能干得了。

奶奶的这些故事，有很多闪着时代色彩的名词，打土豪、分田地、生产队、合作社……这些字眼像钥匙一样,打开了历史的闸门,现代中国的大事件大运动呼啸而来。那个热火朝天、浩浩荡荡的年代,谁也猜不出未来的样子,不管是城市还是农村,都在试探,在摸索前进。社会几十年间就换了一个面貌,普通人被裹挟在其中,不断调整自己去适应周围环境的改变。这样的大历史,放到每个微观的个体身上,又变成一个个孑然奋斗的故事。造物主是公平的,每个人都有机会用第一视角走过一段岁月。

5. 奶奶来到城里

奶奶的几个子女长大成人后,多半进了政府机关做公务员,在城市里有了立足之地。他们都很体谅奶奶的辛劳,小脚就是一个集中释放的寄托点。对别人讲到奶奶时,他们经常会强调"我母亲是小脚……",其实不用多言,这一句交代就已经隐含了无数辛酸。

在我读小学那会儿,家里人商量接爷爷奶奶进城生活。起初意见并不一致,有的觉得爷爷奶奶习惯了农村,街坊邻居相熟,随时可以走亲访友,到城市谁也不认识,而且住了楼房就不能种菜养鸡了,生活习惯也很不一样,未必能适应。有的觉得让两位老人住在农村,医疗条件毕竟差一些,子女又不在身边,养老很成问题,况且小辈想回老家看看老人,每次都要驾车两个多小时,怎么都不方便。这问题一直争论了几年,最后爷爷拍板决定,进城!最后老得走不动了,迟早要子女在身边照顾,早点换地方,也给孩子省不少麻烦。

爷爷奶奶刚来城里时,什么都嫌贵。即使每个月能领一笔养老金,还是在花盆里种蒜苗吃。住的小区食堂里有热气腾腾的包子油条,他们都很爱吃,然而平时也舍不得去买。

勤俭节约的观念根深蒂固,就算有条件了,他们也还是惜物。那代老人都受过穷挨过饿,特别珍惜粮食。印象最深的是,我们几个孙女跟奶奶学包饺子,她就不停地教育我们,不可以玩面粉,玩面粉"有罪"。奶奶不信教,她说的并不是宗教概念里的"罪孽"。但这个词太有冲击力,尔后在不同的时刻,当我不得不扔掉食物时,都会因为想起奶奶的这句教诲而良心不安。

每次家里聚会吃饭,就有好多剩饭剩菜,爷爷奶奶总是把能吃的部分尽可能留着,下顿热一热再吃。剩汤用来再熬别的菜,煮成杂烩吃下肚。爸爸和姑姑说,剩菜里都是油,越吃血脂越高,严厉禁止爷爷奶奶吃剩菜。可这话连说了好多年,爷爷奶奶就是改不了。于是每次离开爷爷奶奶家之前,姑姑会直接把剩菜剩汤倒掉,断了爷爷奶奶的"后路"。

不过,奶奶也不是困在现代文化的铜墙铁壁中动弹不得,有时她的学习能力惊人。一次,晚辈们聊天时提到"逻辑"这个词,奶奶不求甚解地就记住了,另一次遇到事情,好像是在小贩那里买菜挨了宰,奶奶就地说小贩"这是什么逻辑",我们从她嘴里听到这么有文化的"高级词汇",而且歪打正着,都绷不住笑出了声。也有的时候,奶奶理解起流行文化就"剑走偏锋",闹出笑话。大伙儿一起看电视,看到有个女歌手穿露脐装演出,奶奶看了不停地感叹:"她就缺那点布吗?露着肚脐眼,不怕肚子着凉啊。"

奶奶说到她年轻时有个奇遇,村里来了一个算卦的人,大家都前去求卜问卦,奶奶还担心,如果算的命不好岂不是给一辈子判了"死刑"。但算卦的看了看就告诉她,她晚年会过得很幸福,类似于儿孙满堂锦衣玉食之类的吉利话,还描述了她将来的生活情景,"楼上楼下,电灯电话"。奶奶觉得不可思议。到了今天,奶奶恍悟,那时的预测现在得到了兑现。所以她常说,年轻时吃的苦都不算什么,现在都得到了回报。

奶奶身材高大,配上一双尖尖的小脚,其实不太相称。小脚走不快,也走不远,走起来身体微微摇晃,旁边的人也要迁就她的步速慢慢走。遇上路面不平,奶奶就很容易摔倒,需要人搀扶。现在最难的是给奶奶买鞋,这种给缠过足的人穿的鞋子卖得越来越少了。

爷爷奶奶在城里颐养天年,一直和顺。几年后爷爷突发脑梗,病倒之后一天天衰弱下去,最后还是过世了。爷爷走后,奶奶的失落全写在脸上,今年她的听力下降非常严重,面对面聊天都要大声喊她才能听见。她的活动范围变小了,以前还愿意绕着小区走走,现在只能在楼下转几圈。她睡眠越来越短,精神也大不如前。唯一不变的习惯只有喝茶,也不是什么名贵的茶叶,就是喝惯了的味道。

在我小时候,奶奶拿出针线盒我就凑过去,因为她眼花看不清,需要我帮她穿针引线。而我每一次帮她穿好,她都会夸还是小孩子眼神亮,我每一次听了都美滋滋的。奶奶戴着老花镜,晒着煦暖的太阳,手上做着针线活,那是我心里最安详最温馨的画面之一。和奶奶在一起,没什么事情令人焦虑,整个生活节奏也变慢了。时间和经历的沧桑,赋予奶奶一种安定的力量。

只求这种安定能陪伴我再久一点。

真是没有这样的脚了 最后一批了

故事背后的故事

现在已经越来越难看到一个小脚老太太了。

从来没有觉得小脚美。知道了整个缠足的过程，更加觉得难过。不知道多少花季少女因为缠足丧命。更可悲的是，文中奶奶的父母当时是想给女儿更好的未来，才给她缠足。社会变迁，却害她因此在未来走得更艰辛。终究，孙女记录下奶奶经历的一切，也算是对那个时代有同样经历的女性们的一个纪念和感怀。

有的时候，觉得审美是一件很莫名其妙的事情。特别是跟风型的流行性审美，特别是变成全社会标准的一种审美。

女性的命运，在这一点上来说，100年来似乎并没有太大的变化。隐忍地，倔强地，像奶奶一样地，坚韧地生存下来，但是更多的消散了的，都成了牺牲。

鉴于生存环境，千百年来，中国女性似乎有着比男性更顽强的性格。在动荡中，她们撑起一个个家庭，辅佐丈夫，照顾老小。在一个强大的男性社会中，即便社会给予她们最不公平的待遇，她们依然能够在苦难中开出一朵朵绚丽的花朵。

就如赵亚琦深爱的奶奶，用小脚走出了平凡却又不简单的人生。

活着

文/马 静

文摘

　　姑奶爱喝酒，出门的时候她都会带上酒和菜，放在小拖车里，玩饿了就找个地方坐下喝酒。有的时候在公园的草坪上，有的时候在路边的凳子上，一顿能喝上半斤。

　　岁月的魔力就在于它会让人变得从容。活在当下，怡然自得。

序

　　姑奶是我爷爷的姐姐，生于 1931 年，今年 86 岁了。在他们这一辈兄弟姐妹中，只有她一位老人健在。因为爷爷去世得很早，我对自己家族的故事基本是陌生的。

　　我和姑奶的交集仅限于每年一次的例行串门。此外，再也没有别的接触，更不用说深入了解。姑奶的老房子里总是散发着陈旧的味道，小时候去串门，我甚至不愿意多待一会儿。

在 2014 年那个深冬的早晨，我第一次独自去拜访她。

姑奶长得不高，很瘦，比我记忆中的轮廓还要小很多。但是她人很精神，性格是永远闲不下来的那种。80 多岁的人，她没有在家颐养天年，而是自己支起一个小花摊，忙活得自得其乐。这个小花摊其实就是临街搭建的棚子，空间不大，从绣球到兰花，花的品种倒不少。在这个狭小昏暗的空间里，我和姑奶有了第一次谈话。

姑奶说，马家的故事都能写一本书了。

1. 安徽马家

在姑奶的印象中，太爷爷是一个"一米八三大高个，大方脸，瘪瘪嘴，戴个眼镜，仿佛知识分子"模样的人。和姑奶聊天，"仿佛"这个词频频出现。听了一天我才明白，在姑奶的字典里，"仿佛"就是"好像""大概"的替换词，这个词也"仿佛"折射出她曾经大家闺秀的样子。

太爷爷是安徽泗县人，读过一些书，曾经中过进士。太爷爷这种文化人，那时候被称作乡绅。他在知县府里掌管司写状纸，相当于今天的律师。据说太爷爷写的字是毛笔草书，写完后还有专人替他誊写成工整的字。在姑奶那个年代，农村的女孩子很少有读书写字的。但因为太爷爷的缘故，姑奶儿时也受到了良好的教育。她在私塾里上学，还学过一些简单的英文。因为她在家中排行老小，大家都称呼她为小姐。姑奶的童年生活可谓是衣食无忧。

太爷爷除了在知县府里工作外，家里还有很多地，春秋两季种庄稼。此外，他还经营槽坊和油坊，也就是酿酒和榨油的营生，生意很好。在姑奶的记忆中,儿时的吃穿用度都很奢华,过年的时候海参都是一泡一盆,那时候很不稀罕。敲锣打鼓的乐器家里也都有,太爷爷的人情来往很多,迎来送往的,总会请乐队来奏上一曲,一年到头,热闹非凡。

最让姑奶记忆犹新的,是太爷爷修筑的马院墙。那时的安徽境内极不安定,土匪横行。大部分农村的富户不得不雇用乡勇,修建围墙和壕沟来保护财产和田地。关于这段背景,在金安平所著的《合肥四姐妹》一书中也有类似的描述:"黄河流域经常发生水灾,夹带着旱灾和蝗虫,使得安徽的北部一带极端贫困,社会动荡不安。这些淮北人要不就是强盗,四处抢劫;要不就是到处乞讨,到处流浪——反正非匪即乞。"

在姑奶的记忆中,那个时候大白天的就有贼匪。孩子们不敢出门,大门都是由家丁看住,每个家丁还得配把土枪。也是为了防匪盗,太爷爷花了巨资修筑起马院墙。据姑奶的回忆,马院墙有七尺之高,五尺之宽,耗时两年才修葺完成。用了二百多个工,挖了三十亩地的土。院墙内有三进,共三十六间房,东南角和西北角还各有一个炮楼。

关于马院墙的牢固程度,还有这样一个故事。抗日战争时期,日本维持会(日本侵略者在中国沦陷区内利用汉奸建立的一种临时性的地方傀儡政权)占领了马院墙。他们在马院墙里住下,八路军对着马院墙打了几十大炮,院墙也只掉了一点土。八路军说这是"铁打的马院墙"。但终究,马院墙没能够挡住历史的洪流。

2. 墙外的生活

姑奶这一辈子可以分成两个阶段,一段在马院墙里,一段在马院墙外。马院墙里过的是富家小姐的生活,马院墙外只有生活的苟且。

1944 年,姑奶 13 岁。抗日战争到了尾声,日本维持会三番五次来马院墙骚扰。为了躲避事端,太爷爷带着全家出逃。走得匆忙,什么也没拿,拖了几车粮食就走了。当时,日本人一来,地主们全跑了。有的跑到上海的浦东,有的跑到南京的江心洲,太爷爷一家则去了徐州的邱集镇。在邱集,日子过得稍显艰辛。姑奶奶说:"老家的种地户有的给送粮食,有的不给送。只能靠爸爸教书,哥哥卷香烟过活。"

抗战胜利后就是国共内战,百姓还是过不上太平日子。为了躲避战乱,太爷爷一家几年间迁居数次,终日东躲西藏。1948 年,姑奶 17 岁,淮海战役打响。太爷爷一家当时正好在徐州,姑奶还目睹了当时的情景:"蒋介石部队用飞机运送东西,(飞机)屁股一歪,东西全掉到外面了。碾庄不大,飞机对不准。"

这一年对于姑奶来说是重要的一年。也是同年,姑奶的双亲病逝了。

为了躲避战乱,太爷爷带着一家东躲西藏。但是,无论走到哪里,都是混战的局面。太爷爷索性带着全家又回到老家。可是回去后,马院墙没有了,房子也没有了,地也没有了,只好借了两间房子住下。一家几口人,没有了收入来源,也没有饭吃。太奶奶天天去要地租,要到半夜三更才回来。后来因着急上火,太奶奶病了几个月。没钱看,又迷信,家人找来了道士给太奶奶针灸,结果针还没拔,人就死了。

妈妈死了以后,家里万分困难,买了很差的棺材,借了亲戚家的地埋下了。那个时候别人给了我们 27 亩地,我们请人种的绿豆。我记得那是七月份，我和我爸爸天天去看绿豆长没长。我记得绿豆才一寸多高的时候，有一天爸爸回来了，一进大门狗都追着咬。我们住的房子是人家的闲杂屋，还不是正屋。两间屋子边口就是厕所。爸爸去解手，回来躺在床上，又低头把脱下的鞋放好，说："小姐，我不能好了。"我还没回答他，他就躺得直直的，不动了。我爸爸是 1949 年阴历正月二十七，早上七八点钟走的。

太爷爷太奶奶未曾参加过战争，未曾在战场上冲锋陷阵，但同样在战争中颠沛流离。当这场战役被定义为意义重大、影响深远的事件时，当它被子孙后辈缅怀或赞颂时，很多普通家庭的悲剧也在上演着。

"父母走了，家里只剩下哥哥嫂子和弟弟。哥哥常年在外工作，嫂子在家带孩子。"姑奶只能带着比自己小 4 岁的弟弟（我的爷爷）去地里干活。27 亩地，两个 10 多岁的孩子。年纪小，不会种，姐弟俩天天坐在地里哭，哭完还要继续面对生活。没有磨，没法弄吃的，姐姐扛着粮食，弟弟牵着驴，半夜三更去借磨。借完回来摊煎饼，搞好天亮再下地干活。

27 亩地，两个孩子种不好，还偶尔遇上干旱或者发大水。姑奶也想到了很多别的生存之道。比如入股人家磨绿豆粉，"入股"这个时髦的词是姑奶的原话。她记得，那时候为了讨生活，什么办法都想了。自己种的菜吃不掉，就走 15 里地去集市上卖，卖完了买点油盐酱醋。到了冬天，和别人合伙磨绿豆粉，做粉条。粉条拿去卖，粉渣还要留下喂家畜。

姑奶 22 岁才嫁人，在她那个年代是比较晚的。从 18 岁到 22 岁这 5 年，她都是在地里度过的。曾经的大小姐的生活早已不在，只留下疲于奔命的身影。但也正是这 5 年的磨炼，塑造了她坚韧不拔的性格，她不再怨天尤人。

3.天灾和人祸

1954 年，安徽淮河、长江流域都发生了水灾，降雨量超过了有记录以来的最高值。据当年统计，全省受灾农田达 4945 万亩，粮食减产 39 亿公斤，受灾人口达 1537 万人，重灾民 917 万人，其中特重灾民 505 万人。在这些冰冷的数字中，姑奶又是一个鲜活的样本。

1953 年，姑奶 22 岁，嫁了人。夫家祖上是地主家庭，结婚之后分了家，还能算得上是中农。姑奶本以为嫁了人，总算能过上些好日子。没想到结婚第二年，安徽大水，饿殍遍野。农民靠天吃饭，一遇水灾，粮食颗粒无收，一家人便失去了所有生活来源。反正也是活不下去，姑奶就想去别的地方发展。可是刚结婚，婆家不让走。倔强的姑奶趁着半夜，拖个小车，拿上简单的衣物，带上姑爷，就逃了出来。那个时候的姑奶，除了老家一带的乡镇，对外面的世界没有太多认识，可能是骨子里向命运抗争的力量赋予了她那样的勇气与胆识。

向往着美好，逃荒的路都是充满欢乐的。从家里出来的时候匆忙，没有带多少粮食，也没有盘缠，一路上姑奶就唱小书换粮食吃。姑奶仍记得，当时唱的小书叫作《小莺歌计害刘知府》，是一本故事书，七字一句，句句押韵。就这样，姑奶一路走一路唱，最后在南京落了脚。

打零工、做买卖，"仿佛各行各业都干过了"，在南京的日子又是另一段艰苦奋斗史。但在赚钱上，姑奶从不含糊。她有着自己的一套理论,宁可做散工也不要去上班。"上班一个月赚32块怎么过,根本不够花。老头子(姑爷)还生病,孩子要上学。只能打散工,拖板车拖一车3块,两个人一天就能赚30。"

1966年"文革"的时候,因为家里曾经是地主,成分不好,姑奶不敢再做投机倒把的买卖,就申请了一份清洁工的工作。"路边墙上贴的东西从来不看,就低头扫地,仿佛就是一个扫马路的",因此倒也没有受到太多打击。没承想竟遭到姑爷老家人的嫉妒,有人写公函来南京,说姑爷家里是地主。结果姑爷受打击一年多,挨斗好几场,回家后要自杀。批斗的人听说姑爷要自杀,就跟来家里,站在门外偷听。姑奶开导姑爷,故意说得很大声:"你要自杀得是畏罪自杀啊,你知道什么讲什么,不知道的不要乱讲。你家是中农,你怎么不说呢?"那时候城市里批斗情况比乡下好得多,如果是中农,基本上没什么事。在外面偷听的人听到这样的对话,以后再也没斗过姑爷。

姑奶没有说过关于她自己婚姻的事,也没有表达过对婚姻的满意程度,似乎那个时候嫁到什么人家,和什么样的人一起生活,都是命中注定的事。

姑爷的身体一直不好,干不了什么活,工作也很难找。"文革"后,街道办事处曾派了"几百张条子"给姑爷介绍工作,都是因为身体原因,安排了工作却没有单位要,姑爷只能在家磨豆浆。"后来好不容易进了厂,干了10年,从1970年到1980年,再后来又生病,回了家。一辈子就工作了10年,回来后生病七八年,走了。"几百张条子是姑奶的夸张说法,作为顶梁柱的姑爷没有稳定的收入,还一直生病,一大家子都是靠着姑奶的操持。

姑奶是个敢闯敢拼的人。改革开放初期,物资匮乏,但凡下海做生意的,都能挣到钱。姑奶看到别人做买卖赚了钱,就也学着去外地进货回来卖。服装、饰品,什么新奇就进什么。姑奶因此也去过很多地方,北京、上海、厦门,江浙一带更是跑了个遍。在 80 年代的时候,姑奶就坐飞机去过广州,那个时候机票才 70 块。无论去哪里进货,姑奶都喜欢独自出行。一来是为了节省路费,二来她喜欢这种自在。她对未知的世界充满好奇,也无所畏惧。

在他们那个年代,每个人都受历史的牵引压榨。现实没有为人们怎样活着提供参考,而每一步前进的步伐都是一种必须。就像张艺谋的电影《活着》中福贵跟春生说的一句话:"我们都是从死人堆里爬出来的,活着不容易,要好好活啊!"

小本生意虽不能致富,但一家人的生活基本不成问题,而且命运也并非没有一点惊喜与奖赏。姑奶在做生意攒了点钱后,花了 300 块在南京当时的郊区鼓楼区剑阁路买了间房子。那时房子后面是垃圾场和粪池,姑奶自己把垃圾一点点拖到垃圾场,再把黄泥推回来把地弄平整,弄了 10 年才弄好。在大儿子 18 岁时,姑奶又自己翻新房子,翻新的材料都是平常捡的。好不容易翻新好了,还没住,就被公家征走了。好在公家征走后分了两套房子,本来可以多分几套,但她心想女儿出嫁不用房子,自己可以跟小儿子住,只要了两套。姑奶说,那个时候人都很老实,不会想着占公家便宜。但这件事直到现在都是姑奶的一个心结,当初没有多要一套房子留给女儿,她十分愧疚。现在这房子成了南京市市中心的学区房,房价动辄四五万一平方米,姑奶说,那时候不懂,早知道多要两套房子,现在就厉害了。

如今的姑奶,身体已大不如从前,花摊也不再经营。现在她每天的消遣,就是逛南京城。老年票坐公交车不花钱,姑奶就坐公交到处溜达。随意坐上一辆车,在随意的一站下来,走到哪便玩到哪。而且她还是那样的性格,喜欢独自出行。没有手机,没有地图,她几乎把整个南京城的大街小巷都走了个遍。

姑奶爱喝酒,出门的时候她都会带上酒和菜,放在小拖车里,玩饿了就找个地方坐下喝酒。有的时候在公园的草坪上,有的时候在路边的凳子上,一顿能喝上半斤。她说,喝酒的时候好多人给她拍照,照得她都不好意思了。说这话的时候,姑奶笑得像个孩子。

岁月的魔力就在于它会让人变得从容。活在当下,怡然自得。

故事背后的故事

担心自己住的房子太过简陋,姑奶奶特意跑到女儿家接受采访。女儿家里是欧式装修,姑奶奶一个特别传统的中国老太太坐在富丽堂皇的背景前面谈笑风生,她一出场就把看片的人都逗笑了。

86岁的老人家,经历了起伏跌宕的人生,但是活得潇洒畅快。有意思的是,我们的"族印·家庭相册"项目,做了近百部口述史纪录短片,很多学生的纪录片讲的都是奶奶的故事。这些中国女性都坚忍不拔,不向生活妥协,在动荡的年代里,撑起了整个家族。

她们基本上不能选择自己的人生。无论是幼年受教育的机会还是以后嫁为人妇的生活,很少见到美满的婚姻,更不要说顺遂的人生,但她们都是家庭中最努力地工作来抚养孩子、承担压力的那一个。

更难得的是,这位姑奶奶乐观的心态。如果你在南京的哪个角落,看到一个耄耋老人在公园里自斟自饮,那一定是姑奶奶在漫游南京城呢。

人生还有比这更酷的事情吗?

命运的螺旋

文/孙奥云

文摘

儿子曾是他们的仰仗。但到自己没有能力的时候,儿子没有变成拐杖,却可能变成匕首,割去他们活下去的希望。

序

听说雨果创作《巴黎圣母院》,是因他游览巴黎圣母院顶楼楼阁,看见角落的墙壁上刻着"命运"一词而开始的。我要讲的故事也是关于命运,但是没有那么宏大,只是关于我的大姑姑,一个孤独而悲凉的农村妇女。她一辈子默默无闻,辛苦劳作,只因"重男轻女"的观念,困在命运的螺旋中无法逃离。

1.生活·艰难的处境

大姑姑生长在湖北省广水市的一个小山村。村里年轻力壮的几乎都出外打工了，只剩下读书的小孩和年迈的老人。平日里，村里寂寥无人，只有过年的时候才稍稍有点热闹的烟火气。

大姑姑今年 68 岁。作为家中的长女，她从很小的时候就开始养家。爷爷在她 16 岁的时候就生病去世了，留下了奶奶和 7 个孩子。奶奶是小脚，而且腿瘸，不能干体力劳动。兄弟姐妹年幼，没有粮食，只能把南瓜和土豆当饭吃。大姑姑年轻的时候在外集体出工挣工分，还要带着针线去，因为出工休息的时候还要纳鞋底。为了供弟弟读书，她要去离家很远的地方像男人一样干活，一天几毛钱，省吃俭用，攒下所有的钱全部带回家，家里才能有钱过年。出嫁了，大姑姑还要回娘家帮工两年，为了给家里挣工分挣粮食，因为家里实在没有什么劳动力。

大姑姑的劳动小组负责建大坝，这一般是身强力壮的男人干的活儿。大姑姑当时还是一个柔弱的 16 岁花季少女，却要像男人一样在烈日下肩挑背扛。这些劳作的苦，她似乎并没有放在心上。那时候，真正令她有些愤愤不平的是，每天奶奶为她的弟弟（我的爸爸）特意单独煮的一碗小白粥。

当时家里缺少劳动力，挣不到工分就没有饭吃。他们通常只能把南瓜和土豆当饭吃，有时候甚至连南瓜和土豆都没有，只能吃南瓜叶子。小白粥是很奢侈的食物，只有爸爸一人能有这样的特殊待遇，因为他是家里的长子。直到今天，三个姑姑还对爸爸的这碗小白粥印象深刻。大姑姑甚至能生动地描述出煮那碗粥的罐子的大小和样式。但如果问大姑姑她什么时候结的婚，她却不记得了。

在农村，家中的老大和女孩子都是理所应当要做出牺牲和让步的。

大姑姑的生活，我既熟悉又陌生。我知道她一个人养家，一个人抚养子女。她有丈夫,但是丈夫长年累月不在家,她几乎过着守活寡似的生活。她有两个儿子两个女儿,四个孩子都已经成家。现在她独自一人住在村子的老房子里,每天起很早去镇上的米厂帮工。从早忙到晚,只为赚取每天50块的工钱,因为她的儿子几乎没有给她赡养费。

大姑姑的生活一直很清苦。即使手上有一点闲钱,她仍然舍不得吃肉。我去看她,她为了表示对我的亲近,在那个很冷的早上,特地给我煮了四个红糖鸡蛋,还加了一勺冻猪油。我婉言谢绝,害怕因为太油腻而肠胃不适拉肚子。她以为我是客气,更加坚决地又加了一勺。我不想伤老人家的心,只得接受。10年前,我到她家做客的时候,她接待我的也是红糖猪油鸡蛋。她一直认为这是很珍贵的东西,也一直把它当成待客的礼仪。

过年的时候,我赶在除夕夜之前去看过她一次。在去她家的路上,我内心期待能看到在节日的气氛中不同的大姑姑。但是,当我赶到的时候,她仍然像平日一样在忙着收拾屋子,忙着洗衣服。我问她除夕的饭菜准备,她说只有两菜一汤。我问她:"你今天不去儿子家里一起过年吗?"她说:"要在家里烧香,去不了。"

家乡的风俗是大年三十要祭拜逝去的人。大姑姑要祭的就是大姑父,那个辜负了她一生的男人,那个她不愿提起,却仍然守着老规矩要去祭奠的丈夫。

2.大姑父

从小到大,二十几年间,我见过大姑父的次数屈指可数。即使是过年,亲戚们聚在一起,也总是看见大姑姑一个人沉默地坐在角落,或者到处帮忙干活。大家都默认她是一个无趣的甚至有些木讷的老太太，基本上没有和大家交流的需要。没有人对她有了解，也没有人想认真去了解。过年欢乐的气氛下，大家也不想提她的不开心的事。因此这么多年，我甚至忽略了大姑父的存在。直到前年大姑父突然回到老家，我才意识到这么多年大姑姑独自生活的不正常。

据说大姑姑出嫁的时候，什么嫁妆也没有，只做了四身衣服。出嫁也是为了更好地帮衬娘家。大姑父是一个读过高中的人，而且还在工作中考了会计证，在当时也算是有文化的人。大姑姑却大字不识一个，连电话上的数字也不认识。大姑姑年轻的时候，因为村里响应国家政策扫盲，她上了夜校，才写得了自己的名字，认识钱。大姑父一辈子不喜欢大姑姑，甚至觉得他自己一辈子活得委屈、不甘心，因为大姑姑没有读过书，配不上他。

他们的关系一直很不好，冷漠得甚至连吵架都很少。大姑父借着工作的理由常年在外，过年过节几乎都不回家。虽然每年会寄一点儿钱，但是家里上有老下有小，要养活一家人，耕田劳作，人情往来，这一切都要大姑姑一个人承担。另外，大姑父对大姑姑的态度，大姑姑的隐忍和老实，让大姑姑成为村里茶余饭后的谈资。这样的舆论压力，也需要她一个人去面对。一个女人独自养家不容易，有丈夫的女人却要像独身女人一样养家过日子，这其中可能包含了更多不为人知的酸楚。

在我的记忆里，大姑姑甚至因为痛苦的婚姻考虑过自杀。老家在小镇，大家都是乡里乡亲，很熟络。有一天，药店的老板告诉妈妈，大姑姑来买过农药，但是他没卖。老板说这不是打农药的季节，担心她有事想不通。妈妈当晚立即把大姑姑接到家里住。我还记得那天晚上妈妈大声地在电话里跟表哥大吵："有什么事让他（大姑父）来找我，我不把她接过来，难道让他把我的大姐逼死吗？"我当时年纪小，不懂大人间的事情，后来知道，他们只是因为鸡毛蒜皮的小事吵架。大姑父偶尔回来才有的一次鸡毛蒜皮的吵架，像是压在骆驼身上的最后一根稻草，让大姑姑觉得日子再也过不下去了。

前几年，大姑父终于回家了。可能有落叶归根的想法，但更是因为他检查出了胃癌。大姑父虽然回来了，但他和大姑姑住在不同的地方。大姑姑跟大儿子住，大姑父跟小儿子住。虽然分开住，但是在大姑父病重的时候，大姑姑还是去照顾了他一个星期，为他做一日三餐，为他擦洗。大姑父临死前，在睁开眼的间隙还惦念着问大表哥："她（大姑姑）来过没？"大表哥点点头，大姑父才安心地走了。

大姑父逝世后，我曾拐弯抹角地问过大姑姑关于大姑父的问题，她半个字也不愿意提起。在我问起大姑父的那个晚上，她整个晚上都没有理我。第二天，我问她为什么生气，她愤愤地说："一辈子有过他的什么好吗？有什么好提的。"

但我看见大姑姑家的客厅里仍然挂着大姑父的遗像，就在录采访的时候，我特意找了一个角度，把那张照片作为采访的背景。大姑父是大姑姑生命的一部分，就像大姑姑背后虚掉的那张照片，虽然不愿面对，但是一直存在。

3. 儿子

父亲看轻妻子，儿子也学样不看重母亲，表哥就是这样的。表哥没有给大姑姑赡养费，这大概就是最直观的不孝顺。在乡村，很多老人没有经济来源，按照传统需要儿子每月供给生活费，如果儿子不管不顾，就需要自力更生。大姑姑就是在这种情况下去米厂帮工的。在微薄的收入的支持下，大姑姑还帮外出打工的表哥抚养大了儿子。但是表哥也没有感恩，他大概觉得大姑姑抚养孙子是理所应当的事吧。

几年前，大姑姑就用自己做工的钱买了百年之后要用的棺材。当时，她跟我妈说这件事的时候，赌气似的说："不要他（表哥）的钱，我自己买，我都买好了。"妈妈劝她："自己买就自己买，但是不要得罪你的儿子。对儿子就说，体谅他们在外工作辛苦，自己手里有点钱就自己置办，减轻他们的负担，不然他们又要恨你。"在农村里，让母亲自己买棺木的儿子是不孝的，会让别人说闲话，所以妈妈才这样劝大姑姑。

大姑姑坚持自己买棺木，背后真实的原因是，如果让表哥买，其实最后也是她出钱，只不过去店里拿东西的人不同而已。在这件事情上，她大概是憋着一口气，跟自己的儿子较劲，就是不想成全他们名不副实的孝顺声名。这是我少有的能够窥见大姑姑内心不平的时刻，想必她也明白自己的儿子对自己如何，只不过平时隐忍着，顾着世俗的面子不想对外人提及罢了。她曾说过，养儿子是一副苦药。这大概就是那副苦药吧。

这样的苦药，乡下的每个家庭似乎都有一副。有一天，大姑姑下班后去朋友家小坐，也是一个老人家。她们见面简单打过招呼、谈过天气之后，就没有什么话说了。她们相顾无言，静悄悄地坐着，夜也很静。最后她们谈起了儿子，她的朋友说儿子又向自己要钱，这是第三次，原因是为孙子办酒。我当时很惊讶，已经成年结婚的儿子还能这样变着法子问老母亲要钱，真是厚脸皮。她们之间没有安慰，只是叹气，淡淡地叙述。大概类似的事情多了，也就只能这样。我问大姑姑："你们老年人经常在一起交流，就是讨论儿子问不问自己要钱吗?"她淡淡地点头。

在大姑姑生活的村庄里,甚至有儿子和儿媳不愿意抚养没有赚钱能力的父母,口出恶言,让父母走投无路自杀身亡的。我回老家过年的时候,去一位伯伯家拜年。伯伯在失去老伴后,宁愿选择独自居住在交通非常不便的农村老家,也不愿意和城里的儿子、儿媳住在一块儿。这是现在农村老人的常态。老人常常因为生活习惯和生活卫生等方面与儿子儿媳有矛盾,过不到一块儿去,被自己的儿子和儿媳嫌弃。老人想着与其被赶出来,颜面无存,倒不如单独住在农村老家。另一方面,也有很多子女不想抚养没有赚钱能力的老人,只想让老人自己在乡下自生自灭。对乡村里的老人来说,儿子曾是他们的仰仗。但到自己没有能力的时候,儿子没有变成拐杖,却可能变成匕首,割去他们活下去的希望。

4.命运·无形的束缚

我内心深处一直为大姑姑的生活惋惜,因为她活得如此没有自我,又得不到应得的权利。小的时候,大姑姑和爸爸生活在同样艰苦贫困的家庭,现在,他们却过上了截然不同的生活。爸爸是奶奶家文化程度最高的孩子,他赤手空拳,走南闯北,活出自己的世界。但是大姑姑却目不识丁,一生困于厨房,最远也没有出过家乡的县城。我曾问过爸爸为什么会如此,他认为主要是因为大姑姑没有接受教育,结婚太早,但最重要的原因是她是女孩。

奶奶是一个极度重男轻女的农村老太太。听妈妈讲,在我姐姐出生的那一天,奶奶倚着房门问爸爸:"生的男孩女孩?"在得知是孙女后，她再也没有踏进过我家的门槛，也没有来照顾坐月子的妈妈，妈妈对此至今仍有怨言。因为我们家有三个女孩，所以这样的事情发生过三次。现在我回老家，奶奶村头的阿姨都知道，当初奶奶因为长子（爸爸）没有生出儿子，闷闷地生气了好多年。在我的记忆里，我也不记得已经去世的奶奶对我们这些孙女们曾有什么亲近的地方。爸爸和姑姑小时候在家中的差别待遇也就可想而知了。

三个姑姑都没有读过书，但是三个叔叔包括爸爸都有一定的文化水平。女孩除了要把教育机会留给家中的男孩，还要用劳作来支持家中的吃穿用度。大姑姑曾对我感慨："受苦的人一辈子都受苦，似乎是天生的。"

我和大姑姑讨论过女孩子是否要读书的问题，她很肯定地说："女孩就应该多读书，这样即使出嫁了也不受婆家的欺负。"我随口问了一句："你到婆家受了欺负吗？"她沉默了，过了一会儿才缓缓地说："过去的事就算了，不要提了。"那些难言的往事，那些日子里的酸楚，她选择把它们掩埋，然后投身于应付生活的琐碎，用时间来忘记。

我想很多人曾跟她提过离开乡下，出去闯闯，但是她告诉我，她没有办法那样做。以前家里穷，要种田，要照顾上学的儿子和女儿。现在更脱不了身，要照顾孙子。等到孙子长大成人，她也就真正老了，走也走不动了。现在即使有好奇心，要出去走一走，也需要儿子的同意。

"不管怎样想将来，我都是一个女的，女的就只能在家做家务。"这是大姑姑看到自己身为女人的宿命得出的结论。当初奶奶剥夺了她受教育的权利，进而间接地让她失掉了婚姻的幸福，都是因为她是一个女孩，"迟早是别人家的人"。教育的局限，祖祖辈辈观念的灌输，让她无法逃脱这种螺旋式的漩涡，而这种漩涡对她人生带来的影响，她选择认同和接受。很多人认为，农村妇女无知又愚昧，没有走出去的勇气，生活得麻木而艰苦，是因为她们没有生活的智慧。但是很多时候，不是她们不想改变，而是她们不能。这种无可奈何是无法让个体生命来承担的。

5. 轮回·暗涌的螺旋

现在的大姑姑，早已没有了小时候看见爸爸单独吃小白粥时的愤愤不平。她似乎已经认同了爸爸长子的身份，并认为这样的偏袒理所当然，甚至把这份"理所当然"当成她对待自己子女和评价他人的标准。

过年的时候，我去大姑姑家拜年做客，正巧碰到表姐、表哥也来了。来的客人很多，表姐帮姑姑里里外外忙活、做饭、招待我们，表哥就只是在牌桌上打牌。吃饭的时候，桌子上坐的大多是男客，表哥也在桌上。大姑姑和表姐在旁边热情地帮大家盛饭。这可能就是大姑姑家以前的老规矩，家里女人不上饭桌。吃完饭，表哥继续和大家打牌，大姑姑和表姐开始收拾饭桌和厨房，一切显得这么自然、流畅。

吃完饭和大姑姑聊天，她跟我感叹自责，说自己没有给大表哥买一套房子。我说："现在你住的这个房子以后留给他，不是挺好的吗？"她不以为然："这个房子毕竟在乡下。"大姑姑年纪大了，已经没有劳动能力，还要自己负担生活，却生出这样的忧愁。我劝解她："表哥现在自己成家立业，房子可以自己操办的，你不要再操心了。"她表面上接受我的安慰，其实内心还是羡慕乡里其他老年人出钱给儿子置办很好的家业，觉得自己愧对儿子，没有尽到应尽的责任。我问她对表姐有没有什么遗憾，她只是告诉我"家里穷，没有给她置办很好的嫁妆"，再无其他。

大姑姑本着一切以儿子为中心的原则，极少谈论她的女儿，以至于现在我能清楚地知道表哥的生活甚至她孙子的生活，却对表姐的生活一无所知。我只知道表姐的境遇和大姑姑的境遇相似，没有受过什么教育，很早就辍学，很早就外出打工供给家用，很早就结婚，很早就生子，然后成了另一名农村妇女，成了大姑姑的"翻版"。据我所知，表哥没有给大姑姑赡养费，反而是表姐时常接济她，逢年过节会给她一些生活费，来减轻她的生活负担。

但是大姑姑依然认为儿子会是她最终的依靠。在她的心中，将来能在众人面前捧着她的灵位的儿子，才是最重要的人。面对儿子并不赡养她的现实，她坦然辩解："养儿子是副苦药，但是很多人还想方设法地吃呢。"小时候让大姑姑愤怒的原因，现在开始变成她理直气壮反驳我的理由，我无法认同她，却也无法责备她。

大姑姑对儿子处处偏袒、处处倚重，对孙子乐生也是。乐生对她做的任何事情，都值得她天天夸耀。乐生帮她做饭，帮她洗碗，或者在她摔了腿的时候打电话回来问候，寄 200 块钱给她用，这些都是她常年与别人聊天提到孙子时要谈到的内容。小时候，每次到大姑姑家做客，她总是让我辅导乐生的功课，希望乐生能考一所好大学，光宗耀祖。虽然最后乐生没有完成她的心愿，但仍然是她的骄傲。我不知道，如果乐生是女孩，她会怎样养他，会怎样待他，会不会也像现在这样容易满足，时时挂念。我想依照她说的"女孩是别人家的人"的标准，大概是不会的吧。

　　和大姑姑一样，大姑姑家中所有人的眼神都集中在长孙——乐生的身上。起风的时候，表哥和表嫂总是关注乐生是不是要加衣，但是乐生的姐姐，只比乐生大两岁，就已经被他们当成完全不需要特意嘱咐的"大人"了。大姑姑更是不停地跟我絮叨，自己的大孙子在学校是如何的聪明好学，受老师和同学的喜欢，甚至对我讲："这一家，可不就盼着这个独苗呢。"这样的场景太相似了，以前大姑姑就是这样跟我们念叨，表哥是如何聪明，如何被老师喜欢。在她的心里，表哥没有考上大学，只是因为太贪玩了，其实聪明劲儿一点也不比其他人家的小孩差。表哥始终是她心中的骄傲。在她的眼里，似乎男孩从一出生就比女孩位高一等，天生卓越。表哥被大姑姑这样养大，也开始按照这样的观念养大自己的孩子。

　　大姑姑的一生，都离不开祖祖辈辈给她灌输的价值观，以及奶奶给她造成的影响。她的儿子和女儿也没有逃出这种影响，现在是她的孙子孙女。表哥表嫂对儿子的喜爱和重视，明显超过对他们的女儿。这样的偏重，会对大姑姑的孙子孙女产生怎样的影响，会不会让她的孙女走上大姑姑的老路，轻易地失去受更高教育的权利，轻易地失去选择自己婚姻的权利，轻易地失去选择自己人生的权利，现在还不得而知。但我知道这个螺旋的影响会继续下去，不会停止。

　　大姑姑的生活和家庭，不是个案，而是群像。乡村里，像大姑姑一般境况的农村妇女有很多。不仅仅是儿子，她们的一生都仰仗生命中出现的重要男性角色。小的时候仰仗父亲和兄长，出嫁了仰仗丈夫，老了仰仗儿子，并且把这种仰仗，当成一种牢固的依靠。她们的生命像养料，变成可以随时牺牲自己的权利成全别人的存在。很多人为她们叹息，是因为她们失去了生命里因个体独立而存在的美丽。

对于重男轻女的观念，有时候她们自己也觉得这其中有不合情理的地方，甚至不能确定自己的选择是否正确，但是她们无法回转自己的观念，也无法回转自己的人生。她们做出了常人无法做出的牺牲，却没有得到应有的回报。

老人这样对待她们，她们这样对待自己的儿女，像命运的螺旋，在世世代代中旋转，她们深受其苦，也化为其中。

故事背后的故事

孙奥云是特别能吃苦、有耐性的学生，独立而坚强。不知道是否因为看到了大姑姑的遭遇，奥云家的三姐妹都受到了非常好的教育。她们的父母并没有因为她们是女孩而有半点的轻视。

在中国，很多农村女性的命运似乎有着惊人的同质性。很多人好像都有一个这样的姑姑——来自农村，婚姻不幸，子女不孝；从小吃尽苦头，年纪大了无依无靠。

毫无疑问是悲剧。我们同情这些姑姑们，又恨其不争。甘于这样被命运摆布，对很多所谓的现代女性来说，是不可理喻的。然而，现实比我们能够想象到的还要残酷。很多被这样的命运捉弄的女性，还要把自己受过的罪，在她们的女儿甚至孙女身上重演一遍。

我不是女权主义者，或者说也许我对女权主义有误解。我依然传统地认为相夫教子是女性的天职，甚至在一定需要两个人中的一个付出事业上的牺牲来照顾家庭时，女性选择家庭是天经地义的。我们歌颂母亲的伟大，就是因为母亲那种无私奉献的精神。但是,牺牲也有底线,并不等于放弃自我。

和奥云的姑姑一样命运的女性,到底是靠教育还是靠个人抗争来改变? 可能每个人的境遇不同,答案也不尽相同。很多中国城市里的年轻女子已经活得越来越洒脱,能够以自己的自强独立来应对生活中的各种可能性。在农村,随着更多的年轻人出去读书或者务工,她们也会有更多的机会看到外面的世界。

希望女性少一些这样悲苦的命运,每个家庭少一些这样悲苦的姑姑。

他们老了……

文/于 妍

文摘

我们看到了很多位老人孤独的生活。这次的拍摄在很大程度上坚定了我的信念,要扮演一个什么样的社会角色,也让我反思,我要扮演一个什么样的家庭角色。

序

我的老家在山东省淄博市博山区石马镇。这个坐落在半山腰上的村落只有200多户人家。山里的人靠山吃山,善良淳朴。这座大山在曾经的战乱中庇护了他的山民,但如今这里大部分年轻人早已离开大山,只剩下老弱病残。

这座大山深处的小村庄,是爷爷和奶奶生活了一辈子的地方。进山的唯一一条路,是一条难走的土路。出了爷爷家的大门,就是通往田间的路,他们就在这条路上奔波了一辈子。门口的葡萄树是奶奶嫁过来的时候栽下的,到现在已经有50多年的历史。爷爷和奶奶的爱情一路走来就像这棵葡萄树,幼苗时的青涩,成长后的坚韧,共同养育 5 个孩子,经过漫长一生的洗礼,获得满树的累累硕果。

我爱这座大山,这里有我的爷爷奶奶,有我的根。大山让我安静得能听到自己内心的声音。每次回家,走在回家的路上,就像回归最真实的自我。我也愿意与村里这些可爱的"老顽童"们坐在门口晒太阳。

1.爷爷的重大决定

爷爷是个很严肃的人,他是整个家庭的脊梁。奶奶是个很精明的人,她是整个家庭的依托。爷爷于文清,一米八的大个子,有一对惹人注目的招风耳,年轻的时候是个美男子。奶奶谢美英,一米五的小体格,有一股永远使不完的劲儿,年轻的时候是个美人儿。爷爷爱沉默,奶奶爱唠叨;爷爷爱抽烟,奶奶爱吃肉;爷爷耕了一辈子的地,奶奶拜了一辈子的庙;爷爷负责一家人的口粮,奶奶负责拜神灵菩萨保佑一家人的平安。

据说我的老太爷爷是清代的一个小文官,这也算祖上相当光彩的事情。太爷爷则是石马镇里有名的会计,有 10 个子女。爷爷出生在 20 世纪 20 年代末,几乎经历了近一个世纪以来中国所有的重大变迁。爷爷经历了日军侵略,他说打砸抢烧他都记得清清楚楚。他曾被日军抓去做小工,如果做得慢或者不好就会被打。老家这座金牛山,在抗日战争期间是抗击日本侵略的根据地,上面的炮楼是当时打游击的时候建造的。深山的奇特造型,一直是保卫村民的有力屏障。

爷爷当了一辈子的农民。家里虽然一直不富裕,但整个家族在村中相当有威望。爷爷就像武侠小说中的长老,经常会沉默很久,然后吐出长长的烟圈。他做的任何决定,这个家庭的所有成员必须遵守,包括那个我无法理解的"重大决定"。

奶奶是爷爷的第二个媳妇,据说那个我从未谋面的大奶奶死于难产。奶奶的娘家是另一个村子中开旅馆的,爷爷在旅途中住进奶奶家的旅馆,就注定了一生的缘份。

1955年,爷爷把奶奶迎娶进门。爷爷和奶奶在我看来过得很简单,奶奶经常会唠叨爷爷,爷爷很少说话,只是默默地听着。每次春节回家我都会听奶奶"欺负"爷爷,爸爸说也只有奶奶敢这样。虽然奶奶总唠叨爷爷,但奶奶的嫡庶尊卑分得十分清楚,可以说十分明事理。每次过节全家人聚餐,奶奶都会偷偷地搬个板凳坐在爷爷身后吃,坐在离桌子比较远的地方,任大家怎么说都不会改变。这是古代流传下来的传统,女人在男人面前不能上桌当家,要分清主次。

2010年7月,对于我们家来说是黑色的一个月。奶奶跌倒得很突然,切菜的时候突发脑溢血倒在了家中。救护车走山路,两个小时才把奶奶送进医院。奶奶在重症监护室待了10天都没有醒来,不断地开颅、引流,还是没有醒来。这10天,爷爷从没到过医院,他说要在家等奶奶。2010年7月19日,作为长子的大爷抖着手流着泪在医院的通知单上签了字:家属自愿放弃治疗。

全家人都不理解大爷为什么要签字,爸爸还因为这件事差点跟大爷打起来。明明奶奶还有呼吸,明明医生说还可以保守治疗,即使成为植物人也起码还有个念想,即使花再多的钱我们也愿意,为什么要放弃治疗?大爷后来跟我们说,这是爷爷的意思,爷爷执意要让奶奶回家。农村人的习俗,老人老去的时候一定要在自己的家中,否则魂魄会居无定所。

奶奶就这样被运回了老家。奶奶的嘴里、头上都插着管子，呼吸均匀有力，看上去就好像在熟睡。一家 30 多口人围在奶奶的床前，不停地呼唤着奶奶。爷爷只是坐在人群之外的椅子上，沉默地叼着烟，一句话不说。这几天，爷爷几乎没有吃饭，却也很少进屋看奶奶。只是让家人把奶奶身上的管子全部拔掉，然后给她穿上厚厚的寿衣。

到了奶奶回家的第五天下午，早已被下了死亡书的奶奶还是没有任何要走的迹象。村里有名的神婆王向兰奶奶说，我奶奶信了一辈子的佛祖，走了一辈子的山路，拜了一辈子的菩萨，所以走的时候没有痛苦，现在在那边成了神灵。

王奶奶说奶奶的魂其实早就走了，那天倒下的时候便走了，肉身迟迟不离开是因为有小鬼挡住了去路，索要钱财。只要给他们送去一些银子，他们就会立马将奶奶的肉身带走。那时的我还是个刚刚高考完的学生，这些说法完全超越了我对死亡和灵魂的认知。我呆呆地望着奶奶的脸，慈祥安宁，就像睡熟的样子。两个姑姑一边用棉棒蘸水擦拭着奶奶干裂的嘴唇，一边低声地啜泣："娘啊，你说说你咋就牵挂这么多，我们都好着，你放心地走吧。"

爷爷从旁边的椅子上颤颤巍巍地站起来，拍了拍王向兰奶奶的肩膀说："向兰，孩儿他妈就拜托你了，让她安生地走吧。"说完便拄着拐杖转身回了屋。

奶奶真正离开的那个场景，我这一生都不会忘掉。只有短短的几秒钟，我真正体会到了人在最后一刻咽气的感觉。爷爷交代完后，王向兰奶奶便和大爷说："大儿，你让大家都围到你娘床前吧，送她最后一程。"家里所有人都围了上来，大家开始低声抽泣，好像达成了默契，这一次，奶奶确实要走了。王向兰奶奶准备了一些纸钱堆在院子外，用火点燃，然后回到奶奶床前，嘴里念着听不懂的咒语，一边围着奶奶的床不停地转圈，一边还不停地做着让人看不懂的动作。

我从来没见过这个场面，完全被惊住了。只见床上本来呼吸均匀的奶奶突然开始喘粗气，那喘气声越来越大，就像被人按住脖子喘不了气的感觉，妈妈把我的头抱进怀里，紧紧抱着。屋子里的哭泣声越来越大，直到奶奶发出最后一声喘气声，之后再也没了声音。我眼中一直争强好胜、坚韧如钢的爸爸扑通一声跪在了地上，大声喊着："娘啊，从今以后我就没娘了！"

奶奶真的走了。第一次，我离死亡这么近。奶奶走了之后，奇怪的是，奶奶养的猫也不见了。

我没法用科学去解释什么，只能把惊讶转化为内心的一种慰藉。王奶奶说奶奶现在住的地方很大很宽敞，生活得很好。我捕捉到的只有这一点，因为这让我相信奶奶走的时候不疼、不渴、不饿。

农村的发丧有很多讲究，仪式也很多。奶奶的坟头在一片玉米地里，里边有三口棺材，这是奶奶生前就跟爷爷商量好的，要与大奶奶分葬在爷爷的身旁。

王向兰奶奶说奶奶附在她身上说了好几次话。王奶奶每次抽完一支烟后开始说话，语气和口吻都像极了奶奶生前，她说了很多在医院的事情，说了很多回到家大家忙活的事情，包括爸爸和大爷吵架的事情。

送走了奶奶，爷爷也成为一个真正意义上的鳏寡老人。那天傍晚，爷爷把我和堂姐叫到屋里，说："你奶奶生前一直念叨着你们两个孙女，说要看着你们成家，以后你们回来就再也见不到奶奶了。"

爷爷平静地说完这些话。只是我猛然觉得，爷爷一下子老了。

2. 孤独的爷爷

奶奶走了，只剩下些泛黄的照片。爷爷每天都要擦拭，他说奶奶爱干净，看不了脏。

奶奶去世后，爷爷的身体一直不好。爷爷一个人在家中，从一个洗衣做饭都不需要操心的老头，变成了一个事事要靠自己的人。爸爸妈妈经常回老家去看望爷爷，每次也会让王奶奶来"说"几句，为的是看看奶奶还需要什么。

爷爷变成了一个孤独的老人。虽然大爷、姑姑、三叔都在老家，却无法真正了解爷爷的孤独。85岁的爷爷变得有些耳聋，王奶奶说那是因为爷爷想自动过滤一些事情。爷爷为了完成奶奶的心愿，成了山头那个菩萨庙的看门人，他会经常去庙里看看，自言自语地碎碎念着什么。

奶奶的离开也给这个家带来了一些变化。大爷和大娘住在爷爷对门，却经常跟爷爷发生矛盾，这让爸爸和姑姑们很难接受。两个姑姑会经常给爷爷买些馒头，定期去给爷爷洗洗衣服，但爷爷的大部分时光还是自己待着。爷爷的烟瘾越来越重，常常一天就是几包，爷爷说抽烟的时候最轻松。

爷爷每天的生活很规律。农村人清晨早起的习惯雷打不动，只是大家都不再让爷爷去地里了。爷爷家里的田早已荒了，可爷爷还是会偷偷地跑去看看，他说那是以前一家人的全部依靠。除了做饭睡觉，爷爷会用大把的时间跟庄头的几位老哥们聊天叙旧，聊天的大部分内容无外乎孩子跟以前的事情。爷爷越来越习惯一个人吐着烟圈碎碎念着什么。可是每当我们问起来，爷爷却根本不晓得自己的行为。爸爸说那是爷爷想奶奶了。

爷爷的行动越来越缓慢，每次爸爸都劝说爷爷跟我们一家人去城里住，可是爷爷不肯，他说那里不是自己的家，没有在农村过得舒服。他是留恋这座大山，留恋奶奶。

爷爷吃饭很简单，炉子上一个馒头，切几块冷的冻猪肉，然后吃些上顿的剩菜。我们让爷爷吃点热的，爷爷偏说自己吃得很少，没必要开火。就着昏黄的灯光，爷爷一个人背对着墙吃了起来，被灯光放大了映在墙上的背影显得尤其的孤独凄凉。

奶奶生前放心不下的就是我的一个姨奶奶，奶奶的傻妹妹。奶奶刚走的时候，我跟爸爸妈妈一起去看过她。姨奶奶有严重的精神障碍，经常会呆呆地看着你，但偶尔脑袋也会很清楚。她住在狭小、黑暗甚至有些发臭的屋子里，穿得破破烂烂，头发乱糟糟，生活的困窘让我觉得很心疼。但她又似乎过得很开心。

我常常在想，每个人都有不同的生活方式，或好或坏，但只要在自己的家乡，就会有根的感觉。姨奶奶让我看到了这个时代农村老年人的生活状态，孤独、脆弱、无望、得过且过，日复一日地渴望团聚，却又不敢奢求儿女抽出太多时间照顾自己。

3.绝望的山村

奶奶去世后，爸妈更加频繁地回老家看望爷爷。生活上一直依赖奶奶的爷爷要学着如何一个人生活。每次回老家看望爷爷，我们都会遇到好多在门口晒太阳的老爷爷、老奶奶，他们大部分是孤独的空巢老人。他们或许正与儿女发生着种种矛盾，或许舍不得这座大山，或许有好多人生的回忆无处诉说。每次车子开进村头,这些老人们都会乐呵呵地盯着我们,不管是谁的孩子回来,他们都异常开心。望着这个村庄越来越多的断壁残垣,望着这座养育了老人们祖祖辈辈的大山,我越来越困惑,对这些老人而言,对根的执念和对大山的不舍,到底是成全了他们,还是委屈了他们?

奶奶生前有个好姐妹叫王怀英,他的老伴叫张连增。他们或许是这些老人里最幸福的一对。老伴健在,有个不大却干净的农家小院,让人觉得温暖心安。王奶奶今年 83 岁,有一儿一女,都在城里工作,他们过年过节都会回来看望她和老伴。王奶奶一直说着自己的孙子学习很好,年年得奖状,还说儿子每个月给她和老伴 200 块钱,足够他们生活起居。奶奶对自己目前的生活很知足,她说有老伴在,不想太麻烦自己的孩子,只希望他们能好好工作学习,不要为自己分心。

魏桂芳是一位 90 岁却独自生活的老奶奶。我见到她的时候,她的脸上青一块紫一块。磕坏的伤口因为许久没人管,都结了痂,额头上还横贴着一块创可贴。魏奶奶佝偻着腰蹒跚着带我们进屋,虽然是白天,但这间小屋依然黑漆漆的,连灯也没有,地上到处都是玉米秆,魏奶奶说这是她前些日子捡回来的。时值腊月,刚下过几场雪,魏奶奶屋里的破旧棉被摊在炕上,棉被上都是窟窿,看着就很冷。奶奶说她不知道自己是怎么跌倒的,只记得被什么绊了一下,就直接晕了过去。

魏奶奶说:"我这进进出出就我自己一个人,到哪里都是我一个人。"但又说这样讲不对,因为她还抱养了一个儿子。然后魏奶奶拿出了一张照片,是张全家福,上面有自己抱养的儿子和儿媳妇,还有两个侄儿,并骄傲地说自己的儿子在城里教外语,自己已经很久没见到他们了,很想他们,希望他们能常回家看看。 魏奶奶

含着泪光说，前天摔着了还给儿子打电话说："我快死了，快回来看看。"但儿子始终没有回来。魏奶奶说不冷的时候她就去山上捡柴火，平时邻居也会送点青菜馒头，自己吃不了多少东西，所以勉强不会饿肚子。

同样孤独的还有张先远老人。张爷爷的眼睛有严重的残疾，他也在多年前失去了老伴，一个人孤苦地生活。张爷爷的屋里格外漆黑，寒冷的冬日让这个原本就黑暗的房间多了很多寒气。他的家里甚至没有水泥地，还是秸秆铺的土地面。房间里只有一小扇透着光亮的窗户，老人坐在床上，屋里的东西摆了一地，水壶、白菜、切菜板，还有很多秫秸秆，四面墙的墙皮不断脱落。墙上最显眼的是一个相框，里边大大小小排列着很多张证件照，看得出来，所有的照片都是同一张，只是冲洗了很多张。照片上是一位穿着红毛衣的奶奶和穿着深蓝色衣服的张爷爷，张爷爷说这是他和老伴的照片。从墙上的照片转而对准坐在床上的张爷爷，看得出来，这位老人在失去了老伴后变得消沉，不爱说话，只是低着头，板板正正地坐着。这样的家对于一个应该安度晚年的老人来说太过于破败。老人的腰不好，只能靠拐杖支撑。当问到儿女的时候，老人只是默默说了句："他们都忙，好久没回来了。"

我们还去看望了三奶奶。爷爷告诉我，我的三奶奶命很苦，改嫁到了我们庄不久，三爷爷就去世了。她一个人拉扯大了好几个孩子，可现在也是一个人孤独地生活。由于多年寡居，三奶奶患上了小脑萎缩，有严重的老年痴呆症，基本上认不得几个人。三奶奶一直在抹泪，说自己生活得很可怜，基本上见不到儿子女儿，他们也不给自己任何赡养费，家里只有自己一个人进进出出。三奶奶的眼神像个小孩子，就这么天真地望着我们。她说，你们可别跟我儿子说，他会打我的。

在我回家的那一天,爷爷一路跟随送我们到庄头,这一次的送别让我感受颇深。望着夕阳下爷爷的轮廓,挥舞的双手,我的眼泪再也抑制不住。我转过头,不想让爷爷看到。看到了这么多老人,想到世上可能还有千千万万的老人每天孤独地生活,热切地期盼自己儿女的到来,我的心猛地一攥。孝顺孝顺,到底何为孝又何为顺?这并不是一个老年人的问题,而是我们每一个人都面临的生存的问题。或许,除了物质和陪伴,那份不会褪色的尊严和被忙碌生活冲淡的亲情是他们更需要的。

故事背后的故事

于妍对老家的老人们的境遇有深刻的同情。有时候,人们的同情,部分也来自于对自己未来的担忧。人老了,真的这么可怕吗?真的,就这么可怕!

人生一定是有很多遗憾。年老的困惑在于,至少在我们所能认知的世界里,再没有机会翻盘。至于山里的老人家,可能面对变老的困惑更加具体——孤独寂寞,以及如何生存。

关注老年人的生活,其实就是关注我们自己的未来。于妍在她的拍摄后记中说:"我们看到了很多位老人孤独的生活。一个用镜头记录生活的人,一定是一个不断思考人生和懂得品味情感的人。这次的拍摄在很大程度上坚定了我的信念,要扮演一个什么样的社会角色,也让我反思,我要扮演一个什么样的家庭角色。"

于妍的纪录短片上传到网上后,被家乡淄博电视台无意中看到,并在其《今晚19点》的节目中进行了系列报道。电视台组织社会爱心人士到村庄中为老人们免费体检,送去大米和花生油,尤其关注那位牵动人心的魏桂芳奶奶。社会爱心人士会隔三岔五去看望她,魏奶奶抱养的儿子也回家探望了。

然而整个国家有太多类似山东省淄博市博山区石马镇这样的情况,随着老龄化的加剧,这样的乡村会越来越多。

中国即将进入老龄化社会。年轻人关注老年人的生存状态,其实就是关注他们自己的未来。

姥姥的选择

文/寇慧文

文摘

人活着都是有任务的。在姥姥看来,有了重孙子,当上了祖祖,她便超额完成了自己的任务,人就没有罪了。

序

从十年前定居北京开始,但凡有三天以上的假期,我们家便会返回大同的姥姥家。姥姥家所在的那个小村庄是别人口中的"穷乡僻壤"。但是这么多年下来,每逢假期去看望姥姥对我而言已经不是责任,更像是一种习惯。

1.穷人的孩子早当家

姥姥经历了军阀混战、抗日战争、国共内战、新中国成立、十年动乱和改革开放。这些于我是历史书上的大事,对她而言却是亲身经历。在我看来,她是个有故事的人。

1927 年,姥姥生于山西省大同县倍加皂镇,当时家中已有二男一女三个孩子。

姥姥说她的奶奶也是大户人家出身,所以才能为姥姥的父亲娶到她母亲那样的大家小姐。只不过姥姥的父亲不争气,还染上了赌博的恶习,家里早早衰败了。在姥姥这个小女儿出生的时候,家里的日子已经不太好过了。

姥姥的母亲得了肺病,到了后来疼得厉害,却苦于无钱治病。为了早日从这种痛苦中解脱,她让姥姥去帮她买些鸦片回来自杀。第一次吞的剂量少了些,被人及时发现,救了回来。第二次,她仍是选择让姥姥帮忙买鸦片,这一次她终于成功了,永远地和折磨自己的病痛告别了。

饱受病痛折磨的母亲对姥姥而言基本没有尽到长辈的责任,照顾姥姥的多是她的奶奶。不过这位出身良好的老人家教姥姥如何打扫,如何缝衣,如何做饭,却独独没有教给她读书认字。

姥姥对此也没有抱怨过什么,在她看来,穷便是与知识无缘。我问过姥姥是否希望识字,没想到她认真地告诉我:"不想。"在姥姥看来,那个时候最重要的就是要吃饱饭,没饭吃的话什么都没有意义。

但是姥姥很讲究体面。即使年纪大了,她依旧讲究卫生,爱干净。炕上整整齐齐地摞着铺盖,屋里的三个柜子都擦得干干净净,姥姥每天早晚都要扫一次地。虽然还是早年间的石砖地,但是绝没有脏兮兮的感觉。

至于个人卫生,姥姥就更放在心上了。不说其他,姥姥每天都要将头发梳得整整齐齐的,扎一个小小的鬏,别在脑后,戴上帽子,整个人看起来精神极了。姥姥的这种习惯,若不是家里人和我说过很多次姥姥是贫下中农出身，我都要认为她是哪家的大小姐下嫁给姥爷了。

姥姥 14 岁的时候，经同镇的人介绍，嫁给了姥爷。结婚之前两人从未见过，只用了 2 尺红布、10 块钱做聘礼，姥姥就成了姥爷的妻子。虽然不是自由恋爱，之前也没什么感情基础，但两人磕磕绊绊相伴 74 年，直到 2014 年年初姥爷去世。

我至今都记得我小时候，姥爷眼睛还好使，我们两人一人一本武侠小说，分别坐在土炕的两头读书。姥姥则像个陀螺一样忙个不停，炒瓜子、烤土豆、洗水果。从结婚起，姥姥就是这样照顾姥爷的。虽然姥爷不是公子出身，但是在结婚后，姥爷真正贯彻了"君子远庖厨"这一说法。当年的姥姥虽然是个新嫁娘，却没有人等她长大，她身高不够，就踩着凳子炒菜。不知道家里人的口味，就在其他人做饭的时候留心看着，小心地摸索着。

她还有一双不那么标准的三寸金莲。我原本以为姥姥是响应当时政府的号召，才将缠了的脚放开的。没想到她是因为干活不方便，才顶着自家奶奶"小心嫁不出去"的威胁自己将缠足的裹布扔掉了。

当时的姥爷有着一手好木匠活儿，但是每月拿的薪水要养活妻子、父母和爷爷奶奶也是颇为艰难。结婚之初，姥爷家的日子难过得很。难过到什么地步呢？除夕夜包饺子的时候，姥姥原本是想将饺子皮托在掌心中的，却被更早过门的姥爷大哥的媳妇不好意思地给制止了。因为面粉中掺了太多的玉米面，饺子皮软得厉害，一拿起来就破了。所以当时姥姥也只能学着其他人开始一个个地"卷"饺子。

在嫁给姥爷的第三年，大舅出生了。头胎生得艰难，当时家里人都担心姥姥可能会挺不过去，好在最后母子平安。而大舅的出生让这个家庭多了甜蜜的负担，家庭中有多了新成员的快乐，也有生活负担更重的麻烦。

生活艰难，姥姥也要想法子为家中添些进项，好在当时村子里的日本人让姥姥帮忙照顾他们的孩子，姥姥义无反顾地答应了。她和我说："除了每个月给的钱，还给鸡蛋。"多亏了这些钱，出生时体弱的大舅才能健康活下去。而多年后姥姥也并不避讳这段往事，和我们提起的时候甚至颇为感激。

姥姥一共生了三子三女，最终全都平安长大。在那个年代，家中只有姥爷一人做木匠的收入，抚养这么多孩子自然不是件容易的事情，姥姥甚至还曾想过把小儿子送出去。当时领养孩子的人家都已经到了家里，但最后她还是打消了这个念头。

2. 生儿不及养儿难

要养活这么多的孩子的确不容易。为了减轻姥姥姥爷的负担，在结婚的第二天，大舅就去当兵了。对于自己的大儿子，姥姥毫不吝啬溢美之词。在她眼中，自己的儿子聪明、善良又能干。事实上我的大舅也的确是一个很出色的人，虽然他当时只是初中毕业，但是在部队中凭借着好文笔，给人留下了很好的印象。也是因为这个，在他退伍的时候，村里人希望大舅可以在村子里当个村干部。

但在这件事上，姥姥表现出了难得的坚决。她不同意大舅当干部，不管村里的干部做多少次工作，不同意就是不同意。在她看来，自家小门小户的，真出点事儿，都不知道去找谁帮忙。

可能是经历多了，姥姥总习惯把事情先往坏了想。但是谁又能保证这不是她保全自己孩子的最好做法呢？曾经历过动乱时期的姥姥,宁愿自己的孩子去钢厂做个普通的工人,也不想他在村里做什么干部。甚至在村干部多次上门请求之后,姥姥直接对大舅说了狠话:"你如果要去,就不要姓狄。"

大舅最后还是听了姥姥的话,成了钢厂的一名职工。而姥姥也因为当年的决定受了孩子们不少的埋怨,但她并不后悔。对她而言,当干部不是什么好事。

不过姥姥对大舅的这种干涉,并不意味着她对子女的进取之心不管不顾。在我的母亲拿到大学录取通知书之后,姥爷并不愿意她去上学。一方面是因为每月30元的支出给家里增加了不小的负担;另一方面是由于高中毕业的大姨身为当时的"高才生",最后也只是成了一名家庭主妇。所以姥爷认为女孩上学没用。这种想法代表了当时人们的普遍观念。

姥姥虽然没说什么,但是却在每天干完农活之后,一点一点准备母亲需要的行李。多年后,姥姥谈起让母亲上学的原因也只有一句:"她想去,我有什么办法。"因为这个"没办法",偶尔凑不够母亲一个月30元的生活费,姥姥就要满村子去借。

这个一直好学的小女儿其实也很让姥姥心疼。从进入初中之后,母亲每天晚上都一个人在耳房里学到很晚。偶尔姥姥让她和自己一起睡,母亲一定会在被子里打着手电筒看书。对母亲这个别人看来聪明至极的人,姥姥总是说:"你妈当年学得苦。"

好在如今儿女成器,且对姥姥很是孝顺。在村里其他人眼中,姥姥就是一个享福的人。但如果探寻姥姥教育孩子的秘诀,那就是一个字:打。六个子女,姥姥一视同仁,每个人都被狠狠揍过。而且据姥姥说,她打人时并无固定工具,往往是手边有什么就用什么。细究每个人挨打的原因,有大姨因为不愿意干活而挨打,也有我母亲因为小的时候嘴馋和小伙伴偷瓜而挨打。但二姨逃学却没有受到这样的对待,甚至多年后姥姥和我说起当时逃学的二姨酷爱捏泥娃娃打发时间一事似乎还带着几分骄傲,"她还给小娃娃捏两个小麻花辫","手巧得不得了"。我总觉得姥姥的这种差别待遇分明反映出姥姥的态度:懒,以后的日子会不好过,所以这样不可以,要揍;偷,是一种犯罪行为,所以这样也不行,得打。

就这样,品格方面的教育姥姥毫不让步,而对于其他的事情,姥姥总是"他想这样,我能有什么办法"的态度,然后尽自己最大的努力帮孩子实现愿望。不论是我母亲想去读大学,还是二舅想盖房子,或是小舅希望去打工,姥姥都是出了大力气帮助。作为母亲,姥姥似乎没能做出什么更伟大的事情。但是在艰难困苦的时代,姥姥将六个子女养大成人,在我看来已经是一个平凡母亲所能做到的最伟大的事情了。

3. 不给孩子"添麻烦"

姥姥自己曾说过,这么多年来她伤心的就两件事,一是幼年丧母,二是中年丧子。对姥姥而言,幼年丧母、中年丧子都是人生中不得不面对的坎。1987 年,二舅被确诊患了胃癌,1988 年去世。姥姥、姥爷尚未走出丧子之痛,1989 年,大舅又因在工厂煤气中毒而瘫痪在床。

从我记事以来,大舅便是智力退化、生活无法自理的样子。我从没有见过大舅风华正茂的样子,自然也不知道当时姥姥在看到自己一向能干的大儿子成了这副样子时的心情。她从来没有因为这件事在任何人面前掉过泪或者诉过苦。

在我问起两位舅舅当年的事情的时候,她也只是很平静地讲给我听。倒是姥爷还在世的时候，逢年过节，总是因为思念两个儿子而哭个不停，还常常因此被姥姥讲"没出息"。

虽然姥姥常常对孩子们抱怨姥爷的种种毛病，但事实上对自己的老伴，姥姥照顾得无微不至。姥爷从不做饭，也不干任何家务。为了更好地照顾姥爷，在85岁的时候，姥姥还去做了白内障手术。在她看来，不给孩子们添麻烦是她唯一能做的。

事实上，子女们也都庆幸自己有一个能干的母亲，可以照顾好老爸，帮他们省了不少的麻烦。

姥爷去世的时候我还在上海上学，等我匆匆赶到姥姥家的时候，她对我说的第一句话却是询问我有没有吃饭。而且对比周围眼睛肿胀的孩子们，姥姥镇定得就像我不过是在假期中又回来看望她罢了。

当时的我对于姥姥的表现其实是有些误解的，总觉得她未免有些太理智了，少了点人情味。虽然一直以来她都将姥爷照顾得很好，姥爷过着衣来伸手饭来张口的日子，但是那天的姥姥总让我觉得，姥爷这个和她一起生活了70多年的人对她来说似乎也没那么重要。

不过我的母亲她们显然不是这样想的，她们都很担心姥姥的身体状况。我常常听到大姨忧心忡忡地告诉其他人："妈又睡着了。"的确，在姥爷出殡的那段时间，姥姥变得很容易疲惫。原本习惯凡事亲力亲为，即使累了也要在一旁指导孩子们做事的姥姥，那段时间常常一个人缩在炕头，呼吸的声音特别响。

在那之后，姥姥剩下的三女一子回去得更加频繁了。不同于原来随孩子们来去的样子，后来的姥姥在子女离开的时候总爱问一句"下次什么时候过来"。如果听说哪个孩子要来，姥姥那天肯定会早早地就守在村头，就像原来姥爷做的那样。姥姥口中"没出息"的人也从姥爷变成了她自己。

不过在子女看来,虽然姥姥不比原来精神,却还是像之前一样爱"瞎操心","爱做白工"。儿女齐聚,只需要老太太坐在炕上休息就好。姥姥却偏偏闲不下来,她就像陀螺一样,反而转得更快了,一趟趟地把炭拿进来,准备各种菜和调料。家里人都有个共识:人越多的时候,老太太越闲不下来。

都说"老小孩",上了年纪的老人家有时就像是小孩子,爱闹别扭,听不进其他人的话。虽然子女是出于好意,想让姥姥多休息,但她却不愿意。偶尔被说得烦了,她还会赌气地回道:"不想让我动啊,那等我闭眼以后。"闹得众人哭笑不得。即使她"顺应民意"去休息了,嘴也没闲着。这个不对,那里出了问题,她老人家虽然坐在炕头,却时时刻刻关心着忙碌的孩子们。至于撒盐、加调料这类不算重活,却切实关系到午餐质量的"大事",姥姥更是一定要亲力亲为,不假他人之手。即使最大的女儿也已年过六十,姥姥对这些孩子还是放心不下。

每次我们从姥姥家回来,车的后备厢都会装满东西,自制的玫瑰酱和辣酱,腌制的小菜和鸭蛋。虽然我妈说过很多次,不希望也不需要姥姥再做这些事情,但是每次我们要离开的时候,姥姥还是会一点点地把这些东西摆出来。这些东西大概是她认为疼爱自己在外打拼的小女儿最好的方式了。

姥姥家如今已是四世同堂,重孙子辈的事情她也都放在心上。姥姥最大的重孙女已经到了谈婚论嫁的年纪。因为两家在一个村子,虽然不住在一起,但每次听说重孙女去相亲,姥姥总要到她家去问问情况。

在重孙女第一次领男朋友去看过姥姥之后,姥姥便将那天的情况详细地向每个回去看她的孩子描述一遍,还加上自己的评价。在姥爷离开之后,这个家的大家长便只剩姥姥了,她也一直做得认真,做得尽责。

4.人活着都是有任务的

很多老人在失去老伴之后生活就只围绕着孩子,但我的姥姥却不是这样的。虽然平日里她也为孩子们做了不少事情,但她也有自己的生活。她不愿意进城接受子女的照顾,而是一个人自在地在村子里过日子。

我回村拍摄的时候正是冬天,大同刚刚下过一场大雪,姥姥家暖烘烘的。我回去的时候,姥姥正和几位老太太打花牌。据我妈说,每天下午两点到四点是姥姥雷打不动的娱乐时间。和老姐妹们打打牌,交流下最新的八卦。姥姥的这种生活状态是孩子们希望看到的。

一个人生活的姥姥还是像之前一样整洁。姥姥曾配过一副假牙,因为带上去不太舒服,所以她早把那副假牙束之高阁。但这样就带来了一个问题:讲话久了,姥姥就无法控制自己的口水。看了看我拍好的内容,姥姥坚决拒绝我从正面拍摄——太难看了。对于自己的这副样子,姥姥有着深深的怨念,希望我可以找到一个角度来掩盖她"口水横飞"的样子。

对于我这个孙子辈的老幺,姥姥称得上是疼爱有加。大舅的两个儿子和姥姥同村,他们给姥姥添了两个曾孙子、两个曾孙女,但这几个孩子,甭管年纪大小,一律不如我在姥姥跟前"受宠"。不论是谁去看望姥姥,总少不了大包小包提上些东西,牛奶、饼干、糕点等等,所以姥姥家向来少不了好吃的。但凡我回去,姥姥都像是地下党接头一般,偷偷告诉我酸奶、蛋糕都藏在耳房了,时不时地还带我亲自去"踩点",确定身后没有什么"小尾巴"后，小声地把放零食的地方一个一个地指给我。

像是常见的那种偏心的小老太太，姥姥也会狡黠地想出各种方式对偏爱的孩子更好一些。大概是对姥姥的小聪明印象太过深刻，我一直都忽略了她的大智慧。

姥姥说过一句让我印象深刻的话："一当祖祖，一有重孙子，人就没罪了，死了便一点罪都没有了。"

在她看来，每个人活着，都是有任务的。于她，任务便是照顾好丈夫、孩子和家。当曾孙辈的孩子一个个出生，姥姥自觉自己超额完成了任务。那之后的每一天都是她所获得的奖励，值得珍惜，但是失去了也没什么可怕的。没有人可以违背生老病死的自然规律，姥姥所做的也只是顺应。

说来惭愧，对于姥姥常常挂在嘴边的"死亡"一事，我一直都觉得这是她为了引来孩子们更多的关注才说的，却未曾想过，这背后是姥姥自己对于人生的思考：我照顾了自己的孩子，认真而又努力地生活，人生还有什么可畏惧的呢？

姥姥家的耳房里，还剩下一副棺材，那是姥爷在 72 岁的时候亲手做的。很长一段时间，它都是我不敢踏进耳房的原因。它是可怕的存在，是随时会带走我亲人的利器。我曾经很多次问我妈："怎么能在姥姥家放那种东西，你们就不担心姥姥难受吗？"她却用一句"你懂什么"来打发我。

的确，它并不像我想的那样给姥姥带来了极大的心理负担。相反，在姥爷离开之后，每次回去，我都会听到姥姥和我妈絮叨自己身后的安排。从孝衣的布料到出殡的时间安排，她把每一件事情都安排妥当。"不给你们添麻烦"成了我最常捕捉到的一句话。

就让我快点死了挺好

这样的想法大概可以获得不少姥姥的同龄人的共鸣。他们养育子女，教导后代，唯一的念头就是希望孩子的日子可以越来越好。随着年纪大了，逐渐感到生活吃力，他们又开始担心自己是否影响到孩子们的生活。在我们都想着让自己活得舒服的时候，他们牵挂的却是如何让别人活得轻松。

在姥姥看来，不论是谁，活着都不轻松，她也不例外。为家人付出操劳是她心之所向，更是她生活的乐趣。虽然姥姥的人生不够轰轰烈烈，不过想来，即使她离开了，也会被子孙们记得很久。作为一位母亲，一位姥姥，她所希望的其实也不过如此。

故事背后的故事

如果没有姥姥当年满村地借钱供慧文的妈妈上大学，那么她们的人生都将大不相同。有的时候，一点点的坚持，就会改变很多人的命运。同样，一点点的放弃，也会造成很多人的终身遗憾。

这位姥姥既传统又现代，既温柔又刚强。慧文和家人对几乎不识字的姥姥有着由衷的敬佩和尊敬。

她不让儿子做干部，但是支持女儿上大学。姥爷去世了不见她落泪，但是她在姥爷生前把他照顾得妥妥帖帖，并为自己的后事做好一切准备。

像姥姥说的那样，每个人活着都是有任务的。能够坦坦荡荡地活完一生，还有什么可惧怕的呢？

这可能就是所谓的向死而生。

爱与和解

让我在你的沉默中安静无声。

并且让我借你的沉默与你说话，

你的沉默明亮如灯，简单如指环，

你就像黑夜，拥有寂寞与群星。

——聂鲁达

讷爱

文/徐法拉

文摘

其实我们和你一样/因爱而生/因爱而逝

序

　　说到家庭故事,不知道有谁能描绘得惊天动地,即便你来自了不起的大人物家庭,也不过柴米油盐;有些戏剧性的,也不过是夫妻不合、婆媳琐事、职场风波、子女教育……拿出来能做话题的,也就这些事。在中国,每天正式登记离婚的夫妻就有一万多对,已经不足为奇。这背后的故事和原因,各有各的不同,但也都差不离。作为子女,无论接受与否,最终都要各自成家立业,找到平衡。但是这个修复的过程,可能很快,也可能花上十几年、几十年,还有不少人放弃,直到父母终老,也不予谅解。

　　我有幸记录下了这个过程,这是在我做这件事情之前,没有预期到的结果。

1. 走向父亲

我的父亲，1966 年生，从事金融业。孤傲，自我，大男子主义。乔布斯对事业有那么疯狂的坚持，在我看来，父亲只差他一点点。"事业对于男人来说，是高于一切的。"这句话就出自他的自述。他放不下自己的抱负与追求，走出安徽省的一座小城，北漂、海漂、南下，最后出国……

父亲在他 24 岁那年就有了我。但是在我 15 岁之前，可以用一句话来描述我的父亲："我从未见过他。"

一切都来自于听说。听母亲说他无情，听祖父母说他不靠谱；也听父亲的哥哥，也就是我的伯伯们，说他想我…… 10 岁那年，我听说他带着弟弟回老家看奶奶。这件事情也是我事后才听说的。我和母亲就住在附近的市区，离这个下辖的县城，开车半小时。12 岁那年，我找到父亲写给母亲的信，母亲收在家里的角落。我把它们找出来，偷偷地看，再偷偷地放回去。有一封信上说，他出去赚钱，很辛苦，想念我；有一封信上说，他遇到了困难，很不开心；有一封信上说，他出国去了，不会再回来了…… 日期是 1995 年，我默默地计算着时间，默默地把信放好，默默地哭。

后来，父亲委托叔叔带话来，希望安排我出国生活。母亲便来询问我的想法。带着疑问、好奇与不甘心，我很坚决地要求母亲同意这件事。于是 15 岁那年，我开始了另一段人生。

2. 奥克兰，新西兰

我与父亲那时发生了多少矛盾，我已记不清了，数量应该不多，因为同一屋檐下的我们，并不知道如何交流。直到和解以后，我们面对面的交流也不能算多。训斥，是唯一可以形容当时状况的词。有时父亲是为了训斥而训斥，并不理会我做事的初衷。他定义我为娇生惯养，原因是我晚餐时对饭菜做了点评价，其实只是说说而已，内心并不真的介意。他定义我为不礼貌，但真正的原因是，出于紧张害怕，我无法顺利用语言表达感谢或者寒暄。

突然的巨大的转变，父亲并没有给我适应的时间，就给我贴上了标签。现在回想，原因有父亲对我迅速成长和改变的迫切期望，也有对我了解的缺失与偏见。我当时的精神压力是极大的，每一次与重组家庭的交流都无比沉重，耗尽我的所有心力。我尽可能表现得好，同时也迷失了自己。父亲的孤傲冷漠，使得我失去了方向。那是我人生第一次知道无助的滋味。

现在的我可以理解，父亲是个极度偏执的人。他对于个人的迅速成长有着极度严厉的要求，同时与生俱来地对感情需求又持冷漠的态度。我 16 岁生日那年，他们一家四口搬回中国。我不记得他送过我什么礼物，那是他送给我的唯一的生日礼物。

16 岁那年，父亲留下未成年的我与堂姐妹一起生活。神经高度紧张的我，其实感受到了一丝解脱。许多情感被慢慢收拾起来，像叠衣服一样，放在盒子里，藏到床底下。时不时地打开重新翻看，情感依然会崩溃，但是收拾起来放回去，过几天就会忘记。渐渐地，我踏上了自己独立的路。

那时候的父亲，忙着国内做得越来越好的生意。他觉得他已经为我提供最好的学习环境，以及较好的生活条件，有堂姐妹们陪着，我应该是很幸福的。后来我明白，除了父亲对生活的理解和关注的重心与我不同以外，父亲也有他的无可奈何。我所需要的陪伴,也许自一开始并不是父亲不懂得,而是家庭结构的复杂不允许我存有这种奢望。

3. 回归

我在奥克兰生活前后 10 年左右,父亲的电话来过几次而已。其中两次通话,是高中毕业的时候和大学毕业的时候,我主动打电话给父亲,告知他这个消息。高中毕业那年,他说:"哦。"大学毕业那年,他问:"你觉得我有必要过去一趟吗?"我说:"算了吧,那么远。"因此,我从未参加过任何一场毕业典礼,这更像是我在跟自己闹别扭 。2015 年在香港研究生毕业的时候,虽然我与父亲已经和解,我也依旧没有出席。所以至今,我从未穿过学位袍,没有任何一张毕业照,也不愿意去照相馆补拍。

大学毕业那年,我收拾东西,毫无留恋地离开奥克兰,回到中国。时隔多年,我与父亲第二次面对面生活。我以为自己长大了,可以处理自己的感情。当然,成长令我学会了控制,但是控制并不是解决情感问题的方法。他做他的生意,我做我的毕业实习,表面上一直不吵不闹,温和共处。那时弟弟到了考大学前期,为了教育问题,他们又搬回了奥克兰。还没来得及感叹命运巧合,我也独自去了香港,去完成为期一年的硕士学位。其间,为了打发时间,我参与了"家庭相册"纪录片项目。

既然是打发时间,那就拍点轻松愉快的。我避重就轻地选择了单纯、与世无争的妹妹。然后来的是导师的思想工作:"你的父亲应该更有故事。"几次来回,父亲就父亲吧。以我对他的观察与基本了解,我想那就拍他早期为了追求事业付出的努力。果不其然,父亲滔滔不绝。先从爷爷那一辈就成为大学生的故事,讲到我们整个家族对学业的要求以及自豪程度；从他辛苦贫穷的求学经历，讲到思想解放时代的自由与情怀，再到他与顾城那一代人的勇敢与追求；而后便是父亲大学毕业后对世界的憧憬，讲到事业起步时的拼搏；最后开始侃侃而谈在国外生活的心得。闪亮亮的一段极长的采访，就这样被我带回了香港。第一部初稿样片，可想而知，都是自以为是的"伟大"，自己看了都觉得好笑。导师评价说："我看不到你与家庭的互动。"原本并未打算投入情感的作业，拍出来看到的都是自己的可笑之处，我心里也会觉得有点不适。

4. 纪录片

拍都拍了，就要好好拍，毕竟还要拿给父亲看。像初稿这样的一篇流水账，对父亲人生历程的"歌颂"，怕是父亲自己看了以后也会一笑了之。"看不到你与家庭的互动"说中了我旁观者的冷漠视角。但我与父亲，本身也没什么互动。在导师的辅助下，我决定拍摄"我与父亲的故事"，然而我们见都没见过几次，拍什么故事？在剪辑完上述内容以后，我陷入了迷茫。

几天后我开始动笔，依照我自己的理解，写出我与父亲仅有的生活和记忆。我抛开初稿里对父亲的背景与性格的介绍，抛开他对"成功"二字的理解，我试图将我自己融入故事当中。然而第二版故事依旧是令我失望的。因为故事无非是从父亲个人的过往流水账，演变成了我与父亲的关系发展，讲他为什么离开我，讲之后的我如何生活。虽是真实的，但是真实得太表面。在我看来，依然是一部流水账。但当时我能做的，就只有这么多。剪辑成影片之后，我无奈地看着这些描述性的内容，这就是我与父亲的故事？我只看到了开头，却不知如何结尾，因为我们的故事并没有触发结局。影片做不下去了，不是缺少内容，而是内容本身不存在……

多年前收起来的衣服盒子，打开一看，出现的都是老问题。我不会再像从前一样为了生存去生硬地讨好，代替悲伤的愤怒。这种情绪导致我剪辑了一版批判性的"自述"。影片中我背靠白墙出镜，一个人讲述了我对父亲的种种不满，将委屈全用镜头记录了下来。这部分内容，很大占比地放在了影片里，我几乎删除了前几个版本的全部内容。然而故事依然不能被称为"故事"，因为它依然无法收尾，无法结局。导师说："很感谢你投入了真实感情，故事有了冲击力。你的父亲是怎么想的？"

我无法回答这个问题，因为我不知道。我与父亲从未讨论过这个问题，曾经他说"时间可以解决一切"，我也赌气地把这句话记在心里。因为他放任不管的态度，令我无法接受他选择让时间来抚平我内心伤痕的做法。我从父亲的行为判断着父亲对我的态度，感受着我所能感受的种种。然而，父亲的内心究竟有着什么样的真实想法，我从未了解过。父亲有他的难处，和他对我小心翼翼不敢多说的这部分内心，直到我变得能够理解，都是后话了。面对当下的问题，是自己的不甘心：令我纠结一生的人，我竟说不出彼此的故事……"必须问清楚，给自己一个说法"，这是当时我做的决定。

5.补拍

我开始询问为什么，利用 FaceTime 与父亲对话，把我心中的疑问，一个一个询问清楚。意外地，父亲一个一个进行了解答。

他解释了自己年轻时候的气盛、偏执，以及对事业的狂热追求。对于我，父亲也希望像对他自己一样严格要求。除了这些，我想人年轻时候的情感生活也是纠结且复杂的。我尽力去懂他，理解他。

这一次，我把这一切都剪到了纪录片里。我把样片发给父亲看，看过之后，他回复了我四个字：泪流满面。当时我不明白，现在想来，也许父亲也在等一个了解我和我主动去理解他的机会。通过这个纪录片，我宣泄了我一直以来藏在心里的话，相应地，父亲可能也是如此。我在改变，他也在改变。短片当然不可能是问题的答案，但给我们架起了一座桥梁，最大的作用，是让我们彼此触发了诚实的对话。

这部分内容剪辑完，我解开了心中一半以上的结。于是我给出了我心中的结局："即使我的家庭不能再度圆满，但也许我依旧可以得到幸福。"我选择给予理解。有些事情无可奈何，释然以后，才能在先有的基础上继续往前，找到属于自己的更好结局。父亲看了这些内容，也给出了他心中的结局。他对我说："女儿这次终于长大了。"他把自己想说的话，写成了一首诗：

> 这世界上有许多人
> 木讷于爱
> 木讷于言
> 木讷于行
> 但他们对亲人的爱
> 和别人一样
> 刻骨铭心
> 其实我们和你一样

因爱而生

因爱而逝

——《讷爱》

这首由父亲感慨而来的《讷爱》，便是我片名的由来。故事有了结局，片子才完成了。我与父亲的历史问题，就此翻篇。这是影片制作同期发生的事情。并非影片记录了我与父亲的故事，而是这部片子的制作过程，才是我与父亲的真实故事。这是我们共同完成的作品。

故事背后的故事

徐法拉交上来的第一个粗剪，基本上是新西兰皇后镇的风光大片。父亲的采访也有洋洋洒洒很长时间的素材，的确是儒商，无论是对事业还是人生，都讲得头头是道。

但是，怎么就觉得那么奇怪呢……这是和自己的女儿对话，并不是电视台采访啊！

恢复高考后的头几届大学生都是极具理想主义的。作为其中的一员，法拉的父亲对人生成功的追求以及追求的成功，从他居高临下的谈吐以及所居住的风光无限的皇后镇，可以一目了然。然而，事业上的成功人士不等于是一个成功的父亲。

法拉和父亲从陌生到和解，无意中，我成了一个见证人。

并不是每个人都愿意去撕扯那些家庭中的伤疤，也许人们多少都会有侥幸心理，认为时间总会让伤痕愈合。法拉走这一步需要很大的勇气，因为从父亲洋洋洒洒的访谈中，可以感受到他们

父女俩的关系，就是两个字——"客气"。所以，看到法拉通过
FaceTime和爸爸掰扯过去的记忆以及爸爸的坦率应答，的确让
人感受到"破冰"这两个字的意义。

　　一次聊天中，谈及他们父女的关系，法拉半开玩笑地说："我
不想再纠结下去。"当一个人想从一段伤害或者不那么开心的记
忆中走出来，总是有办法的。至于什么理由，如何去做，反而都不
重要了。

苹果与榴莲

文/曾心竹

文摘

当他问我未来想做什么的时候，我说，想做摄影师。他说，搞婚庆啊？

当他问我以后要留在哪个城市的时候，我说，北京吧。他说，还是回哈尔滨吧，有房有车又轻松。

当他给我选好了研究生的专业才通知我的时候，我用沉默代替所有呐喊。

很多时候，我的感觉就是，我只想要一个苹果，结果他给了我一车的榴莲。为什么呢？因为榴莲是水果之王，因为榴莲最贵。

---

1. 我和爸爸

从我有记忆开始，我爸在我生活里的时间就不多。

我1993年出生。小时候上的就是全托幼儿园，需要住宿那种。大多数小朋友都是每天有家长接回家，我是一周两次，有的时候是一周一次，只有周末才可以回家。当时我竟然觉得自己还是比一周只能回一次家的人幸运很多，现在想想，我小时候真是太善良了。

这是一个我到现在都无法释怀的事情。虽然说并没有被父母抛弃，但总有一种家人并不爱我的感觉，不然为什么不愿意接我回家呢？那种不安稳和缺乏安全感的感觉，给我留下了很大的心理阴影。直到今天，我仍然能深刻地触摸到那种感受。记得有一天，除了我和一个小男孩，所有的小朋友都被接走了。那个小男孩对我说，他的家长答应会来接他。可是那天等了很久，他的爸爸妈妈并没有来。他又哭又嚎地就到了上床睡觉的时间。当时已经上大班的我，用现在的话说，对那个小男孩已经"白眼翻到天上去"了。因为当时我不觉得家长不来接有什么可哭的。虽然每天放学前，我也会期待当天有没有惊喜。

那时候，每天起床之前，我都会习惯性地猜一猜，自己是在家里还是在幼儿园的小床上。当然，按照概率，猜在幼儿园的话比较容易猜对。

到了小学，哈尔滨的上学政策是按片区划分，按理我应该可以免费去上经纬小学校。但是开学的第一天，我却被送到了哈尔滨最好的小学，每年择校费 4000 元。

虽然这个学校和家的距离走路需要 20 分钟，但是我没有被家人接送的经历。家长找了各种方法把我交给各种机构，从送子车到学前班再到看管班，我也渐渐习惯这种生活模式。有时候为了完成要求家长签字的作业，我往往等到睡着，也没等到有人回来给我签字。一旦有家长会，父母两个人就会来回推脱，甚至干脆忘记。

在我的记忆里，我小学三年级的时候，爸爸就已经离开了哈尔滨到外地工作,妈妈也会经常出差培训,一走也要几个月之久。然后我就会被寄放在奶奶家。小的时候我并不会经常感到难过,用现在的话说,并没有"玻璃心",因为我不知道大家的生活是什么样的,也不知道一个正常的家庭是什么样的。每天我都有饭吃,有朋友一起玩,我没觉得自己的生活跟别人的有什么不一样。但是现在来看,这样的生活所塑造的性格,跟别人有着很大的区别。

初中的时候,因为涉及择校问题,我很少见到的爸爸又莫名其妙地出现了。原本我可以直接升入第十七中学,但是我被要求去考了一所私立学校。于是我又开始了一年 6000 元择校费的初中生活。

初中的时候,我是一个优等生,学习好的标签被贴了整整 4 年。于是爸爸莫名其妙、理所当然地觉得我本就是优秀的,又好像这一切他有多大功劳。我成绩好的时候,他好像从未过问;成绩下落的时候,他又装模作样地过来质问。我并不是对成绩有多大要求或者要强的人,只是觉得这么简单的东西,如果可以得高分,让自己少面对些麻烦和絮叨,那就考个高分好了,我觉得这是我自己的事情。从小到大,我被灌输的思维就是,上学放学是我自己的事情,上补习班是我自己的事情,课余活动是我自己的事情,那我的世界里所有的"与我有关",就应该都是我自己的事情。

但慢慢地我发现,爸爸给我的相对自由,是基于他自己的需求。

从高中开始,我就被灌输要去美国读书的想法。因为爸爸觉得国内的高考竞争激烈,我在国内不一定会受到好的教育,而他有能力,也希望给我一个更好的选择。我也并不拒绝这样的提议,毕竟那个年纪总想离家越远越好,因此我也就只注重英语的学习。从那个时候开始，我对考试就不是很用心，毕竟不用高考，成绩可想而知。结果是，因为成绩不好，在学校上学的三个学期里，没有人愿意跟我去开家长会，真的没有人去。

说起来，原来我的家长这么虚荣。说到虚荣，这是我眼中爸爸的最大特点。在他的酒桌上、朋友圈中，他吹嘘的都是他自己，对自己的妻子和孩子并没有什么正面的评价，我和妈妈也因此跟爸爸谈过很多次，争吵过很多次。但结果是——总觉得自己在跟一只哈士奇谈哲学。我明白爸爸所吹嘘的一切事出有因——他赚来的钱，他创造的美好生活，这是他成就感的来源。但是他的成就感仅仅来自于此吗？家庭的美满呢？父母的健康呢？儿女的成长呢？在他看来是不是就没有价值了？如果对于他，这些是有价值的，那他为何以贬低自己的家人为乐呢？

由于我爸看到我学业繁重，想到既然有经济条件，加上我也喜欢出外闯荡，就选择让我去美国念大学。大学生活开始后，爸爸的角色也逐渐地向提款机靠拢。我开始不习惯他在我的生活里存在超过三天。我们很少对话，我对他也毫无耐心。但是我明白我对他的期待，我期待着他的认可和肯定，我期待着一些理解，希望他能给我一些指引，与我交流，我期待着他可以走进我的世界。但这是他永远也理解不到的点。

当他问我未来想做什么的时候，我说，想做摄影师。他说，搞婚庆啊？

当他问我以后要留在哪个城市的时候，我说，北京吧。他说，还是回哈尔滨吧，有房有车又轻松。

当他给我选好了研究生的专业才通知我的时候，我用沉默代替所有呐喊。

很多时候，我的感觉就是，我只想要一个苹果，结果他给了我一车的榴莲。为什么呢？因为榴莲是水果之王，因为榴莲最贵。

而有的时候，他却又比妈妈更能理解我。比如我深夜在外玩耍，比如我对电子设备的追求和爱好，比如我有些任性的品牌追求，他都愿意满足我。我们可以随时随地达成"战略伙伴关系"，但有时候又可以瞬间翻脸互相拆穿。我们可以同在一个城市却不见面，我们也可以在美国自驾游遍整个西海岸。当然，每到一个地方，都伴随着各种小事引起的无限争吵。

总之，我们之间看似亲密却又只是暂时的，看似貌合却又冲突不断，每每尝试沟通却又感觉力不能及，身与心都相隔得太过遥远。他给生活里的每一件物品和每一件事都赋予一个数字，赋予一个价值，而这个价值，是基于他自己的价值观，看似不计较钱财，却又句句都是钱财。他会发他的账单给我看，发他的汇款记录给我看，以强调给我——他的女儿——已经花了这么多的钱。我感激他财富上的付出，可在我的眼里，作为一个爸爸的价值并不基于财富。

2.拍摄我和爸爸的故事

研究生期间，我参与了纪录片项目。最初在想选题的时候，这个关于爸爸的选题只是一个备选。毕竟一直以来，对于和爸爸有关的话题，我都是比较抗拒的。我抗拒的原因有三。一是因为一直不觉得这个话题有什么内涵，也不觉得有什么可以拿到台面上来说的事情。毕竟是一些家事，家事放到一千个观众面前，就只是一千个故事。二是因为我无法从一个客观的角度去呈现，我一直在回避与躲闪这段关系，换句话说，我从未想过，也不想做主动的一方，去靠近，去尝试，去改变我们的关系。我本就是被动地经历了一段不同寻常的成长，不能说是缺失还是幸运。无论是好的还是坏的，我都不想将它变成话题，过度渲染。三是因为我并不知道这个选题在实际操作中是不是能够被很好地诠释，我并没有尝试过，也没有打算尝试，即使我有一个想要去探索这段父女关系的想法，实际情况中也没有这个机会。

我现在对于爸爸的看法和我们之间关系的形成，是从我孩童时期就一点一点积累的。过去的事情，我或许已经不记得，或许已经不介意，心中的怨恨从何而来，我的心里也已经十分模糊。

而在这种种原因之后，我仍然选择了这个话题。如果可以通过这一次纪录片的创作，给这一段纠结了多年的关系找到一份答案，画上一个句号，也许就能让这个话题，以后不再是一个话题。

但是，困难在还未开始拍摄的时候就已经产生。

从香港返回北京的第一天，爸爸就开始催促，要拍就赶紧拍，过几天他要工作，还要去其他地方，且并没有带我一起去的意思。而当我表明拍摄纪录片要跟随他一路之后，他的第一反应就是："那得多少路费啊？"而事实上最后他也没有带我去。在他看来，这只是我的一项作业，能尽早完成，就不要耽误他更多的时间。实际上，这部纪录片从拍摄周期来看，总共也就只有 10 天而已。而作为一部纪录片，跟踪时间的长度是很重要的一个因素。我们两人在这件事上的分歧，直接导致第二天就爆发了冲突。

我一度认为，也许我无法完成这部纪录片。在北京的前两日拍摄结束后，我再没有见到过他。在他的眼中，也许这就是一部关于他的商业宣传片，他也并不在乎这部纪录片的意义。我十分生气，却也没有解决办法。我尝试放下对纪录片的执念，记录下所能记录下的一切，而那些无法记录的东西，也许可以用那些记录下来的东西塑造，让视角延伸到荧幕之后。

重新开始拍摄的第一天，便是前往大连。拍摄了一天的工作过后，毫无例外地便是面对一场冗长的酒局。和操着大连话的老战友，和老战友的好兄弟喝酒，喝下的一瓶瓶酒精都化作他口中的吹嘘。

而拍摄中的另一个极大的难题，便是如何展现一个真实的我的爸爸。第一次面对镜头，又是一个商界人士，伪装的感觉不可避免。第一天如此，第二天亦如此，我一度觉得自己在给他拍一部商业宣传片。而日常中，我与他也不能轻松地交流。怎么让一个真实的他出现在镜头前？这个难题确实让人头大。

还好，我们一同返回了哈尔滨看望生病的奶奶。

在对爷爷奶奶的采访中，我诧异地发现，爷爷奶奶对爸爸的评价，比我想象中高很多。以往大多数时候，爸爸都不能在家里照顾二老；回来的时候，也不能经常看望他们。为数不多的探望，是在逢年过节的聚餐时刻。而年岁已高的二老，并没有因为没有得到儿子在身边的照顾而有怨言。他们反而很满足，觉得爸爸是个十分孝顺的人，特别是在物质生活上。爸爸为了照顾年迈的二老，把自己的低层住宅让给爷爷奶奶居住。而爷爷奶奶唯一的心愿也只是觉得他工作过于繁忙，如果能够安稳地留在家中就更好了。

看到爸爸对爷爷奶奶的关心，我才发现，毕竟我没有像这样足够近地经历他所经历的事情，而以往我对他的要求可能过于苛刻。为什么我的设想会同现实存在这样的差异？身份与心境的不同，或许是最大的原因。作为父母，爷爷奶奶对子女是宽容的，他们看到的更多是子女们已经做的，他们对子女是没有要求的。就像奶奶说的，子女都有自己的家庭和生活，作为一个长辈，并不希望给子女添麻烦，只要他们健康幸福，就已经很满足。爸爸所尽的孝道在他们看来已经是很好的一种回馈。

　　我和妈妈的谈话，也让我看到了一些让内心柔软的东西。以往，妈妈对爸爸的抱怨从未停止，争吵冲突也从未间断。我以为妈妈对爸爸的怨气一定很多，可是不知是不是镜头的原因，妈妈一改平日的怨怒，讲起了爸爸的好，不满只是三言两语。采访中，家人都以平和的心态面对着镜头，也面对着我，以宽容的态度对待爸爸。

　　或多或少地，从家人的态度中，我也受到影响，我开始有些质疑自己之前的判断和结论，开始质疑是不是自己过于苛刻地对待家人，是不是自己从未宽容地对待身边亲近的人。作为一个父亲、丈夫和一个男人，或许他肩负的东西比我想象的要多，要复杂。而我，并没有全面地去了解过。毕竟爷爷奶奶跟他最熟，妈妈认识他也比我早。从我有记忆开始，爸爸就像客人一样出现。我从身边人那里获取信息，获取爸爸应该是什么样的信息。我全心全意地关注着哪些是我没有注意到的，或者常常忽略的。每个人的成长都是一个独一无二的故事，也许我也有其他孩子所羡慕的东西。

3. 纪录片中的爸爸

　　我的爸爸今年五十有一，上有身体欠佳的年迈父母，下有还未经济独立的子女。有一个需要操心的家庭，还有一份需要四处奔波的事业。我不曾站在他的位置上感受，也不曾站在他的位置上承担。在跟爸爸慢慢走近一些后，我开始逐渐佩服起这个人来，开始庆幸自己还不用承担经济上的压力，开始反思自己是不是应该宽容一些，也许换一个人，并不会比他做得更好。

　　对爸爸态度的转变，并不代表我对他一些做法的认同。人与人眼中的世界是不同的，观念的不同更是无法逾越的鸿沟。我眼中的世界是怎样的并不重要，他给我的世界是怎样的才是他的重点。

　　硕士毕业前夕，他又提出一万种计划，讨论一万种想法，"在哪里工作""要不读个博士""还是回哈尔滨给你安排个工作""要请中央电视台的人吃饭了"，但是他从来没有问过我自己想怎样选择我的人生道路。我与他冲突过后迎来的不是事情的解决，而是矛盾的继续。冲突并不会打破他的执念，他仍然会按照自己的意思行事。我无法让这样一种扎根在他脑袋深处的观念动摇，也无法在以后的日子里使这样的情况有所改善，这样的生活或将永远地继续下去。可能这样的事情会发生在千千万万户家庭中，也许这样的情况每个家庭都会经历。

　　我的爸爸，我并不想把他塑造成一个成功人士或者是歌颂的对象，他就是一个真实的爸爸。和千家万户所有的爸爸一样，是一家之主，是儿女口中的爸爸。有很多缺点也有很多力量，有很多幽默也有很多感动，有很多气愤也有很多理解。

　　爸爸诙谐幽默，透着一种喜感。但绝对的欢愉并不是我想表达的东西，因为即便一个"笑点"在别人看来是笑点，但对于这个家庭，对于这个家庭中的成员来说，却可能是一种无可奈何，甚至一种巨大的缺失。只不过，在时间的洪流中，它被冲淡了，变得没有那么所谓，但是并不能否认，这种诙谐背后的辛酸。那一个个可笑之处亦是一处处可恨之处，就比如我问他人到中年有什么后悔的事情，我本以为会得到一个他对于唯一的女儿在爱的缺失上的遗憾或者富有情感的答案，他的回答却是：人生最遗憾的事是没有更早在北京买房子，使他的财产得到更大的增值。作为家人，我感到失望，可是并不会因此而感到怨恨，大概无奈更多一些。

这次拍摄让我收获了一部纪录片，关于我的爸爸。20 年后，这部纪录片对于我来说，依然意义重大。还有，就是收获些许成长中的转变。宽容以待人，是会让彼此都感到轻松的事，更何况是对待自己最亲近的人 。片子放映后，很多人都说在片子中找到了共鸣，想要给自己的爸爸看。我想这也许就是这部纪录片的贡献。

成片以后的相当长一段时间，我都没有把片子给爸爸看。虽然这期间爸爸表达过一次想要看看，可我并没有给他，后来也就不了了之，他也没有将这件事放在心上。

毕业后的一次家庭聚会，亦是我们又一次争吵后，我给他看了片子。他全程都很沉默，表情严肃，没有说过多的感受。从我的角度来讲，我所期待的，想让这部片子替我跟他表达的一些思考、感受，他好像都没有看进去，也没有意识到我们之间真正的问题所在。往往我最在意的一些东西，他总是无关紧要地忽略掉。也许他认为，在他的经验中，那都不重要。

非常无奈地讲，没有什么改变。他还是那个爸爸，争吵还是一样的争吵，问题还是一样的问题。也许一部短短的纪录片无法起到什么作用，也许记录也只是记录，记录一种情感的存在，记录一种现象的存在，这种矛盾与冲突每天都可能发生在任何地方、任何人的身上，而我只是记录下这个故事。

对爸爸的一些采访，其实是在他酒后记录下来的。第二天一早，他便不在乎自己说过什么，许诺过什么，十分轻易地就可以推翻自己说过的话。我也习惯了这些，对于其酒后的絮叨从来都当耳旁风。

难过的是，作为一个父亲，他却是我最无法信任的人。时间过了近半年，我也从当初拍摄时的新鲜、欣喜、感动、触动中慢慢冷静，发觉了一个其实非常沉重的事情，那就是我对爸爸的态度，好像从缓和又开始摇摆。因为在镜头后他的一些无法表现出来的性格与观念一直存在，我非常想让他意识到我们之间的观念与追求的差异，可是这就好似又回到了起点。

故事背后的故事

在华盛顿大学读了 4 年书，曾心竹的东北口音一点儿没变。但她说话的风格并不是那种东北式的幽默，她总是挺严肃的。记忆中，从开始进入我们的纪录片项目到现在，一年多的时间里，我们没有过一次轻松的 small talk。

每次讨论，无论是关于选题还是拍片后的编辑，她多会准时出现。讨论的时候，话也不多，看上去似乎漫不经心。通常对于提出的修改意见，她都会说一句："那我再回去想想。"然后，下一次她会交出一个让人满意甚至超出预期的修改版。这是个聪明而靠谱的姑娘。

就是这个酷酷的女孩子，她的幽默感只是存在于骨子里，存在于文字里。如果不是一起制作纪录片，恐怕难以想到这样一个女孩，会那么多愁善感。

在机房剪辑片子的时候，曾心竹的爸爸就已经"大火"，受到很多同学的喜爱。在我们学期末的放映会上，这部片子从头到尾笑声不断，曾爸爸也立刻圈粉无数。

作为局外人，似乎很难不喜欢曾爸爸。酷酷的，没事儿就拿出把小梳子梳梳头，说话风格是一本正经地幽默。即便是看到他酒后认真地算计为培养女儿花了多少钱，懊悔没在北京置业，他仍然是个可爱的爸爸。连一直对爸爸有很大怨言的曾心竹自己都说，看到爸爸那么大年纪爬着梯子查看工程，她也觉得爸爸蛮辛苦、不容易的。

但是我们看到的那些笑点，在曾心竹看来，还有无奈和心酸。

在选题阶段，曾心竹就写出了苹果和榴莲的故事。孩子只想要一个苹果，家长却硬塞给她一车榴莲。因为在家长看来，榴莲最贵最好。然而对孩子来说，不需要也不感激家长的这份馈赠。

曾爸爸的爱女之心，表现在他给女儿提供他所能够提供的最好的教育机会，表现在想方设法去引导孩子找到他认为正经的工作。他也许不知道，或者根本就不想知道，女儿到底想要什么，什么样的人生，什么样的未来。

我们经常会讨论"原生家庭"对子女的影响。父母在子女年幼的时候缺少陪伴，可能是造成他们后来难以沟通的一个主要原因。但我仍然相信，这一对父女终将走向和解。女儿和父亲都会妥协——女儿会因为自身的成长而更深地了解父亲的不易，父亲也会在磕磕绊绊之后更宽容地对待女儿的选择。

但是，在走向和解的那一刻之前，所有的冲突，伴随着成长，还真是让人有很多的沮丧。苹果和榴莲的故事，似乎给做父母的启示更多——孩子到底需要怎样的爱和关怀？我们倾尽所有地付出，真的是他们想要的吗？

富二代

文/莎　漫

文摘

从那天起，我和父亲之间开始了407天的沉默不语。世上最遥远的距离，也许就是纵然心里有千言万语，可惜还没到嘴边，就全然被眼泪代替。我们都用尽了力气，保持这忽远忽近的距离。

序

　　"富二代"这三个字，就像一顶镶满了金钻的皇冠。带着它走，你能得到仰望。然而，只有你自己才知道，这顶皇冠的"重量"。

　　刚回国的时候，我爸说，现在有些人身价不过亿，敢叫自己"富二代"，真浮躁。从小到大，他和我们说过次数最多的一句话是"我不知道，有我作为你们的父亲，对你们来说，是好事，还是坏事"。

　　今天是 2016 年 10 月 2 日，距离我上一次认真地和我爸说话,已经有 407 天了。在这期间,我给他发过四次短信,他回了一次;我给他打过一次电话,他没接;我们坐在一起吃饭的次数不过十次,面对面说过的句子不过十句。我好像不在乎,只是不知道为什么,此时红了眼眶。

1.当爱败给了生活

我生于 1988 年的珠三角。虽然在农村,但我的童年时期家里还算是富庶的。我妈的娘家是归国华侨,亲戚多数都在港澳或者国外,所以我从小家里的生活物资就很丰富。然而和我妈相比,我爸却是出身贫寒,是我所无法想象的贫寒。所以在我双亲的婚姻里,一开始,是我爸"高攀"了我妈。

小时候,我总会问我妈,为什么会嫁给我爸。几乎每一次,即使到了今天,她还是会一脸娇涩地说:"你爸年轻的时候帅啊。"她真的决定了用一辈子来麻木地爱这个男人。当年他们结婚之后,她就答应了我爸的要求,不出去工作,一直在家里生儿育女。毕竟经历了 9 年的爱情长跑,她坚信自己嫁给了爱情。

但生活的际遇可以完全改变一个人。即使在同一屋檐下,两个人也可以活成两条平行线,成为彼此"最熟悉的陌生人"。当我妈选择了当那个"幸福的女人"留在家里,对自己丈夫的事业不闻不问之后,她注定会失去那个曾经最爱她的人。

因为赋闲在家,我妈的社交圈子是狭小的,致使她对很多事情的理解与看法都是狭隘的。当她还在菜市场里和别人为了一元几分争得面红耳赤的时候,她并不知道,她的丈夫已经签下了一项项造价过亿的工程。思想行为下的差异,让他们渐行渐远。所以,毫无悬念地,我妈开始怀疑我爸在外面有人。好像是从我七八岁的时候开始吧，我已经忘了多少次，我妈在我面前哭得梨花带雨，拿着各种小刀片、小绳在七八岁的我面前，上演生无可恋的戏码。那时我只会在旁边跟着哭，我爸想动手的时候，我就跪在旁边哭着说"不要不要"。

日积月累，好像是从我10岁左右开始，他们几乎就互不讲话了。每次逢年过节，我爸要带我们去买新衣服的时候，我就会央求说："可以带上妈妈吗？"每次我爸都会拒绝，然后我就悄悄地给我妈带点什么回来，说是爸爸给她选的。

这么多年过去了，他们还是维持着互不理睬的状态，但我爸还是尽了很多应尽的责任。在发迹后，他给我妈的娘家提供了很多金钱上的照顾，让我妈的境况不至于太不堪。

至于他们婚姻里的第三者，我不敢也不愿意去求一个确定的答案。但我知道那个人的存在，也知道她在我爸心里的分量。也许这就是原因之一，我再也无法和我爸好好说话。从小到大，我爸给我灌输的思想是：千万不要活成像你妈一样的女人。也许曾经多爱一个人，后来就会有多大的失望与恨吧。

自从"家"成了大家歇息的旅店，我爸就在外面建了一个庄园。从那以后，他每天除了回公司，其余的时间都留在山庄里，和那个女人一起洗手做羹汤，宴请四方友人。自那以后，逢年过节、家族聚会，那个女人就会在山庄里打点一切，一副女主人的架势。讽刺的是，大家好像已经默默地接受了这一切，没有人愿意去打破这个尴尬的氛围。虽然那个女人在破坏我们的家庭，然而莫名地，很多时候我觉得她也是个可怜人。三个人的世界很拥挤，我可怜那个无名无分、无儿无女的人。

婚姻里，夫妻间的共同成长真的很重要。思想上的门当户对不能只是在一开始，要一直延续下去，爱情才不会败给生活。讽刺的是,我的父母留给我的是一份很好的反面教材。所以,当大家都在着急恋爱,着急谈婚论嫁的时候,我却出奇淡然。有一次我爸催我结婚,说:"随便找个人嫁了吧,嫁谁都一样。"我说:"如果他像你一样经常不回家,那我怎么办?"从那以后,我爸再也没有就结婚的事情催过我。

2. 父女

如果说孩子所有的天真烂漫都源于母亲的关爱与包容,那父爱的存在,对我来说,就是学会如何理性地看待周遭的变化。12岁以前,我的世界里几乎只有我妈。小时候的记忆里,我爸只是那个匆匆而来,匆匆而去的人。或许每个人都有自己表达爱的方式。有的人爱你,就是愿意陪你去完成生活里的每一件小事;而有的人爱你,只会远远地看着你,在你将要跌倒的时候,默默地扶你一把。我爸是后者。

也许是继承了我爸的好胜心与不安全感,从很小的时候开始,为了引起那个"隐形人"(我爸)的注意,我就很努力学习,一路过关斩将,直到现在成了双硕士。我妈小学毕业,我爸初中没念完,一直以来,他们能做的,就是给我买一本又一本字典和学习工具书。我二年级的时候,有个汉字不会读,家里也无人能懂,着急交作业的我就给爸打了个电话,问他如何是好。那是一个下着大雨的傍晚,在我们通话结束半小时后,我爸穿着一双满是水泥的雨靴,头顶一顶安全帽,拿着一本新的字典跑进家门。他跟我说:"爸爸很忙,事情很多,你不懂的要靠自己努力。"不知道为什么,这个场景,我一记,就记了二十几年。

其实我并不是一个特别聪明的人,也不是一直都这么热爱学习，是一件事改变了我，并深深地影响了我接下来的人生。那年我9岁，还是个微胖、不自信的小朋友，在学校也没什么朋友。一次课间的时候，我默默地走进女生休息区，在角落里看着大家嬉戏。突然人群里一个女生大声地面向我说：我妈说你爸爸是坏人，曾经坐过牢的，你不要过来和我们在一起。那一瞬间，我的脑袋像是被电击了一样，我恍恍惚惚地离开了人群。9岁的我并没有流泪，而是默默地把这件事写进了日记本里，并对自己说：从今以后，你要优秀得让所有人不敢再提起今天发生的事情。后来，我爸给我检查作业的时候，看到我写的那篇日记，在我的书桌前坐了好久好久。

我有一个比我小3岁的弟弟，由于年纪相仿，小时候我们俩很喜欢抢对方的玩具，经常一言不合就打架。但有意思的是，我爸从来不会"以暴制暴"，而是有层出不穷的"怪招"。比如有一次，他"处理"我们的方法是，叫我们各自拿一张凳子，放在家门口的镜子前，然后面向镜子跪在凳子上，手里各拿着一捆火柴，开始互相叫"姐姐""弟弟"，每叫一声就交换一下火柴，如此循环一下午。然而就是这么神奇地，在这种教育下，二十几年来，我和我弟的感情越来越好。

也许是因为白手起家，也许是因为艰辛的成长经历，自打我们识字起，爸爸就教我们看合同，算利润，走工地。每次一个新的工地开始施工，他就会带着我们姐弟俩去施工现场看打桩，然后说："你们俩记住了，你们现在吃的穿的用的，都是这群工人日晒雨淋、辛苦劳动给你们创造的，你们不能看不起这群人。"

人生里第一次和我爸的正面冲突发生在我高中的时候，因为那一年我早恋了。作为当时学校重点班的学生，和一个全校排名倒数的"坏孩子"早恋，不仅震惊了老师和同学，还震怒了我爸。

那个时期的我爸,已经是市里比较有影响力的企业家。当他决定介入我这段恋情的时候,造成的后果是当时的我所不能想象的。最后的结局,是我的初恋男友被学校开除了。自那以后,我爸在我的心里留下了第一个疙瘩。恋爱这件小事,被他动用社会影响力介入,刷新了 18 岁少女的世界观。

也许大家小时候都会被问"你的梦想是什么",然而从来没有人这样问过我,也没有人在乎,因为大家都有一个畸形的共识:我长大了是必须要进自己的家族企业里继承父业的。所以就连到了大学选专业的时候,大家甚至还开会讨论了一下:读会计吧!女孩子就应该踏踏实实地管账。那时的我,即使心有不甘,但对于这一切的安排,只能接受,毕竟我们是那群"光环"下的人。

然而,任性的我,在大四完成论文答辩后,一个人拖着箱子去了英国。由于家教森严,在国内上大学的 4 年里,虽然我住的是学校宿舍,但每到周末,我爸就叫司机在宿舍楼下等我,把我接回家,然后再给我爸电话报告。所以一到英国,我就像是一匹脱缰的野马,除了基本的上课时间,大部分时间都在欧洲各个国家游历,我仿佛推开了人生的另一扇门。然而,一年的硕士生活是短暂的,眨眼间,又到了毕业季。

那个下午,当我还在伦敦的希斯罗机场候机准备飞回香港的时候,我爸突然给我打了个越洋电话,说"发一份你的简历过来,工作安排好了"。

3.开挂的人生

他们说,像我这样的人上社会,就像开了外挂打游戏,所向披靡。当被贴上了"富二代"这个标签,世界好像很简单,有时却又很复杂。你所有的努力都是理所当然，但你若稍作懈怠，就是纨绔子弟。无法否认的是，在家族的庇护下，我的起点不低。

在我从英国回来后，我爸给我安排的第一份工作是某银行的对公客户经理。没经过任何考试或者面试，上班的第一天，司机把我送到银行门口，行长早已在那里迎接。作为一个刚离开象牙塔的归国学子，我的"空降"，成了行里的一桩大新闻。同期一起来的还有两个新人，但只有我享受了夸张的区别对待。在银行工作的第一周，家里的财务过来开了账户，存了 2000 万元现金，让我一下子成了行里业绩的前三名。从此，每个同事都对我毕恭毕敬，好像每个人都是我最好的朋友，即使我们认识的时间不到一个月。每逢周一的例会，行长都会特别点名表扬我的业绩，即使我每天只是坐在办公室玩，好像没有人在乎我到底有没有在工作。行长每周一都会请我回去多和自己家的集团公司联系，有什么信贷业务就给大家拉一点回来。每天当我开着车到银行的时候，门口的保安和清洁阿姨就会调侃说："大小姐，回来啦？"

这就是我第一份正式的工作。华丽的头衔，虚掷的光阴。半年后，我终于忍不住辞了职，和我爸吵了一架，坚持要自己投简历找工作。那时我爸说："这样的话，你就不要说你是我的女儿。"就这样，我开始疯狂地自己找工作，什么面试我都去。有一次，为了赴一个面试，我偷偷一个人坐飞机去了海南。但就在一切都快水到渠成的时候，我快 90 岁的奶奶突然病倒了，进了 ICU。一个多月的时间，我都守在医院里，好怕她就这样离开我们。因此，我只找了一份在本市的工作，方便每个月带奶奶回医院复诊。

可能是因为涉世未深，当时我工作的那家公司，其实是一家打着香港投资公司旗号的民间敛财公司，美其名曰贵金属交易，其实只是不合法地敛财。老板比我小 3 岁，也是个"富二代"，每

天各种超跑换着开,我们每天上班和看车展一样。幸好我在发现
势头不对的时候,断然转身离去。

几经波折,2014 年的农历新年,我还是正式回归家族企业。
那年的大年初二,我第一次和一群四五十岁的人坐在一起开工作
会议。我弟出发去澳洲前,还打趣地跟我说:"姐,别做太好哈,不
然等我回来的时候,压力太大。"然而那时,我爸并没有直接把我
安排在他手下,而是将我指派去了别的子公司。

当时 26 岁的我回归集团公司的第一天,财务给了我一个银
行 Ukey,里面有 1000 万元现金。然后,表哥把我带到了混凝土
公司,给我安排了一间 80 平方米的办公室。从那天起,我的人生
开始变得很不一样。我来之前,他们的账目是没人管的,但我来
了之后,查出了账目缺口,还下文件把他们所有的工作都程序化。
本来自由如天堂的地方,现在每一步工作都需要上报。其实,换
位思考,如果我自己遇到这样的老板,也不会喜欢,毕竟当时的
我,只是一个 26 岁的小丫头。

真正给我上了一课的,是一个老财务直接把她手上所有的账
务在未经我爸签字同意的情况下交接给了我。她的托词是"数目
大的账,还是要交给你们自己人"。就这样,单纯的我,直接接了
账目过来运作。然而,我爸得知后勃然大怒,他说:"庆幸你今天
是在自己公司,是我的女儿,如果是在外面,你可能被抓去坐牢
了。如果这是一盘涉嫌经济犯罪的账目,你就立马成了其中一名
共犯了。为什么你会在完全没有确认交接的情况下把账目接了
过来?!"这个错误的决定,让我慢慢地收起了往日的单纯。

因为这样,我爸将我调回了总部,做他的助理,直接管理集团
公司里的所有业务,当起了他的"守门员"。每一份送给他签字的
文件,都要先经过我审阅;每一份合同,我都必须存档;每一个会

议，我都必须参加。那时我的世界里没有同龄人，我接触的都是四五十岁的老总、领导，听的都是政经大事，渐渐地，我连说话的语气都开始像他们。随着工作的展开，他们也开始不再把我当成一个小女孩。当时的我，好像拥有全世界，却又好像失去了全世界。因为没有人会纯粹地和我交朋友了。无法改变的只有，他们总是称呼我为"周小姐"。

由于和我爸朝夕相处，我渐渐确认了那个女人的存在以及她在我爸心里的分量。这是我爸在我心里留下的第二个疙瘩。很多时候，几乎是每一天，我都是和我爸，还有那个女人，一起在特定的酒楼套房里吃午饭。即使心里再不舒服，我还是要假装看不见、不在乎，勉强自己拿出最佳的演技。但有一次，那个女人长途旅行回来，工作上的事情和我衔接不上，我爸竟然为了她，训了我一个小时，说尽了难听的话。就是那一次，我哭着跑出了办公室，一路飙车，飙了一个半小时，去了另一个城市，开了间酒店房间，整整哭了一夜。最后平静了，泪干了，才悄悄地回家。

2015 年 4 月，我弟突然宣布要从澳洲退学回国，直接回到公司里。我爸当时安排他做我的助理，跟着我去参加各种会议，看我看过的文件。同时，我每天在会议室里给他上课，跟他讲解整个集团公司的架构和我平时的主要工作。其实，我是在默默地把手头上的工作转移给他。因为，我发现自己再也无法"演"那个完美的"周小姐"了。

无论是工作上的决策，还是生活里的选择，我都和我爸存在着严重的分歧。就像我每天要喝咖啡，而他每天都喝茶一样。不一样的，不只是味道。所以，我一边交接工作给我弟，一边申请香港的研究生学位。这也许是一个自私的决定，因为我把我不想接受的事情硬生生地抛给了我弟，然后像个逃兵一样，迫不及待地想要离开。其实，我只是做了一个选择，事业与亲情，我选择了后者。我们这一家人，真的不适合一起工作。因为我们都是太要强、太忠于自己的人，所以，我选择退出，保持安全距离。当然，父亲是震怒的，我弟是彷徨的，其他家庭成员是不理解的。父亲觉得自己失去了一个继承人，弟弟觉得自己失去了一个共同作战伙伴，其他家庭成员觉得失去了一个权利的捍卫者。有时候做决定，先问问自己有什么可以输的，舍不舍得输，如果输的只是青春，all-in 又如何？

就这样，我再次一个人拉着行李箱走了。

4. 离开以后

从那天起，我和父亲之间开始了 407 天的沉默不语。世上最遥远的距离，也许就是纵然心里有千言万语，可惜还没到嘴边，就全然被眼泪代替。我们都用尽了力气，保持这忽远忽近的距离。

刚到香港的第一周，我忽然接到银行客户经理打来的电话："周小姐，周总要我们通知你回来签几份文件。"那个周末，等待我的是一群会计，一群客户经理，以及一堆没有具体内容的担保书。当时的我一脸茫然，然而没有人可以告诉我，我爸这个举动是意欲何为。当然，我服从地签下了所有文件，还留下了身份证复印件。只是心里多了几丝寒意。他爱我的时候，给了我数额惊人的财产，然而当我选择离开的时候，他却机关算尽。就像他说过的：你们所有人都不能将自己的利益凌驾于公司之上！

他们都说我做了一个自私的决定，抛开一切为"自由"。但对我来说，这是我能给的另一种"成全"。我并不是那个陪我爸一起打江山的人，而那个人，却是个我无法接受也无法改变的存在。与其守在原地，斗个鸡犬不宁，何不后退一步，留彼此一片海阔天空？至于我弟，就像以前我选择一个人去英国，而不是和他一起去澳洲留学一样，我总觉得我的存在，会阻碍他的真正成长。男儿必须懂得如何独当一面。

在香港的那一年，我选择了媒体学院，加入了"族印·家庭相册"这个纪录片项目，学习了很多从未接触过的技能。在拍摄自己故事的同时，也看到了很多别人的故事，渐渐地，原来紧绷的心绪淡淡地释了怀。原来不断地回放过去，就是给伤口愈合定了个限期。

大家都以为当我结束了香港的学习，还是会回到家族企业里去。我弟也不止一次地问我说："姐，要投降了吗？"然而我每次都狡黠地说："游戏才刚开始呢。"他们总是问我到底什么时候才愿意回去，为什么有"公主"不当，偏偏要在外面"流浪"。其实，我的条件很简单：放权，改变，契约精神。然而这都是我爸无法接受的，因为那是他毕生的事业；相比起来，我更像是一个过客。以至于，以前每当我提醒他要谨慎投资、核准现金流及负债比率的时候，他总是对我恶言相向，骂我不过是一个书读得太多的呆子。然而当事实狠狠地朝他甩巴掌的时候，他却又喜欢把负能量转嫁到我们身上。反正我们已经习惯了他总是忘记，忘记我们读几年级，几时生日，去过哪里，因为每一次和他坐在一起，他总是三句不离他的宏图大业。

人几乎都是不会满足的，所谓的人生赢家，应该是那些能在事业与生活上取得平衡的人吧。离开香港后的我，选择了自己创业。从那以后，他们都叫我"曲妖精"，因为他们说如果放我在《欢乐颂》里，我就是那个天不怕、地不怕，一堆奇妙人生哲理的"富二代"小曲。连我弟也逗我说："姐，你这业创得，就像是开了外挂打游戏啊。"嗯，是的。但那又如何？

起码我愿意有效地利用现有的资源，去创造一些真正属于自己的东西。很多人只会看到我因为身份，在创业的路上获取的便利，而不会看到我每一个辗转反侧、熬夜工作的努力。不过世人从来都只看结果，所以只管埋头努力就好了。

突然想起范冰冰说过的一句话，"欲戴皇冠，必先承其重"。这句话挺适合我们这群所谓的"富二代"的。因为当所有硬件都齐备的时候，你必须付出双倍或者三倍的努力，才能换来认同或者是敬重。

此文，献给每一位在人生路上正处于爬坡期的年轻人，其实人生百味，每个人的故事都或多或少的似曾相识。当你失落或者迷茫的时候，想想在地球的某地，也许有另一个人，也像你一样，正站在十字路口，寻找那个未知的自己。被贴标签并不可怕，可怕的是，你一直停留在原地。当不知道自己想要什么的时候，就想想自己不想要什么吧。这样，生活会变得简单。

故事背后的故事

收到这篇文章的草稿，我马上告诉她，匿名吧。所以，这就成了莎漫的故事了。

至少在表面上，莎漫并不是傲骄的"富二代"。催她交作业、批评她需要改进之类的，她都特别痛快地接受，而且比很多同学更加低姿态。很客气，很知道感谢，是情商很高的女孩子。完全没有炫富，完全没有让人觉得她有任何的优越感。

更看不出，她曾坐在一群四五十岁的男性面前开会做大小姐。

毕业后莎漫就自己创业了。看她的朋友圈，都是忙忙忙。虽然想竭力摆脱家庭对她的束缚，但那终究还是一个起点很高的"富二代"的创业。

事实是，一旦出身于什么样的家庭，即使你努力一辈子，也很难跳出那个背景。所有努力都可能是徒劳无功的。

但是，无论你出生在什么样的家庭，都要完成自己的救赎，这和贫富似乎没有任何关系。你可以在外面抵挡千军万马，但总是在内心深处，需要一个面对自己的时刻。

放下

文/周红豆

文摘

"我相信,你总有一天会想明白的。也许是 30 岁,也许到了 40、50 岁,甚至更久,我可能没机会看到你的改变,但我坚信你可以放下过去。我没有想到会这么早。就这样,我都可感谢老天了。"

序

在我们的文化里,"三"是一个内容丰富的汉字。在古文中,三即多的意思;在数学里,三角形是最稳定的结构。我们是在计划生育政策下成长的一代,跟我同龄的伙伴们,家里大多是三口人。因而,"三"在我的心里就代表着幸福。三即多,那便不孤单;三角最稳定,那就很安心;三口人,爸爸妈妈和我。少一个就太孤独,多一个就不稳定。

刚开始学英语的时候总要学着介绍家庭成员。教材里给的模板就是"There are three people in my family, my father, my mother and me",简单的一句话,在我听起来,就像是童话故事一般美好。因为在我的家里,就只有妈妈和我。

就像是入冬前的梧桐叶,颤颤巍巍地连接在树枝上,下一秒,便不知被秋风吹去了哪里,找不到根。

1. 家散了

我不知道其他人的记忆是从什么时候开始的,我感觉我的记忆是残缺的,很多事情都记不真切,有些甚至连时间点都搞不清楚。或许是因为这么久以来,太多的精力都放在那么几个人身上,太多的情绪都放在那么一件事上,自然而然地,我便错过了许多趣事。每次想到这里,我都会感觉十分遗憾。

6岁以前的事情,我全然不记得,真的是一点儿都不记得了。不知道是因为那时候年纪太小不记事,还是刻意假装遗忘太过成功。

但有那么几件事,我想,或许这辈子都忘不掉。

我始终都记得那一天。那一整天,天空都是灰色的。就是那种有气无力的灰,让人看了就心情沮丧。

那一天,爸妈办了离婚手续。

我不记得父母之间是什么时候开始出问题的,也忘记了妈妈是怎样从生气到难过,再挣扎,又委曲求全,到最后无能为力地放弃了。

只是记得,那天是我的生日。每次过生日,早上都要吃水煮蛋的,是帮寿星"嚼灾"。把鸡蛋滚一滚,再嚼碎吃掉,霉运和灾祸就没有了。

早上起来，妈妈做好早饭，安静地看我吃完，然后告诉我今天不用去幼儿园。等姥姥赶到我家，妈妈又叮嘱我要听姥姥的话，便跟着爸爸出门了。而爸爸始终沉默。那天的早餐里，没有水煮蛋，也没有生日快乐。

中午，爸妈回来，两人彼此不说话。爸爸送我去了幼儿园，他抱了抱我，说"你要乖"，便头也不回地走了。

我看着他离开的背影，哭得委屈极了。

我会乖乖的，你不要走。

我会很听话，你回来，不要理那个女人。

我一直都很乖很乖，你为什么还是不要我和妈妈了！

这些话在我心里颠来倒去反反复复地念着，却没有一个字是说出口的。一张嘴就是一声抽噎，那是哭抽抽了，可是又能怎么样呢？那大概是我最难过的一个生日了。

默默注视着他渐渐模糊的背影，我的眼泪就跟不要钱一样，源源不断地往下掉。千言万语在心里滚了一个遍，我却连一个字都说不出口，还要使劲压制住那一下下"呼次呼次"的抽泣声。

我很清楚地知道，以后接送我上学的都只有妈妈了。回到家，打开那扇熟悉的门，里面等着我回家的也只有妈妈了。

我只是年龄小，但是我不蠢。我记得他为了那个女人抛下了我和妈妈；我也记得那天回到家，妈妈抱着我泣不成声的样子；我更记得，在妈妈放下骄傲，愿意原谅他，挽救这个家的时候，他却把我和妈妈拒之门外，一副铁了心肠不回头、不耐烦的样子；我当然也记得，我一直以为他还会回来，我一面讨厌他责怪他不要我，一面又想着等他回来一定要他好好哄我，我才能勉强原谅他。然而从那天之后，他再没有出现，甚至连电话都不曾打给我。那时候，我知道，我是真的，没有爸爸了。

从那时起,我的三口之家散了。我无忧无虑没心没肺的童年也戛然而止。我有了不能说的秘密,也有了不能提的人。我在不知道失望、难过、心痛怎么写的年纪,便将这些感觉尝了一遍。

那一年,我6岁。

我好像突然间变了一个人。那之后,我就没有以前那么爱叽叽喳喳,活泼开朗爱耍宝,话多到停不下来。更多时候我喜欢一个人待着,看电视、做手工、画画,就那么安安静静地做事情。我一下子就变得很懂事,不轻易使小性子,自己的事情自己做,不再撒娇耍赖地躲懒。

2.心痛了

我的记忆好像是有开关的。这也是到现在我都觉得很神奇的事。

爸妈离婚后,爸爸再没出现过。有那么一段时间,我不适应,会难过。但再难过我都会憋着,因为我知道妈妈也一样难过。那时候,我还会想他,希望他能回来,虽然我自己也不清楚这种神奇的转折能不能发生。经常不知道怎么,我猛地一下想他了,然后就会难受,盼他回来,气他不回来,再到失落。这样的情绪循环往复了一段时间。

但突然有一天,我早上起来之后该干吗干吗,爸爸这个人仿佛从来不存在,跟我没有任何关系了。哪怕前一个晚上我还是在那个常规剧情里入睡的。记忆开关好像一下子通了电,先前的事情,爸爸这个人,都是损坏的线路,是记忆灯照不到的地方。一切彻底翻篇了。不,当时的状态,应该是断片。我不知道这是不是老生常谈的"时间是最好的证明。时间会冲淡一切"。如果不是我神奇的记忆开关，那大概就是时间把我爸这个人以及和他有关的事情都冲淡到像水一样透明，汇到大海里，仿佛不曾存在。

不管是哪种原因，我都觉得自己这状态很好。对我来说，他仿佛不存在了，不会轻易想起来，就是想起来了，也引不起什么情绪波动。

可不晓得为什么，总有人一定要在我面前提起他。

"豆豆，你想不想你爸爸呀？"

"不想。"

"没事儿，我不告诉你妈，你跟阿姨说实话。"

那时候小，想不了那么多。真的不想，我便回答不想。不管谁问，问几次，怎么问，我确实是不想。我已经充分适应了和妈妈一起生活，并没有什么和爸爸相关的记忆。他对于那时候的我来说，就是一个与我无关的陌生人。

现在想想，这些老爱问我类似问题的阿姨们真是太"可爱"了。我妈妈就在旁边拉着我的手，这些阿姨们还一定要一遍一遍问我想不想那个人。哪怕我一遍一遍地说"不想，我真的不想，有妈妈就够了"，她们也还是会自己再肯定一遍："哎，多好的孩子，怎么可能不想爸爸呢？不想说就算了吧。"

时间久了，再听到那些阿姨们提到我爸爸，我就会莫名烦躁。

于我而言，爸爸就成了一个会让我烦躁的，但又跟我没多大关联的词。

但这个词的内涵很快又丰富了。

那个时候，离婚并不像现在这样普遍。在所有人眼里，离婚都是天大的事，同时是件极为丢人的事。离了婚的女人是那些妇女们茶余饭后的主要谈论对象，没有爸爸的孩子会被人们评头论足。大人们或可惜或同情或幸灾乐祸的眼神让我十分不舒服。

同学间提起谁家离婚了，就像在讲洪水猛兽；对于离异家庭的小孩，大家团结一致开始孤立嘲笑。所以从 6 岁开始，爸妈离婚就是一个烂在我心里，打死都不说出口的秘密。

我自小就是一个挺懒的人，讨厌说谎，圆谎的过程提心吊胆，我不愿意费那精力、动那脑筋。但是从小学开始，在一件事上，我开始逼着自己厚着脸皮去扯谎。"我有爸爸"，"他不常来学校，你们没见过他是肯定的"，"我爸可忙了"。

一个本来就不在我生活里出现的人却常常被提起，我要一遍一遍被动地想起他，想起他不要我的事实。

每次提起他的时候，我都很不自然。我极力掩饰，但其实现在想来，应该还是很多人隐约猜得到的。我本来就不是个愿意隐藏情感的人。在我看来，想哭就哭，想笑就笑，人活着，本来就应该这样简单。可是因为他，我学会了掩饰，无奈地重复一遍又一遍的谎言。

时间久了，心里的委屈自然也就多了起来。再慢慢长大，稍微懂了一些事情之后，心里的委屈更是像滚雪球一样，越积越多。

从小学开始一直到现在，都会被时不时地要求填写家庭信息，永远是"父母姓名""工作单位"和"联系方式"。我看着"父亲"那一栏，每次都没来由地心慌。

我除了记得他叫什么，名字怎么写，其他的，我一无所知。别人很快就填好的表格，我总是要磨磨蹭蹭好一会儿才开始提笔填。填什么呢？不知道。工作单位，我连他在哪里、做什么都不知道，更别提工作单位了。每次我都要纠结好一会儿，写过个体，写过律师，实在不知道写什么了，就把自己身边人的工作单位凑上去，填过姥爷的、舅舅的、姨夫的。至于联系电话，那就好办多了——妈妈的另一个手机号码。

　　小学六年,也不是没想过要爸爸。但每次都觉得,有什么可想的,他都不要我了,我干吗上赶着一定要有这么一个人陪着?每次想想,心里对他的埋怨就更多了一些。我一直都对父亲那边的亲戚称谓搞不明白,但我还一直记得爷爷奶奶长什么样子。他们过个一年半载地就会到学校门口等我放学,想接我去吃饭,带我玩。可面对他们,我浑身不自在。爷爷总是面无表情,奶奶总是要一直拉着我的手,看起来心里很难过。可每次他们来了,有时候我的姑姑们都到齐了,就是没有爸爸。每到这种时候,我心里便更恼了。怎么能这么狠心,一直都不来看我?他心里真的还有我吗?难道真的就从来都想不起还有我这个女儿吗?

　　一直到很久之后,我才知道,很多孩子是爷爷奶奶带大的。过年的时候,应该是由爸爸领着,到爷爷奶奶家一起吃饺子,看春晚守岁。而每次过年,我都是和妈妈到姥姥家过的,和姥姥姥爷、舅舅一家人一起过。再后来,我宁愿和妈妈两个人在自己家里过年。我实在不愿意看到舅舅和表姐相处的画面,那种不经意流露出来的宠爱,让我委屈,让我羡慕,让我难过到想哭。

　　每长大一些,我对父亲的埋怨就多一些,偏偏我还是要在所有人面前掩饰我来自单亲家庭。我已经不愿意说那些我自己听着都觉得可怜的话了,每次同学之间谈到家长,聊到父亲,我都会勉强应付几句,到后来我干脆就保持沉默听她们讲。我装作听得很入迷,还不时配以微笑表示投入,其实都是为了掩饰我的词穷。不然该怎么解释我有爸爸?可我提起爸爸,除了知道他的名字,我对他没有任何了解,和他没有任何交集,我一句话都蹦不出来。

　　所有的不开心和委屈,我都憋着,一直憋着。我没有和朋友讲过,不愿意讲;也没有和妈妈讲过,不想她担心。我觉得就憋着吧,过去了就好了。于是这些一点一滴的委屈都憋在了心里,憋了十几年。从我小学起就开始憋着,憋过了初中,憋过了高考,憋过了我大学毕业。我还在憋着,可我越来越憋不住了。那些所有我以为过后就好的难过,憋了十几年,憋成了一大团,压在我心口,时不时就想爆炸。在妈妈眼里,我没有叛逆期,我自己知道,我所有的叛逆都执拗地放在了这一个人身上。

高中的时候,我试着联系了他一次。见到他,我就再也控制不住。他是我心里的一根刺,扎在心口,让我难过了十几年。看到他,我只想把这些刺都还给他。我责怪他,不停地问他为什么要跟那个女人在一起,为什么轻易地就离开了我和妈妈,为什么不来看我,为什么一点都不关心我。我整个人就像是一座濒临爆发的火山,无论他回答什么,我都会反驳。他或许是想安慰我,可他所有的话在我看来都是狡辩。我哭着气着埋怨他,把他说成一个无情无义冷血的人。我以为那些话可以让他不舒服,让他认识到自己错了,错得离谱。可说出口,我自己先疼了,先难受了。

他沉默地坐在我对面,我不停地流泪哭诉。我沉浸在自己疯狂的情绪里,他说与不说、说什么,都是错的,都不是我想要的。我心里是清楚的,我想要的是一个完整的家,有爸爸妈妈还有我;我想要的是可以理直气壮地告诉别人我爸爸是谁,是做什么的;我想要的是可以和朋友们一起肆无忌惮地说着自己的爸爸,有些小抱怨但又透着些骄傲。可这些根本不可能实现。谁也帮不了我,我这辈子都不会拥有了。

3.情转了

要拍家庭故事纪录片,当时我几乎是赌气似的选了这个题目。虽然我已经长大许多,也明白这个世界不是非黑即白,但在某些特定的事情上，我就是死心眼地认为对就是对，错就是错，没有含含糊糊的中间地带。所有的情有可原都是借口，是披着糖霜的毒。出轨是我无法原谅的，一走了之也是我不能接受的，这么多年的不管不问更是让我不能理解的。他在我心里简直快变成一个十恶不赦的罪人。我就是要拍他，拍他抛弃妻女，拍他薄情寡义，拍他铁石心肠。我不晓得那时候怎么就头脑一热想把这些事情讲出来，也不知道这样拍出来会有什么意义，或许是想亲口听他说一句"对不起"。可从我高中起，我便知道这是不可能的。或许我只是想要引起他的注意（用尽可能残忍的方式）。我一直很羡慕那些可以和老爸撒娇的人，我没有机会撒娇，到后来便不会撒娇。一提起他，我生气的表面下是止不住的委屈，就好像是被欺负惨了，看到家人就忍不住想放肆哭出来，把委屈统统都化作眼泪流走。我不知道他能不能懂我这种心情。从高中到大学，为数不多的几次见面里，都是我情绪激动地哭诉，他保持沉默。

但在一时冲动之后，我很快便怂了。

爸妈离婚是我从 6 岁起就不曾说出口的秘密，虽然后来有个朋友说我掩饰得并不好，隐约可以猜到，但我从未亲口说出这件事，不敢说，也不愿意讲。

至于爸爸，我更是连提都不敢。别人青春期忙着叛逆的时候，我忙着崩溃。尤其是逢年过节的时候，我总是很煎熬。别人忙着团圆，我更加气愤：他在享受全家团圆的时候真的不会想起女儿吗？然而哪怕一句"新年好"，我盼了多少年也都没有盼到。

我妈总说我心大，很多事我都不会去计较。比如，我不会留意别人对我的想法或评论，没那么在意；我也不会对自己的吃穿打扮特别在意，我觉得舒服就好；至于学习，其实我不讨厌也不喜欢，我的好好学习有不少赌气的成分，我就是要证明我很优秀，你抛下我，你会后悔。我也觉得我是个对很多事情都无所谓的，很容易满足的人。但后来我发现，那是因为我所有的计较、所有的心力都放在了这么一件事和这么一个人上了。

憋着并不能让我看开，让我放下，在清楚地意识到自己的问题之后，我怕了。但同时我也明白，我必须想办法解决。我不想每次提到他都还是满心愤慨和委屈，我不想把自己一直困在这个梦魇里。

于是，我再次尝试联系他。这一次，我不再为了证明他是错的而努力找证据，不然自己难受，想必他也不舒服。我一直努力保持内心的平静。我希望我可以封闭掉原来的自己，像一个旁观者一样去接近他，认识他。

事实证明，我做到了。

我端着相机，努力拍下他的一举一动，为了不打断他的思路，我不再像以前那样本能地去反驳他的每一句话。但可能因为矛盾太深，隔阂太久，他不经意的一些话总会戳痛我。

或许是那为数不多的见面太不愉快，刚开始，我们都有些尴尬，我提议先聊聊彼此的近况。很快，我便发现这不是一个好主意。他的生活里有他现任的妻子，有他的儿子，有他的父母，唯独没有我。儿子处于叛逆期，为了让脾气急躁的儿子收敛性子，他鼓励儿子去参加公益活动。他和儿子比赛摔跤，他赢了。他说儿子的个头和力气都超过他了。和儿子的相处是他生活中最平常的小事，他提起儿子时流露出来的笑意也是一个父亲最正常的表情。可对我来说，这一切有些残忍。我心里难受，就像嚼碎了一筐柠檬，酸到极点，也苦到麻木。我真想让他停下来不要再讲，我想问问他为什么对我一无所知，我想知道他有没有哪个瞬间会偶尔想起我。

攥紧手里的镜头,我拼命地压制心里的难过和委屈,拼命地克制想要质问他的冲动。透过屏幕看着父亲,我努力把自己当作一个听故事的人,不知前情,不晓后续,眼前的一切便是故事的开始。这些努力已经不单单是为了拍摄,更是想为自己求得一个转机和改变。

4. 恨淡了

渐渐地,我确实发现,我能听进去他的话了。

见面以后,我努力克制情绪,话不多。而他也有些拘谨,仿佛不知道该说什么。后来我知道,以前见面的时候,他真的被我的歇斯底里吓到了,他不知道哪句话就会引来我的情绪波动,感觉说什么都是错。所以那天我俩之间很尴尬,有很长一段时间,没有人开口讲话。最后,他开口,问我都需要拍什么,需要他怎么配合,我用公事公办的态度说了我的想法:"就是想了解你,你现在的生活、工作、家庭这样。"于是我们去了他的工厂。

我从来不知道他是做什么的,这些年都过得如何。他带我去参观了他工作的地方。他在工厂里打工,工厂效益又不好,老板经常拖欠工资。他向我一一讲着自己平时的工作流程,看着他走在前面的背影,听他讲着他的工作,再看着那个工作环境,我默默哭了。

明明是你先走掉的,你先抛弃了我和妈妈,为什么你现在落魄到这个样子! 我想过,你或许会像舅舅那样去单位里上班,那现在也该是个小领导、小头头;也想过,你可能会像叔叔一样继续在刑警队做个警察;甚至还想过,你是不是也像妈妈那样自己做生意当老板了。无论如何,我都没有想过是这个样子的。难道不应该过得比以前好、比以前风光吗？超负荷的体力劳动，不负责任的老板，恶劣的工作环境，为什么会过成这个样子！过去我一直都在生你的气，怨你怪你，我赌气一定要过得比你好，可我从来都不希望你过得这么艰难。面前你的背影，和6岁那年你离开的身影渐渐重合，我心里堵得要命，眼泪默默涌出来，可也只能再偷偷擦干净。

但是，我反而一下子清醒了。气你、怨你、恨你，不过都是因为，我在心里还是将你当作我的爸爸。

我从来不知道原来他也有这么多话要说，原来他也是个可以唠唠叨叨在我面前不停讲话的人。这次再见面，我的话很少。最开始是担心自己一说就控制不住情绪，又要像以前那样不欢而散，无法收场。到后来，是发现他好像有太多太多的话要跟我说，一见面，他就开始喋喋不休，根本不需要我再去主动想话题。

他讲了他对我的担心，这种担心是从我6岁起就一直存在的。他以为时间长了，我长大了，自然就会好一些。可我越长大，状态越糟糕。尤其是高中和大学时的几次不愉快的接触，他说看到那样的我，他感到害怕。那样的我，在他看来是极其危险的。看不开，放不下，是对自己不间断的折磨。他说这一次和我接触，发现我有很大的变化，这让他的担心少了一些。于是他开始抓紧机会使劲跟我讲述他的人生哲学。讲人生在世，不如意事十之八九，很多事情都不能按照自己想的来，这种时候要调节自己的内心。讲孔孟之道，讲人生感悟，讲生活琐事，但讲来讲去，本质的道理是一样的。我明白他的意思，就是希望我可以放下，放下那些让自己不开心的事情，放过自己。

很快，那团尴尬不见了。两个人可以好好聊天，我也不必费力地克制，担心自己情绪失控。他也可以放下心来，跟我聊些他的生

活。按照我看到的情景,我以为他的生活是极不如意的。但是接触下来,我没有从他身上发现那些颓废或者暴躁,他就像一潭水,没有什么波澜。有钱,这日子能过;没钱,那就勒紧裤腰带,日子也能凑合过。好像生活给他什么,他便全都接受了。我不知道该怎么描述他这种温暾得像一潭死水,看似积极却又逆来顺受、毫不反抗的消极状态,但是我特别理解。因为就是那个时候,我从他身上看到了相似的我。

如果我爸是一团死水,温暾到没什么波澜,我妈则像一团尽情燃烧的火,她总是会为了我们的未来不停奋斗、不断打拼。生活给了她多少挫折和苦难,最终都让她变得更强。这两人的性格截然相反,而我则是这两种性格并存的矛盾体。我不理解为什么会这样,长相身材这些是有遗传基因的,有相似之处是再自然不过的,但性格这种东西,为什么我没有和他一起生活,可我的性格仍与他有着惊人的相似?对很多事情,我都是无所谓的,只有少数的事情,可以让我变得有脾气、有拼劲。一直到现在,我仍然觉得不可思议。

和爸爸之间的距离不知不觉就缩短了。那些横亘在我俩中间的矛盾,我曾经以为一辈子都解不开。不曾想,这一次,就可以把这团全是死疙瘩,怎么也理不清楚的矛盾,一点一点地理顺了。

当然,整个过程不是一帆风顺的。我对爸爸的情绪反反复复,不断挣扎。就像一场拉锯战,看到他的心酸,我心软;听到他对儿子的关爱,我难过;听到他对阿姨的包容,我委屈。可当我们一起翻看旧照片,那些十几年前的照片,他却如数家珍,每一张照片背后的故事他都记得清清楚楚,他笑着同我回忆那些过往,他自豪地说这些照片都是他拍的。那时候,我再次心软,简直软得一塌糊涂。

　　这场拉锯战的结果不言而喻。爸爸有一个笔记本,记下了很多想对我说的话。翻看着他随手记下的话,字里行间透露着对我的担忧,我想,这也算是一种陪伴。他在我不知道的地方,默默地担心着我。这样的感知打败了一切负面的情绪。

5. 雾散了

　　一直到现在,我依然认为他做错了一些事情,但并非不可饶恕。我仍旧认为他对我和妈妈有所亏欠,但也明白他有选择的权利;我仍旧认为他有些事情处理得很不恰当,但也不会像过去一样,理所应当地觉得他欠我的,他就是罪人。很多事情,我开始去试着理解,而不是一味责怪。并不是是非不分,只是你不可以把自己的想法和是非观强加给其他人,也不可以试图去评价或者影响别人的人生。每个人的生活都是值得被尊重的,每一种想法,不管好的坏的,我也渐渐地可以去理解,而不是一味地批评或抵触。

　　我想,我会一直记得爸爸讲的那句话。他说:"我相信,你总有一天会想明白的,也许是 30 岁,也许到了 40、50 岁,甚至更久,我可能没机会看到你的改变,但我坚信你可以放下过去。我没有想到会这么早。就这样,我都可感谢老天了。"

　　那一段日子的相处,爸爸说,他觉得就像是他自己一个人,处在一个荒凉得没有人烟的地方,走着走着,天上掉下来一个箱子,把他砸晕了。可醒来后,睁眼看见箱子还在。打开箱子,幸福都从里面跑出来,紧紧包围着他。他幸福得像在做梦。

　　而我心里,也是踏实而舒服的。这种感觉对我来说,是久违的。就像在秋天里,坐在沙发上披着毛毯晒太阳。那是一种无法形容的暖。

故事背后的故事

我们的纪录片项目从选题、拍摄、后期编辑到完成,持续差不多一年的时间。周红豆在整个纪录片的创作过程中,几乎是从头哭到尾,几乎每次都泣不成声。

唯有一次不同。拍摄阶段结束后,我们有个汇报会,由每个同学汇报假期回家的拍摄情况。轮到红豆,她没有哭,却轻轻叹了一口气:"老师,我想把我的片子命名为'难得糊涂'。"大家都笑了。看来故事有了变化。

毕业于中山大学的周红豆是一个很可爱的女孩子。她和同学都相处得很好,性格随和,看上去也很快乐。从她的个人阐述中,才知道这是一个在单亲家庭中长大的孩子,非常敏感。

开始她报的选题是关于姥爷的故事,但是在第一次讨论选题之后,她就决定要讲爸爸的故事。原因就是,6岁的时候父母离异,在以后的成长岁月里,她一直想弄清楚父母为什么离异。最重要的是,那个熟悉的陌生人——她的爸爸,到底爱不爱她。

即使你已经20多岁或者更大,你仍然想知道,那个给予了你生命但是中途不得不离开的人是否爱你。这真的需要很多勇气。

多年之后去揭开伤疤,想起来也有些残忍。周浩导演曾经说过,纪录片是有原罪的。我的理解是,有的时候,导演像是在撕开伤疤给人看。作为老师,我不想鼓励,但是也不想阻止。也许,根本就找不到答案,但也许,她会找到一条路,让她可以释怀,重新开始。

幸运的是,红豆从爸爸的日记里,从和爸爸的朝夕相处中,找到了虽然不在身边但是从没有改变的爱和牵挂，找到了和解的出口。通过倾泻而下的泪水，最终放下一切。

清官难断家务事。但和解似乎是唯一的出路。放下，才能前行。

2016 年，周红豆拍摄的短片《放下》夺得广州国际纪录片节大学生纪录片大赛最佳纪录短片，她的真诚感动了很多人。生活中，因为纪录片的拍摄，她和爸爸和解，和妈妈的感情更加深厚。几日前见到她，她开心地说，自己现在得到了来自父母的"双重宠溺"！

粉墨

文/王　悦

文摘

"2017 年我的梦想就是,沉迷于赚钱,无法自拔。"

序

　　2016 年被称为秀场直播元年。据不完全统计,已有 119 家直播平台在中国产生。成为网络主播一夜走红,对越来越多的普通人来说已不再是梦。

　　"南宫"是她的网名,在腾讯直播人气主播排行榜上稳居前十。1995 年出生的她,初中未毕业,除了主播,没有其他职业,而月收入最多可达十万元人民币。

　　2016 年 10 月 24 日,朋友分享给我一条链接,这是我第一次进入一名美女主播的网络直播间,也是我初次见到南宫。而此时,网络直播已经火遍中国的大江南北。高贵、有涵养的气质,是直播中的她给人留下的第一印象。

1. 初遇

　　12 月中旬的北京，首都国际机场的接机大堂一如往常地繁忙。等候南宫的我，细细观察着过往人群中的每一名女子。我注意到，一个戴着墨镜，红唇浓艳，脚踩高跟，左手挎着手袋，右手推着箱子的女人昂首阔步地走出接机口，我感觉那一定是她。

　　接上南宫后，我们马上出发。一路上，她话不多，只是从包里拿出三只大大小小的 iPhone，用其中的一只不停自拍，变换不一样的角度，然后再修图，分享，一套动作一气呵成。每拍完一张，她就用另一只不断发出提示音的手机回复微信。我在一旁默默地看着她，直播屏幕里那个健谈而有风情的女子，在现实中原是如此年轻，如此瘦小的，唯一没有失真的，也许就是她的美貌。

　　"昆仑决"是一项中国原创的职业搏击赛，邀请世界各地的参赛选手在中国各个城市巡回进行淘汰赛，北京站是本年度比赛的倒数第二站。请美女主播来直播搏击比赛已经不是第一次了，每次直播间的人数不亚于观看电视转播的人数。直播俨然是当下十分火热的一种传播形式，"昆仑决"通过人气主播的直播，可以吸引更多的人关注他们的赛事，南宫也正是借此成为他们的特约主播。

　　找位置，架手机三脚架，戴耳机，南宫进场后的准备工作只用了不到三分钟。她所坐的位置已经被安排成主播专区，陆陆续续来了几位美女主播，与她坐在一排，同样做着直播的准备工作。她们佩戴耳机的方式就像是经过了统一培训，先将耳机在一只耳朵上绕一圈，再塞到另一只耳朵上。这样走线之后，耳机话筒的位置正好落在嘴唇下方，可以在现场嘈杂的环境中，清晰地传送她们的语音。这群美女主播们在完成这些准备工作后，都不约而同地进行一件事——自拍合影。

比赛直播前南宫几乎没有说话，我想也许是旅途的奔波让她备感疲惫。然而直播开始后，当南宫把手机摄像头打开对着搏击台，开始张嘴说话的那一刻，愉悦洪亮的声音与亢奋的暖场音乐瞬间匹配，她的热情一秒钟即被点燃，溢出了屏幕，让旁边的我瞠目结舌。

以我对体育赛事直播的印象，解说员要做的是分析局势，预测结果。我原本以为南宫来直播"昆仑决"，也会扮演这样的一个角色，为观看直播的网友们解说赛况。但她如往常一样和网友们聊天互动，只是偶尔重复一下主持人播报的选手信息。我问她，你有没有为直播搏击比赛做一些背景知识上的准备，她回答我说："没有，也不需要。"

搏击比赛进行到千钧一发的关键时刻，她语速加快，声音小心低沉，勾起观众紧张的心情；当中国选手获胜的结果被宣布，她又不禁激动地尖叫，粉丝们欢呼的评论在直播屏幕上飞速滚动。

连续直播了四个小时"昆仑决"比赛之后，已接近晚上十二点。回到酒店之后的南宫细致地卸了妆，在入睡之前敷上了一片面膜，入睡已是午夜一点半。

对南宫而言，做"昆仑决"主播只是她加入的主播公会为她承接的直播活动之一，同以往所接的车展、发布会等活动没有区别。像这样所谓的"公会"组织，网上还有许多，它们为网络主播们扮演着经纪公司的角色。加入公会的唯一好处，无非是可以通过公会接洽到一些商业活动，而类似这样的商业活动通常是有补贴的。以"昆仑决"为例，除了提供交通和食宿的费用，每名主播还能获得一千元的补贴。事实上，对于南宫这样的人气主播来说，类似这样的商业活动并不具有太大的吸引力。从广州长途来到北京直播，来回的时间至少需要三天。而这一千元的补贴对于平均直播月收入达三四万元的她来说，显然有点得不偿失。

2. 主播之路

　　南宫今年 22 岁，广东清远人。为了在大城市发展，南宫在 15 岁的时候就辍学离开了家乡。她先在佛山做过一阵子红酒生意，可这样打工的生活在她看来并不适合自己，于是她又来到广州，开始转做微商。直到一次偶然的机会，南宫看见朋友在"陌陌"平台玩直播，出于单纯地觉得好玩，南宫为自己开设了账号，也打算试一试。当时的她并不明白直播是什么，也无法预见这之后对她人生产生的影响。

　　从那次之后，南宫每天晚上固定时间在陌陌平台上做直播，唱唱歌，聊聊天，竟有几十个观看直播的观众成了她的忠实粉丝，每天都来捧场。当然最值得期待的，还是他们大大小小的"打赏"。南宫惊讶地发现直播能够为她带来不错的经济回报，三个月的时间，粉丝人数迅速上涨，收入也从最初的一天几十块钱翻了好几倍，这令她产生了更大的兴趣，决心将其转变为一条职业之路。

　　当网络主播并不是一份轻松的工作。南宫每天上午十点开始化妆，吃完早午饭后，她通常要从十一点半开始为网友直播读小说，一直播到下午两点。每天晚间的七点到十一点半，是她和网友聊天、唱歌的直播时间。

　　"秀场主播"指的是个人建立直播间，表演才艺的主播。与平台推出的直播节目里的嘉宾不同，秀场主播要靠自己的直播内容

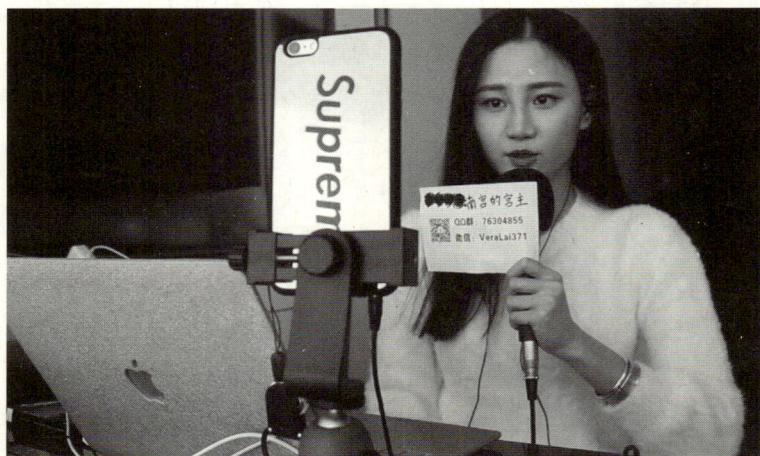

积累粉丝，收入也与人气直接挂钩。作为一名秀场主播，必不可少的是一张姣好的面容。此外多多少少还要会些才艺，唱歌、喊麦便是南宫直播的日常节目。同时还要兼具比较好的交流能力。作为一名主播，需要时时根据粉丝们的留言，与他们展开对话。每日直播结束之后，卸妆、洗漱、敷面膜，南宫每天都要忙碌到午夜一两点钟才能睡觉，醒来之后便又是新一天的直播，周而复始。对于任何一名主播来说，这是一份需要持之以恒，没有休息的工作。因为一旦停下来，观众就会被别人带走，人气值就会受到影响，那么收入也会下降。

人气高涨的南宫有过月入十几万元的经历，但这并不能给她带来内心上的安定。她也曾对每天屏幕前情绪饱满、微笑聊天的直播形式产生过厌倦。当人气稳定在平台前十到二十名的时候，她遇到了自己的直播瓶颈——每天都是相似的内容，而人气已经持续几个月没有上涨过了，自己都觉得每天的直播内容乏味无趣，甚至有一些老观众慢慢远离了她。在这种绝境中，不在沉默中爆发，便在沉默中灭亡。为了突破瓶颈，南宫尝试了很多创新形式，直到她发现睡前读暖文章可以让人们在喧嚣的喊麦之后，获得内心的宁静，安心地入睡。

有不少观众喜欢她念暖文章的声音，他们说，可以在他们冷静下来后触摸到他们内心最柔软的部分。对于那些人气远远不如南宫的主播们，南宫更是亲眼见证了他们的起起落落。有些主播在南宫想起来时，已经永远地从平台上消失了。想要一时到达排名高位并不难，但想要稳居在人气排行榜前几名，所要付出的则远不止网友们在屏幕中所见的。

3.南宫军团

"南宫"这个名字源于一部她喜欢的古装剧,是剧中倾国倾城的公主所居住的宫殿。在腾讯直播平台上走红后,"南宫"也成为各个直播间基本都知晓的名字。

根据南宫现在的人气,对她来说,在平台上的排名其实并不重要,最重要的还是抓住粉丝的心。有了粉丝,排名自然不会落后,钱也就到手了。

南宫每次直播都会用一种主播特有的方式打广告,在麦克风上别一张纸,写着粉丝 QQ 群的群号,并在直播中不间断循环号召观众们加群。粉丝群里的成员们就像失散了的野马找到了组织,每天在群里闲聊,无论何时打开聊天记录,都有成百上千条未读消息。粉丝群名"南宫军团",是由她亲自建立的。最初建群的目的,就是想建立自己的粉丝团,多一个和粉丝交流的通道,也可以积累人气。随着工作的逐渐忙碌,现在南宫已经很少在群里说话了,只是偶尔出现一下。粉丝们因为太长时间听不到她的消息,还特地为她 PS 了一张"潜水证"。

一路走来,有几位粉丝已经成了她的"心腹"。一个网名叫"不二"的粉丝,每天直播的时候都会自愿帮她维持直播间的秩序。这样的人还有好几位,通常被称作"直播间的房管"。召集粉丝的另一个好处,便是每逢过节,都能收到粉丝寄来的各种礼物。南宫平日随身携带的三个 iPhone 中,有两个就来自于粉丝的赠送。出于安全考虑,以及为了保留神秘感,南宫只与一两名粉丝见过面。

当然,南宫和粉丝之间的关系,并不仅仅是打赏往来。她也乐于与粉丝沟通,接受他们的建议,做一些粉丝喜闻乐见的直播内容。今晚,南宫要为粉丝们进行一次特殊的直播。直播六点开始,五点的时候"南宫军团"里的粉丝们就在群里刷了成百上千条消息,已经搬好小板凳准备到点涌入直播间了。

"大家晚上好,现在是北京时间 5 点 40 分,欢迎走进我的直播间。刚进入的粉丝可以点击左上角订阅,关注主播,点击右上角加入看单哦。今天我要给大家直播做三菜一汤!"她用脚架把手机支在拥挤的灶台上,系上围裙,开始做饭。小时候,南宫放学回家之后就会帮妈妈做饭,慢慢地自己也学得了做一手好菜。洗菜、切菜、腌肉……动作利落娴熟,边忙活还能边看屏幕里粉丝们的留言,不忘和他们聊一些关于做饭的话题,贤惠的一面惹得网友们纷纷表示想吃南宫做的菜。

不一会儿,南宫就将热腾腾的菜端上了桌子,一道芹菜炒鸡肉,一道炒牛肉片,一道炒青菜,还有一盅广式煲汤。整个直播的高潮就是展示成果的环节了,南宫拿着直播手机各种角度得意地展示着,屏幕上的赞扬经久不息。直播结束,南宫独自收拾未吃完的饭菜。而直播间的粉丝们,早已在一瞬间散去。

4. 自由与牢笼

随着收入增加,为了拥有更舒适的居住环境,南宫刚刚从和闺蜜合租的小区搬进了新租的酒店式公寓自己住。这是一个双层的宽敞房间,单层大概 60 平方米,楼上是卧室,楼下是客厅和卫生间、厨房。因为是双层,房顶很高,客厅的一面大落地窗格外通透。刚搬过来不久,还有很多东西需要置办,靠她自己一个人出去买东西,是根本没法拿回家的。于是不管是大家具还是小厨具,她统统选择网购,每天都有快递送到她家里,然后她把东西一件一件拆包装,再摆放、布置到相应的地方。虽说才刚搬来,但屋子的每一个角落都已被她打理得井井有条、有模有样。

南宫总说:"虽然说内在比外在重要,但是你得让人有接触你外在的欲望,才会有接触你内在的可能。"所以她每次直播或者外出见人都一定会化妆,每次都要耗费一个多小时。电视柜上有一张她以前的照片,仅从外观上看,好似比现在胖了30斤,长相也与现在差距不小。南宫坦陈自己曾做过把鼻梁垫高的微整形手术,至于如何瘦了下来,一方面是因为直播的关系睡得很晚,另一方面也有健身的功劳。

也只有在健身时,才能看到她前所未有的清纯装扮。扎一条马尾辫,没有华丽的衣着,没有高跟鞋,没有首饰,像一个刚步入校园的大学生。在宽敞的客厅地板上铺上瑜伽垫,跟着健身软件锻炼,这对她来说是每天最开心的事情。因为不用去想其他事情,专注地完成每一个动作就好。

每天清晨,伴随着洗漱的流水声,南宫家的卫生间里会传来英语新闻的声音。南宫已经在广州的华尔街英语报了为期一年的英语课程,她觉得英语好不仅便于出国旅游度假,还可以为未来提供更多的选择。明星有当红时,就会有落寞时。主播的挣钱周期同样不长,她深知这并不是长久的出路和归宿,虽然月入三四万元,但她的内心并不是踏实和平静的。她知道自己需要为未来打算,她所采取的行动之一,便是学习英语。南宫经常登录华尔街英语的教学软件做听说练习,虽然南宫学习的只是一些简单的日常交流用语,发音也很不标准,但她认真学习的模样俨然一个小学生,与屏幕里的人气主播判若两人。

这个二层的空间,承载着她每天工作和生活起居的全部——

起床、化妆、做午饭、直播小说、健身、学英语、收拾屋子、做晚饭、直播、卸妆、睡觉,每天重复着相同的动作。如果没有特别的事,她可以一个人在家十天不出门。

一个偶然的机会,南宫从朋友圈买了两只仓鼠和一只小猫,从那以后,她们就成了和南宫朝夕相伴的"朋友"。从此南宫的生活中多了一件事——在沙发边抚摸像肉球一样的小仓鼠。她与外界交流的唯一渠道就是手机,偶尔会有一个电话打进来,说着大多数人都听不懂的客家话。

5. 回家

2017 年的新年,南宫将仓鼠寄养在朋友家,又告别了猫咪,拉着打包好的箱子,来到广州东站。她坐上火车,车从广州的楼宇间开出,穿过田野,穿过河流,两个小时后在一个简陋的站台停下,"英德站"三个字映入眼帘。南宫的家乡是广东清远的一个小县城,这里没有机场和高铁站,只有路过的绿皮火车。

从车站坐 40 分钟汽车,南宫来到英德的一个小镇。放眼望去,这里最高的楼也不过六层,马路两边有很多居民做生意的平房门脸。这里到处都是麻将室,小孩子围在桌子边,学着大人的样子打麻将;到处都是药房,古老的药箱排成整齐的格子,上面是用毛笔写的药品名称;还有的是裁缝店,老奶奶正坐在门口的缝纫机前做针线活。

南宫的家在一条小巷里,路边都是居民自己盖的小楼,每家的房子有四层,从一层的大门进入。四层小楼每层住着一户小家,一层住着爷爷奶奶,二层是南宫的家,三层和四层分别是另外两个叔叔的家。自从 2015 年年初小楼盖起来,一家人就住在一起。南宫每隔几个月就会回家看看年迈的奶奶和久病的父亲。

南宫的父亲50岁了。因为父亲不能工作，还要照顾爷爷奶奶的生计，南宫每个月都需要给家里打钱。父亲从前在湖南的煤矿上做过工人，后来又来到这里的工厂磨石头。但这两份工作的环境都有着大量的粉尘，时间久了，就得了在中国不算陌生的职业病——尘肺病。疾病就像身体里的不定时炸弹，如果一不小心感冒发烧，就会面临生命危险。

南宫的母亲和父亲做同样的工作，也患了尘肺病。早在2013年的时候，就去了广东大大小小的医院看病，甚至想去香港求医，都以无果告终。就在两年前，母亲离世。

提前退休的父亲，只能每天在家里看看电视，和邻居打打牌，唯一固定的是一日三餐和三餐后药匣子里的药。在外人看来，南宫操持着的这份职业，有大把时间可以自由支配，她也考虑过搬回老家直播，顺便陪伴父亲。但直播需要一个较好的环境，而且她已经习惯了在大城市生活，还要不定期地去学习英语，因此，她就打消了这个念头。她说，对于家境不好的人来说，这个时候最需要的其实不是陪伴，而是可观的经济支持。

南宫到家后，整理了一下房间。她把梳妆台搬到背景只有一面墙的位置，从包里掏出带回家的小支架，固定住手机，在昏暗的灯光下，开始了日常的晚间直播。

奶奶并不明白直播是什么，甚至也一直没搞清楚孙女是在深圳还是在佛山发展。看到戴耳机对着手机讲话的南宫，奶奶只是和蔼地嘱咐她早点睡觉。南宫的父亲会透过小窗子时不时瞟一眼女儿，他猜测女儿是在做主持人。他只是一直记得女儿有做微商赚钱，至于卖什么东西、怎么赚钱就不清楚了，更不清楚女儿已经改做主播。

南宫回家后,天气一直阴雨绵绵,父亲的咳嗽也因为雨天愈发严重。直到第三天,终于雨过天晴,南宫想出去走走,但发现在这个小镇里,并没有什么可以一起出去走走的朋友,记忆里只有一些多年未见的小学同学,但是他们都纷纷离开家乡外出打工了。

傍晚,她散步在这个熟悉的小镇里,到处充满了童年的回忆。她思索着,不知道主播还会做多久。接下来她打算同时做水果酵素的微商代理,因为在她看来,健康产业在未来很有市场。将来她还盼望着能实现环游世界的愿望,去看看蔚蓝的大海。

南宫说,2017 年她的目标是:沉迷于赚钱,无法自拔。

故事背后的故事

总是世事难料。

2017 年 4 月,在纪录片已经接近完成的时候,南宫给王悦发了一条微信。她在广州出车祸,毁容。王悦把南宫发来的照片给大家看,大家都被吓到了。

一直对网红主播有偏见,觉得就是靠颜值躺着赚钱。显然,南宫的故事颠覆了我们很多人对这个行业带有歧视性的认知,并认识到这种歧视是多么愚蠢。

每个个体都值得尊敬。很多人看了这部片子,都开始喜欢这个努力加油的女孩子。

做网络主播的工作,南宫基本上和真实的社会没有什么交集。一切都在虚拟空间进行——网友、粉丝都是远远的,还有网上购物,甚至运动健身也是跟着手机 App。她租住了一个小复式的公寓,宽敞的空间更凸显这个女孩子孤零零的生活。她说:"从小离家,也没有什么发小闺蜜,这样一想,自己还挺孤独的。"

南宫在 15 岁的时候,就开始为了照顾家人出外谋生。母亲因为尘肺病早逝,父亲也患上尘肺病。穷人的孩子早当家,她很清楚地知道一个道理——比陪伴更重要的是要赚钱才能照顾家人。

这部片子,让我们对南宫命运的关注,远远超越了对网络主播这个行业的兴趣,更使我们因为曾经的偏见而羞愧。纪录片的魅力之一,就是让我们透过现象,看到人性中最真的内核。

我的"钱鬼"老母

文/王超斌

文摘

　　那一刻我似乎才明白,年少那些难以理解的挨打,那一个个3点起床的凌晨,那一年一次的9块钱的儿童套餐,她亲手养育的这个儿子,是不是在某种程度上,也算作她为维护这个家庭的尊严,隐忍而倔强的爱呢?

序

　　说起母亲,我能想到的多半都是和钱有关的形容词。她小气,买什么都说贵,买什么都要让别人便宜一点;她有点野蛮,买菜被多算了几毛钱,隔天也会到店家当面和别人理论到底;她常说算钱是她最大的爱好,所以也常常看她把钱包里面的钱掏出来,头尾做对,用橡皮条绑成一叠一叠的,然后再认真兴奋地点算起来。我小时候有一次听见别人嘲笑她说"你真的是个钱鬼啊",她就理直气壮瞪着眼顶回去说:"爱钱是犯法吗?"

1. 肥珠仔

"珠仔"是我母亲的俗名。小时候有一次我学着我爸喊了她一声"珠仔",看她也没有打我,后来我就时常顺着这么喊她。"肥"呢,倒是我自己加上去的。自有记忆以来,我总是看见她全身上下穿着黑黑宽宽的衣服。我常常笑她:"明明怕显胖又成天坐着不动。"她不太服我,所以常常听到我说她胖,就会从椅子上蹿起来说:"我每天去补货不是动吗? 而且你不知道,像我这款叫'肥美'!"

母亲生长在闽南漳州的一个小农村,因为家里是做买卖的,所以从 7 岁开始,她就在村里的宫庙边卖炮。外公觉得当时的母亲还"挺有生意头脑的",而且认为"女孩子读书没用,早晚要嫁人",所以 13 岁辍学后,她就开始到厦门岛摆摊做买卖了。

厦门岛和当时的村子隔着一片海,来回过岛做买卖需要乘 1 个多小时的船。我小的时候,她常常骄傲地和我说那些渡船的"买卖经历":"每天早上 5 点多,天还黑密密的,我挑着两担满满的水果。前面芭乐,5 毛一斤,后面是苹果,8 毛一斤,然后把手电筒绑在扁担的前端照路。有时候码头路上人很少风又大,手电筒的灯光摇来晃去,感觉好像有鬼。我还小,又比较怕死,就赶紧跑啊。哈哈哈。"

听得乐了,我有时候会插一句玩笑话:"你那么胖,鬼都会被你吓跑吧!"

听到这样的话,她又会不满地回我说:"你还敢说,我结婚前从来没超过 100 斤,还不是生了你才变成这样的!"

她是在 17 岁的时候认识了我父亲。除了旺季去厦门岛摆摊,大部分时候母亲还是在村里的宫庙边卖炮,当时的父亲则每天要到宫庙里帮家里挑水。"他走过去的时候经常偷瞄我,有一天下午他就在河边和我表白了。因为以前我经常看到他在村口帮他爸爸维修机器,感觉这个人挺勤快的,我就同意了",母亲这么描述他们俩恋爱的开始。

不过这段关系当时并没有得到父亲家里的支持,因为当时奶奶已经有了一个更合心意的"儿媳妇"人选,只是父亲坚持了下来。而这个父亲坚持下来的媳妇,当时在奶奶的眼里是一个"聪明厉害"的角色,母亲自然知道"厉害"这个词在闽南那种微妙的婆媳关系里,更多意味着一种隐约的挑衅。也因为这样的原因,20岁的母亲嫁过去后,一直过得不太顺心。

结婚后,父亲还是继续帮爷爷维修,因为没有自己的收入,生活上的费用都要和奶奶索要,所以母亲一直希望父亲可以出去独立赚钱,以应对未来的人情世故,"总不能买什么东西都和奶奶要钱"。但是对于奶奶来说,父亲的"出去",意味着家里就要少一个人赚钱了。因为母亲的这个提议,奶奶常和人说:"媳妇太厉害,儿子都不听话了。"婆媳的关系也逐渐下降到了冰点。

一年多后,也就是在母亲21岁的时候,我出生了。一天晚上,她问父亲说:"我们可不可以搬出去自己住?"父亲和奶奶谈判后,奶奶同意了,但条件是:每个月要定期上交供养费,而且如果出去后做的生意和爷爷冲突,家里不提供维修机械,需要父亲自己去借钱买设备。

半个月后,母亲用一块布把刚满月的我绑在背上,和父亲一起搬去村口住了。她知道这个"出去"意味着什么——什么钱都没有,一切要从头开始;更意味着在那个家里,她再也难以改变她本来就不被喜欢的"厉害"的形象了。

母亲向婆家借了点钱，在村口用木藤条搭起了一间房子，买了些维修设备，就算开始创业了。

2. 木藤屋

我是她唯一的儿子。唯一，很容易让人想到小心翼翼，想到精心呵护。不过小时候，我是只要弄丢什么东西，或者吵着买东西，就会被她拿衣架打。

对于那么穷的家，当时的那些挨打，现在我自己看来都再正常不过了。只是唯有一个夏天的中午，我从屋后捡了一盘掉下的龙眼给她，却被她拖到邻居家，当着邻居的面打断了 3 个衣架。

我一直觉得，那可能是她对我的一种教育吧。而当我真正想了解妈妈，了解这个一生都在和钱较量的妈妈，才发现，原来我的那个答案并不完整。

小时候常听她与我提起许多有关"搬出去住"后那段时间里的故事，漏雨的木藤屋，还有那些被雨滴醒的夜晚。每次看她从相册里翻出那张木藤屋的照片，她总会和我说起一段故事："你 1 岁那年的正月初一，刚学会走路。那时候村口香客太多，我忙着做生意没空照顾你，你在家里自己走路的时候，不小心摔倒，一屁股坐到了你爸维修烧火的铁板上……那时候你才 1 岁啊，她经过村口的时候，连看都没来看你一眼。"

我知道她说的是谁，也能非常清晰地感受到她说起这一段故事时内心的不甘和心酸。那张照片里，我抬着头趴在一张草席上，后面是一个盛满水的铁盆。母亲指着照片里的铁盆和我说："那时候你伤口还没有好，下雨天木藤屋常常漏雨，怕你伤口弄到水，晚上睡觉的时候就用这个来接漏的雨。"

母亲说那是她和父亲结婚后最辛苦的一段。为了还贷款,父亲常常通宵电焊维修,她在木藤屋前面开起了一个杂货铺,很多时候忙起来,两个人一起通宵到天亮。她说,一双手不够,两个人一起,肯埋头做总是会出头的。

对于木藤屋,我已经完全记不得了,我记忆中的老家是一间石板房。搬出去后的两年,父亲母亲东借西借,再加上自己赚的,拼拼凑凑终于盖起了一间不漏雨的房子。诡异的长条形状分成3个店面,最旁边连着一个不到3平方米的小屋,里面还用一块破木板隔开,一半做厨房,一半做厕所。

3.石板房

那个石板房老家我生活了整整10年,当然也包括那个捡龙眼被打的夏天。那个中午从邻居家回来,她还是像以前一样,一边哭一边拿着虎油一条一条地抹在我身上的伤痕上,说:"对不起,我知道你不是偷的,我只是希望你有志气一点,不要让她觉得我们搬出来,就只能捡别人家掉下的龙眼吃。"那次,是我见过她哭得最难过的一次。

我知道,她说的是谁。

虽然小时候的家庭并不富裕,但她倒不会错过我的儿童节:每一年的6月1号,她都会到镇上给我买将近100元的新衣服;再忙,也会抽空带我搭车到厦门码头,坐1个多小时轮渡船,到厦门的麦当劳吃完9元的儿童套餐,坐完3元一次的碰碰车,再一起搭1个多小时的船回家。

4. 小洋楼

几年后,爸爸的厂子越开越大,妈妈用做买卖和炒股的钱,开起了超市。我们终于离开了石板房老家,搬进了他们自己建的,当时村里最好的小洋楼。石板房老家在几年后也随着开发,连同我那些年少的记忆被连根铲走。

小学五年级的时候,村里一个人向爷爷告状说,我赊了卖零食的阿婆的账没有还。母亲去祭祖的时候碰见了奶奶,奶奶就和母亲随口念叨了一句:"不要老打孩子。我就说打没有用,还不是欠了零食钱没有还。"

其实我并没有赊账,只是当时告状的那个人认错人了而已。我自然又被父亲和母亲轮番地毒打了一顿,后来发现我实在没有赊账,母亲才知道误会我了。

这是在小洋楼里的又一次误会,长大后我当然不会太在意。不过另外一个在这个小洋楼里的故事,我却始终记得。

母亲在我快上初中那年的儿童节,给我买了村里的第一台电脑,但也在两年后的暑假,摔了我的第一台电脑。因为我上初中就学会玩游戏,渐渐地沉溺在里面,基本上假期就锁在自己的房里。有一次,她用力敲我的门我没有开,她拿着一把锤子把门砸开,然后径直地冲进来,把电脑主机从桌上摔到地上。

那是我至今看过她最绝望的一刻:"你知道我要卖多少货,你爸爸要修多少车,才能帮你买这台电脑吗?你能不能不要让我觉得,我养不出一个出息的儿子!"

她瘫在我房间的床边,用力地哭了起来。我擦了擦眼泪,扫了地上碎掉的电脑主机,从此再也没有玩任何游戏。

5.码头

时间算是解药吧。我长大后,母亲不再愿意提起那些"搬出去"后的往事,奶奶也反思了自己过去的一些事情,因此婆媳关系变得非常融洽。

读研究生那一年的清明节,我放假回家,天还下着小雨,母亲说要带我去看她小时候做买卖的那个码头。我看着离岸的远处,看着她静静地站在码头边,指着对岸向我喊道:"你看到没有,那里! 那里就是我以前卖菜的码头。"

那一瞬间,我才想起那不也是我的码头吗?那1小时的往返轮渡,只为吃一顿9块钱的儿童套餐,那充满仪式感的3元钱的碰碰车,那每一年的儿童节,不都是她带着我在那个码头来来回回吗?

从码头回家,傍晚看她拿起三炷香,念念有词,跪拜天地,完成着她这一辈子每一天都要做的祈求:丈夫事业顺遂,儿女健康平安。我问她:"你帮我向神明求了那么多的愿,那你自己有什么愿望吗?"

她把香插到香炉里说:"你毕业回家就好了,人家就会说我养了个研究生儿子没在外面流浪,回家啦!"

那一刻我似乎才明白,年少那些难以理解的挨打,那一个个3点起床的凌晨,那一年一次的9块钱的儿童套餐,她亲手养育的这个儿子,是不是在某种程度上,也算作她为维护这个家庭的尊严,隐忍而倔强的爱呢?

我不知道这算不算是 她在宣告她老了呢

故事背后的故事

王超斌是我们的"学霸"。他的故事在他毕业后,被我讲了很多次给他后几届的学生听,他的短纪录片也被翻来覆去作为范例播放。每次看完他的片子,听完他的故事,学生们都会轻轻地叹口气说,真的是"学霸",好难超越。

超斌本科是北京林业大学毕业的,学的专业是和媒体、纪录片这些没有一丝关联的物业管理。为了完成这部 15 分钟的纪录片,他读了 20 多本书,看了他能够找到的所有纪录片,系统学习了和纪录片相关的所有内容,包括确定选题、讲故事、采访、拍摄和画面编辑。从零开始,走到了我们这个学生纪录片系列的顶端。

第一次交编辑提纲,他就用数据、曲线展示了他为自己的片子设计的情绪线。一次次的修改中,也只有他敢于把已经做得很好的粗剪全部抹掉,重新再剪辑一遍。

除了技术上的努力,更重要的,超斌是一个非常爱妈妈,理解妈妈的孝顺儿子。在 15 分钟的短片中,他用充满幽默感的方式,为大家呈现了一个善良可爱的母亲。

在采访后记中,超斌写道:

"如今的妈妈,已经没有了在老家时候的那种盛气凌人。她成了那个在我高考后哭着求我不要去北京,宁愿养我一辈子的人;成了那个要我在大学毕业后回家工作,担心有一天睡着了就醒不过来,连最后一面都没能见我,又胆小又温柔的妈妈。

"现在我还在广州,离年底还有几个月的时间。想想距离《我的'钱鬼'老母》这个片子的拍摄也两年多了。恍惚间,拍摄时那个无比坚强的'钱鬼'老母,不知道什么时候却变得无比的柔软。

"童年跟母亲有千丝万缕的联系,以至于常常沉浸在习惯里。

习惯地嘲笑她，讽刺她，习惯地和她开各种各样的玩笑，却忘记了她身为母亲，和我这个儿子之间最为深情的那份联结。

　　"我记得当时做完片子回家播给她看的时候，她痛哭流涕的样子。感谢母亲，也感谢那一部纪录片，带我重新探索我的母亲，才让我不仅真正地明白她年少的不容易，明白她养育我的艰辛，更明白这个憨厚、直爽、粗鲁但是无比善良的母亲，原来给了我那么多金子般的幸福。"

　　有儿如此，王超斌的妈妈，应该是世界上最幸福的妈妈。

加油站站长

文/王　璐

文摘

　　2017年春节之前他就离开了后湖加油站。14年的站长生涯结束了，他也许依然没有实现当年"想做点实事，然后往上爬一爬"的愿望。

序

　　2017年春节前，我和父母通视频电话，我妈告诉我，爸爸已经申请调离加油站，去往一个更加轻松，实际上也许用"混日子"来形容更加准确的岗位。爸爸卸任加油站站长，是遂了妈妈多年来的心愿。毕竟在妈妈看来，我爸一直干着一份责任重大且高危的工作。

　　自2003年到如今调离，我爸已经和加油站打了14年的交道。日升日落，车来车往，时间就这样过去了。2016年12月，我趁假期回到武汉，跟随我爸来到他负责的加油站，完成"族印·家庭相册"纪录片项目的拍摄。

爸爸说，我这次拍摄的作业，大概算得上是他半生的总结。

1. 不特殊的家庭

讲述我家的故事，我一直忐忑于我爸的人生和我的家庭太缺乏特殊性了。我爸甚至就像我在街头，在武汉街头的热干面店遇上的许多中年男人一样，操着直来直去的武汉方言，匆匆消失在巷尾。但他是我爸。

我爸 1967 年出生在武汉市汉阳区的一个普通家庭，就是张之洞斥巨资兴建汉阳兵工厂的那个汉阳。爸爸儿时长大的村庄叫作王家湾，这个地方如今成为武汉地铁的一个站名。现在，旧时平房早已拆迁，原住民也搬入了新建好的楼房小区，一副城市化硕果累累的气象。

爷爷早年在一家工厂工作，奶奶无业。我爸排行老二，上有一个姐姐，下有三个妹妹，都早早嫁人。自从参加工作后，我爸就搬来汉口，平日与姐妹们见面的机会稀少，我猜想他们的手足之情也许并不亲密。

在妈妈口中，我爸作为家中唯一的男丁，没有受到丝毫的特殊照顾。甚至他们结婚时，我爸家中也不曾有隆重的仪式。我妈和我爸家庭成员的关系就一直不咸不淡地维持着，没有人想过要改善。我爸对我妈的冷淡也给予理解，除了年夜饭，他很少要求我妈一同过去探望爷爷奶奶，但有时候他会带上我。"你总还是这家的人"，他这样对我说过。

爸爸去看望父母，是极少留下来吃饭的。多数是将捎去的什物放在桌边，坐下喝茶，同彼时尚还健康的奶奶及略微耳背的爷爷聊天。

读书时我爸的成绩算是不错,用他的话来说就是:"我就是吃了英语不好的亏。"初中毕业后,我爸考入当时的重点高中,在武昌区。他住校,周末蹬着自行车回家,路上约莫要花掉两小时。但他应该是乐呵的。我猜想他会站起来踩着单车踏板,穿行在武昌区的老街里,给被他撞到摊位而破口大骂的小贩留下一个扬长而去的背影。

我看过他 20 来岁时的照片。身材瘦长,穿白色汗衫和一条运动短裤,眼神明亮,笑容灿烂,牙齿洁白,真是神采飞扬的少年啊。我妈凑过来说:"这张照片,我帮他拍的。"顿了一下,她又笑着补充:"看他这头发,像不像个乡里伢(乡下小孩)。"

我爸很帅,我的同学都直呼他像港剧里的阿 sir,一脸正气严肃。我高中时谈恋爱被他教育,他说:"我以前也有女生喜欢啊,还被小姑娘强行从背后抱住。"

2. "这不能算遗憾"

1986 年,完成了高中学业的我爸报考了湖北警官学院。19 岁的他,应该比照片上更加意气风发吧,踌躇满志地期待着人生翻开新篇章。一封封承载他人生新篇章的录取通知书被寄送到爷爷工作的工厂,并且署着爷爷的大名。但在工厂里,爷爷只用小名,于是直到一个月后,这封信才找到主人。等我爸赶到学校报到时,才知道已经迟了。家里人想要补救,带着他四处求人,依然无果。最终他被武汉市商业服务学校录取,这是一所培训厨师的学校。

"很失落啊,人生就这样不同了。"人生新篇章翻向了他从未预料到的一页。

1988 年，当时还没有被中国石化收购的武汉石油公司去我爸学厨师的学校招聘，"可能是因为我成绩好，石油公司也缺会炒菜的人，就这样被他们挑进去了"。于是，没有当上警察的我爸因为会炒菜，进入了当时被人艳羡的国企。

在餐厅干了两年本职工作以后，他被调到了保卫部，开始坐办公室。这时他认识了我妈。用如今的话来说，他俩大概是典型的"孔雀女"和"凤凰男"的故事。我妈生在中产家庭——我姥爷在朝鲜战场上立过功，转业后从政府退休；而姥姥是国营百货公司的工会主席。说起这件事，他俩无不感慨。如果当时我爸没有错过警官学院的录取，没有学厨师，他们是万万不会有认识的机会的，当然也就不会有我。

和我妈结婚后，他俩住在姥爷给他们置办的房子里，是一座只有两层的老式房子里的一户。我爸应该算是上门女婿。他和我妈感情极好，我长到 20 多岁，记忆里他们吵架的次数屈指可数。因为我爸会做饭，家里的伙食都是他来操持，于是我妈至今厨艺堪忧。

在我上小学以前，我妈忙着学习和考证，周末陪伴我的时间很少。小至平日的公园、游乐场、海洋世界，大至寒暑假外出旅行，竟然大都是我爸领我去的。从小到大，我和他去过北京，自驾游过安徽，半年以前，他送我来香港上学。

他说，如果没有错过警官学院，他应该会成为刑警，生活水平应该和如今相差无几，但是所处的环境和见到的事物应该会改变他的人生。

"年轻的时候肯定有抱怨的，但是也不奢望能够重新来过。"
"这是 50 年的一个遗憾，"沉默良久后，他补充，"不算是遗憾吧，只能说是失败了一次。"

3. 加油站站长

2003 年，我爸主动申请从办公室调到加油站，从此开始了他 14 年的加油站站长生涯。至于去加油站的动机，是他不满中国石化国企办公室的工作状态：一成不变，喝茶看报，做领导交代的工作，前途渺茫。作为一个没有背景的基层员工，我爸只有通过实事和成绩，才有可能完成他"向上走一走"的事业愿景。

爸爸先后在三个不同的加油站工作过。应该是 2011 年以前，每星期我爸要值两天晚班，睡在加油站里。记忆里有好几个除夕只有我和我妈，我爸在吃完年夜饭后赶去加油站，除夕的夜班没人愿意干，只有站长来值。

我爸负责的最后一个加油站位于武汉市江汉区后湖大道，紧邻一片居民区。这里也是我拍摄的主要场所。并没有我妈担心的刺鼻油气味道，只是有些嘈杂。往来不断的顾客车辆有时会鸣笛，油罐车咣当咣当地升降，设备控制室里机器的轰鸣，便利店里咔咔作响的打印机……

后湖加油站有 4 台加油机和 2 台天然气机，每天要给 800 多辆车加 20 吨油，给 400 多台装了环保装置的出租车加大概 3000 立方米的气，生意算是不错。2011 年开始引入天然气服务，我爸参加培训，学习换天然气的槽车，站长学会后培训员工，直到他们能够熟练操作。

加油站 24 小时营业。加油员分白班和夜班，都要做满 12 个小时。两天一休，月工资不到 2500 元。因为工资问题，原本定编 17 人的加油站一直招不满人，这也是我爸在接受采访时不断提到的困难。在我拍摄的 2016 年 12 月,这里只有 14 名员工,包括正副站长各 1 人,管理员 1 人,领班 3 人,加油员 8 人。

除了油品和天然气,加油站还要负责经营一个便利店。商品种类还算齐全,各种价格的香烟、零食、饮料,还有和中国石化合作的公司的产品。便利店有一个洗手间,因为没有专职的清洁工,室内室外的卫生只能在员工休息和下班后才能做。洗手间的卫生环境堪忧,时不时飘散出一些异味。

片区经理的办公室设在我爸的加油站,他负责中国石化江汉区各个站的管理,是我爸的顶头上司。和领导在一起办公让我爸有些恼火,他有时会偷闲和同事打牌,片区经理为此说过他。

处理员工和顾客的矛盾是常有的事,矛盾的导火索大都是顾客挑剔员工的态度。"有些人不为什么,就是要跟你吵一顿,"我爸说,"但是我们站长就不能发火了,要跟顾客赔礼道歉解释,石油公司很怕投诉的。"

爸爸加油站的员工里有 20 来岁的姑娘小伙,30 来岁刚刚有小孩的中年人,也有 40 来岁的老光棍,50 来岁的老管理员。加油站的办公区有间厨房,雇了一个大叔来做饭,伙食费每人每天 10 块。加油枪和便利店都要有人守,吃饭就得轮流着来。

我爸通常在 8 点开车出门,先将我妈送到单位,再去加油站。不堵车时,基本上 9 点会到岗,对便利店和加油机巡视一圈,向员工叮嘱一会儿注意事项,有时是催促他们对公司的加油卡业务办理上一点心,有时是教训他们不要在办公室抽烟,弄得一地狼藉,然后上楼到办公室换一身蓝色的工作服,明晃晃的。

闲时的上午,他大都在督促加油员别出岔子。他指挥装卸油罐车,指挥员工一起搞卫生,向顾客解释疑难问题,琐碎冗长。他也会和员工聊天,打趣公司的工资太低,抱怨领导提出的不合理要求。工作间隙他就用手机查看股票。他是个老股民，入市二十几年。

4.检查、检查、检查

中国石化这几年对加油站的管理变得严格起来，各种检查也纷至沓来，隔三岔五就会有。检查分为外部检查和内部检查。来外部检查的有消防部门、公安部门、派出所、商务局，还有街道办事处检查社会主义精神文明建设的标语宣传。2016 年武汉创文明城市，文明办甚至也会来，检查员工背诵宣传口号的情况。内部检查分级别，最高级别的是中石化全国范围的检查，接下来依次是省、市、片区，抽查站里的值班情况、管理情况、人员到岗情况。

我爸忙的原因大多是要准备应对检查。拍摄期间我碰上了一次。

12 月 6 号晚上准备晚饭时，我爸接到了通知第二天检查的电话，饭毕后回到加油站。夜色茫茫，空气冰凉，他在车里跟着电台哼起了《忘情水》。

站里的一个小姑娘闹着要辞职，因为顾客停车的位置让加油不方便，她说了顾客一句便被顾客下车揪住衣领。"在这里干活真是丢人"，小姑娘的圆脸上因为激动泛着红晕，在街边不亮的路灯下也十分明显。我爸拽着小姑娘，一个劲地劝，声音很大，麦克风有些爆音。他拧着眉头，半开玩笑半讨好，"离了你站里就不运转了""明天请你吃饭"，他甚至举例自己和顾客闹的矛盾。"你就当他是不清白（不正常），我们也很委屈。"

最终小姑娘跟着他回到了站里，换上那件明晃晃的蓝色工服，开始擦拭加油机。两个星期后，我爸告诉我，小姑娘还是辞职了。

检查重点之一就是卫生。我爸张罗着带着员工们把便利店里的货箱搬到室外，搭起梯子擦干净广告牌，拖地板，和副站长一起整理要检查的资料。当时我以为这场面已经算是鸡飞狗跳、热火朝天了，哪知在接下来的几天里，这个小小的加油站继续经历了更多的检阅，那也是我爸在过去十多年里时常要经历的。

加油员小尹似乎脑子不太好使。他是我爸曾经提到过的一个男人，不到30岁，身材敦实，因为感情问题受过刺激，精神有些不正常。他的父亲为了让儿子在站里受些照顾，不止一次来给我爸送点小玩意。小尹和另一个员工小刘在梯子上因为一块干净的抹布拌起了嘴，我爸打着圆场："哎呀，抹布都是要脏的嘛。"

小刘30岁出头，肤色很白，微胖，有些容易激动，负责便利店的账目。在我爸和副站长研究怎么解决一份文件的过期问题时，小刘提议，把2012改成2016，皆大欢喜。我爸否认了这个提议："改起来说得过去就改改，不然怎么改？"

8点半以后，前来的车辆渐渐少了起来，加油机的屏幕依然明亮。这个晚上在清洗抹布的水声和员工们的玩笑声里结束了。

检查团隔天也没有来。

第三天，和中国石化合作的中百超市送来新货架，让我爸卸掉原有的货品，搬走正在使用的货架，以便他们安装新的。我爸很恼火，嚷着让中百超市派人来监督，抱怨检查和换新撞到了同一天。鸡飞狗跳，很适合形容12月8日。一大早店里倒是出现了一只小白猫，赶也赶不走，蜷在收银台里，给这一天添上了些莫名的滑稽。

载着新货架的卡车停在便利店门口，抱怨当然没有用，该进行的还是会进行。安装师傅们把备用的木板接二连三地往店里搬,我爸也只得领着员工把零食饮料往箱子里放。

这时,他的顶头上司张经理出现了。张经理看上去比我爸年长几岁,穿一件棕色皮衣,手老是插在裤兜里,和员工讲话时会伸出一只手臂来,颇有点领导视察的意思。他告诉我爸,这个加油站将是最后一个受检查的站,时间会稍晚。他临时给站里找了4个别站的员工支援,协助我爸卸货装箱,打扫卫生。

开电钻,钉钉子,揉搓塑料袋,拖重物的摩擦,打印机咔嚓,复杂的声音被强行包裹在便利店里面,使得员工之间讲话也不得不提高嗓门。我爸搬了一只箱子,从房间一头走到另一头,最后踹了箱子一脚。一个中年男人来柜台咨询,没有人可以解答他的问题,于是我爸只好迎了上去。中年男人说不出个所以然,我爸也开始大声,态度有些不好。鸡飞狗跳一直持续着,直到新货架全部装完,这时已经接近中午。下午则要把卸下来的货品装到新货架上,不比上午凌乱,但也相差无几。

检查团在下午5点终于来了,半个小时后便离开,没有查他们一直忙着做的卫生,只是看了看各类证件。

这样的检查几乎每周都有。我爸说,"什么都查,紧张得很,头发白得很快。如果没有达标,会有停业整顿和罚款的可能",当然,"查还是要查的,就是太频繁了"。

一辆私家车停的位置挡住了后边来加油的车辆,我爸上前理论,争吵突然爆发。顾客质问他不是警察,哪里来的资格让人挪车。我爸火了,声音高了八度:"我这是在进行管理,没见过你这种人,你把车挪一下再办业务怎么了?"我爸正打算扭头离开,那人嘴里念念有词,用力踢了一把面前的椅子。我爸几乎就要转身继续吵架,被一旁的同事拉住,阴沉着脸进了店里。

我爸和顾客吵架的视频被人录了下来发到了网上。

"成了一个负面舆情,不管是谁占理,都不应该出现这个新闻,"在我妈问起他这件事时,他叹气说,"别的国企都不怕投诉,中石化怕得不得了。"他一手摸着有些白的鬓角,一手拿壶倒茶。"要不我申请不在加油站干了吧?"他这样对我妈说,"去别的地方混着。"我妈表示同意,她本就不希望我爸继续负责加油站,"吃力不讨好"。我妈继续教育着我爸,数落他强出头,数落他不够圆滑,不够冷静。我爸有些不耐烦,摆着手提高声音:"发都发生了,怎么办嘛!"

爸爸后来告诉我,为这事他吃了公司系统里的一个处分。"但是没关系",他补充。

关于加油站,他一面告诉我问题太多,一面倒豆子似的对我讲着管理上的细枝末节。14 年的朝夕相处,让他对加油站了如指掌。"我现在接近 50 岁了,对这个工作状况,也只是维持,维持这个站正常运转,不出什么事情。你说让我去提高什么,我心有余而力不足。作为一个老国企,石油公司没什么大的发展前途,最好还是辞职,去干点别的。"说完这句话,他哈哈大笑。

2017 年春节之前他就离开了后湖加油站。14 年的站长生涯结束了,他也许依然没有实现当年"想做点实事,然后往上爬一爬"的愿望。

5.老股民和老国企

爸爸是个老股民,让他讲炒股的时候,他很高兴。

1992 年,武汉市最早的一家股份公司武商集团上市的时候,姥爷有 1000 股原始股。我爸和我舅在当时的江汉路证券交易市场排着长队,卖出了最高价,29 块,赚了 2 万多块,成为 90 年代的万元户。他说这话时,眼神里透着兴奋,几乎快要手舞足蹈。但是等他自己炒股的时候,却一直不顺利,刚开始投几万块,一直在亏。

2008 年大牛市的时候,他才顺利解套,赚了几万块。他甚至准确说出了当年的最高点,6124。同年,股市从 6124 跌到了 3000 多点,他抱着侥幸心态入市抄底反被套住,亏的具体数字他没告诉我,我猜一定很多。

2015 年,股灾之前,市场终于好转,他也抓住了机会赚了一把,并且在接下来的暴跌之前空了仓。"解套了就赶紧收手,把钱拿出来买房子嘛,把小房子换成大房子嘛",我爸有些得意有些狡黠地笑着,眼睛眯成一条缝,鱼尾纹很明显。我当时在一家网站实习,每天去公司都能听到同事们叫苦不迭,今天这个被套了 4 万块,明天那个被套了 6 万块,一个大姐连本带利一共折了 20 万块。

爸爸总结:"炒股啊,心态要平和,不能贪心。而且要学习,看公司的市场报告、k 线图,还要了解你们新型产业,看看未来什么有潜力嘛。"他买了乐视影业的股票,在他看来,这种互联网影业公司已经是很前沿了。

改制是国企员工绕不开的问题。90 年代末,改制浪潮汹涌来袭,国家安排任务,让国有企业改制分流,盘活发展。"不晓得现在盘活没有",我爸不置可否。1999 年,中国石化湖北石油公司改制,3000 块一年,按工龄来买断,武汉的分公司一共被买断了 1000 人。我爸说,当时每个单位都有指标,规定了下岗人员的数量,脱离中国石化,自觅发展。

我爸避过了 1999 年的改制,但没有避过 2005 年的第二次。

当时有两种改制方式，旧的是和 1999 年相似的买断工龄，但并不是下岗，而是和公司重新签订临时协议，不再端着"铁饭碗"；新的方式是"带资分流"，可以几个人共同出资买下公司的一部分股份资产，共同经营，自负盈亏。我爸被安排到第二种，但他坚决拒绝，一度因为和公司的僵持被停掉工作两年有余。被强制歇业在家的他有段时间也想重新找工作，甚至买来了一套笔挺的西装出门跑了几天保险业务，皆不了了之。耗了两年之后，公司妥协，我爸没有买断也没有"带资分流"，而是重新回到了加油站。

我问他，你后悔吗？他说："不后悔，没什么好后悔的，在家也能炒股赚钱嘛，现在又不是光靠公司。"但是他也说，是因为我妈的坚持，他才一心想保住这个国企的"铁饭碗"，也许当时应该参加"带资分流"，买下中石化的物业公司自己经营，或许能和公司脱离关系，凭借能力干点别的事。

我问他想干什么事，他咂着嘴开玩笑："麻将馆。"继而又仰头想了想："那不如投资个奶茶店吧，去创业。"我笑着打趣："大龄创业青年吗？""对啊，褚时健 70 岁还创业呢，"他眨巴眼睛继续说，"不创业就退休，还有 10 年，内退的话还有 5 年。"

故事背后的故事

我们的学生可以说是来自于五湖四海的普通家庭。一直想拍一个小人物系列，他们可能是广场舞大妈，可能是县城的中学老师，也可能是一个小小的加油站站长。

不知道是不是因为王璐的拍摄，让爸爸意识到这份工作对生命的消耗而萌生退意。总之，在拍摄结束后不久，王爸爸就离开了加油站。王璐则十分荣幸为爸爸 14 年的工作留下了这些影像。

这是一个小人物的半生。家庭普通,原本能够通过学业改变命运,不料想人生际遇却将他带往别的方向。摸爬滚打,半辈子在光鲜国企里待着,却是个没有背景的"草根"阶级,注定与肥缺无缘。性格直来直去,不愿逢迎领导委曲求全,时常被妻子数落,也曾为此吃亏,直到 50 岁依然拒绝改变。沉浮股市 20 年,跌跌撞撞地经历着盈的狂喜和亏的失落,如今有了个不贪多的心态。

王璐说:"加油站的工作确实冗杂无聊。这是一份有些无望的工作:重复、枯燥、嘈杂,要面对光怪陆离的人以及他们并不算良好的态度。而立之年的满腔希冀在年复一年的乏味里逐渐被消磨。我见证了这场消磨的尾声,也目睹了妥协里曾经燃起过的火种。"

祝福王爸爸找到人生更好的选择。

幸福在哪里？

文/刘倩瑜

文摘

　　我曾经怪罪很多人，怪父母，怪朋友，怪恋人，怪他们不能给我足够的安全感。我会歇斯底里，但一次又一次对他人失望之后，我才发现，别人给的从来不叫安全感，勉强算是廉价的依赖。安全感基于独立。你赞扬一棵树迎风的挺拔，却忘了它年复一年形单影只的孤苦。

序

　　通常来说，一个故事最能吸引人的地方在于它的矛盾冲突。但在我们家的故事中，矛盾并不在故事里，而在故事外。这矛盾在我与爷爷奶奶的关系中，存在了20多年。

　　许多事情越是想努力做好，结果就越糟糕。比如爱情，入睡，举止自然。比如我努力像一个正常孙女一样和我的爷爷奶奶说话。

1.隔阂

我出生在农历冬月，妈妈说，我出生的那几天一直飘着鹅毛大雪。虽然胎位不正导致的难产让她在医院整整三天受尽折磨，但她仍觉得我的到来是一个好兆头，因为老人常说"瑞雪兆丰年"。在闽中这座山区小城里，大概 10 年能见着一次雪，50 年才会有一场如我出生那年的大雪。

爸爸的老家在这个山区小城的乡下，一个偏僻的村庄里。爸爸说小时候他们到镇上的学校念书，步行要走一两个小时。他们每周五回家，周日晚上再带着家里的腌菜和粮食去学校。虽然条件艰苦，但爸爸那一辈的八个兄弟姐妹相处得很和睦，是一种我无法理解和描述的手足之情。

现在老家人数众多，四代同堂，看起来特别其乐融融，只有我一个人显得格格不入。妈妈通常都不会到这个地方来，她对这里的怨念比我深得多。

有一段时间，我觉得失败者才会怨恨。妈妈为什么要当 loser，这么让人瞧不起呢？她完全可以过好自己的生活，婚姻不对就放弃，沉默成本就埋葬。在我逐渐长大成人，从大学毕业，从研究生毕业之后，我才从家人的口中知道了越来越多关于母亲的故事。她不是 loser，她只是爱错了人。

爸爸是在 80 年代那样艰苦的条件下走出来的为数不多的大学生之一，按现在的说法，就是一个典型的"凤凰男"。外公早期是军校的教员，外婆年轻的时候是一名教师。所以相对来说，妈妈的家庭背景比爸爸好很多。外公后来退伍回乡，养育四个子女，妈妈是老二。

一个是在家被宠爱的小儿子,又因为会念书被寄予厚望。一个是爹不疼娘不爱的二女儿,对爱情和家庭有着重度的渴望。加之他们刚刚结婚时糟糕的经济条件,父亲的不成熟和母亲的太过懂事导致情绪过度压抑,也许是他们的婚姻最终走向悲剧的原因。

我的孩童时期就是在爸爸妈妈的吵架和打架中度过的。为了获得爸爸更多的爱并维持家庭的稳固,妈妈做出了很多牺牲。比如为了那个村子里迂腐的"重男轻女"的传统观念,她愿意为她的丈夫再生一个小孩;比如面对丈夫离婚的威胁,她放弃了她考上第一批公务员的机会。

当然这些都是我长大后,在事情过去很久之后才知道的事情。我从中唯一学到的,大概就是牺牲并不能换来爱情。

他们忙着在自己的生活里挣扎,并没有太多时间照顾到我。因为从未获得过家庭的温情,我独立得很早。从小在外面受了任何委屈,我都不会回家告诉家长。小学的时候,母亲就因为精神问题住院,父亲陪伴,我借住在外婆家。太早懂事的我从小就很敏感。有一回我和表妹在吃螃蟹,家里来了客人。舅舅开玩笑地和来人说了一句:"要不是在我们家,她怎么能吃到这些东西。"即使知道并非有心,我也记了很久。

所以高考的时候填报志愿,我填的所有志愿都在省外。我唯一的想法就是要离开这里,离开这个家,离开这座小城,越远越好。我告诉自己要做一个不动声色的大人,不准情绪化,不准偷偷想念,不准回头看,要去过自己另外的生活。不是所有的鱼都生活在同一片海里。

我做的选择其实不是一个解决问题的方法,而是一种逃避。离开后的时间里独自生活,我开始发现我身上更多的问题:因为觉得自己永远无法处理好与任何人的亲密关系，我开始把这一切都怪罪到父母身上。我怪他们没有给我一个正常的原生家庭，让我在面对朋友、爱人，甚至老师、同学的时候，都无法做一个真实的自己。我不知道要怎么去维护好一段关系，一旦我和一个人的关系变得亲密，我就开始变得不自在，或是抗拒，或是过度依赖。

但其实子女总是无法真的恨父母。就像我无法理解爸爸与叔伯们的手足情一样，我也不知道为什么，即使觉得他们做了很多错事，我还是一直想为他们找理由，甚至也尝试去原谅爸爸的父母。我跟自己说，要做一个包容的人，或者，去接受这无法改变的一切。

在我的认知里，如果那对老人不逼妈妈给爸爸生一个儿子，如果他们不从本就经济拮据的小家里索取，如果妈妈能够被考虑得多一些，获得更多一点的爱和关怀，那么也许我不用面对这么大的一个悲剧。

独自在外的 5 年求学生涯，我到了安徽、台湾和香港。其间独自经历过许多人情冷暖，也经历过友情和爱情。我开始发现，矛盾背后往往有更为深刻的历史原因。

2. 拍摄爷爷奶奶的故事

我从来没有想过，有一天我会拍一部纪录片来记录我的爷爷奶奶。因为一直生活在父母双方对二老完全不同的态度中：爸爸是孝子，而妈妈憎恨他们一大家子所有人。虽然我从小与爷爷奶奶的交集几乎为零，但是我想自己来寻找看看，是否能发现什么背后的原因，能够让我对这一切释怀，原谅长辈们，也放过自己。

这是我第一次拿起摄像机来记录我的爷爷奶奶。在这之前，他们俩所有的照片,没有一张是我拍的。此行我的目的性太明显,总有一点别扭。即便如此,他们还是很欢迎我这个"不速之客"。

爸爸把我送到了爷爷奶奶家里。他们已经吃过午饭,爷爷坐在饭厅门口修补被公鸡啄坏的门栏,奶奶则坐在院子里晒着太阳,用芦苇做扫帚。这天天气很好,阳光明媚到有些刺眼,但没有人会嫌弃冬日里的暖阳。

万里无云,没有雾霾。奶奶手中的芦苇花儿被打散开来,成了恰到好处的前景。奶奶的笑容也因为我们的到来,变得格外隐藏不住。佳能相机安静地待在脚架上,默默记录着面前这个美好的画面。

我把早已准备好的采访稿丢给表姐,另外也让堂弟在一边帮我打下手。表面上的理由是我需要一个翻译(我的闽南话不太熟练),但其实,我真的不知道要怎么开口和爷爷奶奶说话。

从小到大,我一句爷爷都没有叫过,偶尔在爸爸的注视下,叫过一两次奶奶。而奶奶看见我就热情地笑开了一脸皱纹,比我矮15公分的她走过来拥抱我,像个小孩。我也没有办法板着脸对她。

稿子丢给表姐,让她替我采访,我则在一旁专注地取景。大中特的景别,正前方和左右侧的角度。奶奶也许是开心,做着手上的活,就唱起了歌。她的歌声很甜,即使已经80岁了。看着奶奶的脸庞,我觉得我还是有一点像她的。当天我住下了,我的计划是连住一周,仔仔细细把爷爷奶奶拍个遍。从起床到睡觉,一整天完整的生活与劳作。

然而我做不到。

表姐和堂弟没有陪在我身边的时候,我仿佛自带防护罩,根本不愿意靠近两位老人。我不知道要怎么开口和他们说话,我叫不出"爷爷奶奶"这四个简单的字。我顶多跟在他们身边,远远看着,拿起相机我都觉得自己尴尬。

在院子里徘徊着的我被奶奶养的一群小狗吸引着,那是刚满月的7只小狗。我穿着雪地靴,他们在我路过的时候,会过来咬我靴子上的绒毛。虽然我很少回到这里来,但是,这个大院里的狗从来不会对我吠。我一开始以为是因为它们性格温和,直到后来听堂哥说,曾经有一只狗追着伯父的朋友跑了三里地。我这才知道,原来这些田园犬们都认得我,它们认得属于这栋房子的家人。

3.日出而作，日落而息

我六点半起床,两位老人早已起来劳作了。奶奶问我吃什么,然后去厨房翻出了所有她觉得我可能想吃的一一摆在桌上。爷爷已经吃过东西,看到我就打了声招呼,自顾自不知道去忙什么了。奶奶说,他总是这样,吃完饭自己出去,到饭点又自己回来。虽然很不愿意,但是不得不承认,我身上有太多性格特征和眼前这个我从来叫不出口的爷爷简直一模一样。

拍摄的时候,我喜欢穿着帽衫和棉布裤子,整个人缩在椅子上。这种感觉好像是有一个物理防护罩,人为隔绝出自己的世界。爷爷也是一样,他有许多帽子。他做事的时候,整个人比较放空,很多时候别人叫他他不太能听得见。有时候我会想,他的耳背不光是因为他老了,也是他长期主观忽略外界的声音导致的。我也和他一样不爱说话。但是爷爷最近特别沉默,可能和三伯父刚刚过世,白发人送黑发人脱不开关系。

奶奶在被采访的时候一直说自己很幸福。她衡量幸福的标准只有一个，那就是孩子们好。除此之外，所有的苦难、委屈对她来说，都是微不足道的。他们养育了八个子女，现在孙子孙女也长大了，甚至有了曾孙辈。在奶奶的心里，她不求子女有多大出息，只盼望他们健康平安。

中午奶奶在做饭，爷爷帮忙添柴，而我们仨围着灶台采访。采访的时候话题又转到"奶奶你幸福吗?"奶奶说:"我真的很满足，觉得很幸福。"她停顿了一会儿，脸上的表情忽然消失，"就是现在少了一个"。坐在他身后的爷爷没有说话，转过头，抹了一下眼睛。奶奶继续说:"不然，我真的没有什么不满意的地方了。"

4.爷爷

爷爷年轻的时候当过小学校长，在那个年代，他算是村里的文青。因为在偏远的乡村，读书的人太少，他一人身兼数职，教语文，教美术，教体育。不爱上课的孩子们在他的班级都变得很乖很听话。他当年教过的学生现在在路上遇到他，都会对他恭敬地喊一声"校长好"。

不过在那个年代，当老师并不是一份美差，工资少得可怜。"文革"开始的时候，他辞职回老家务农，是为了养活几个孩子，也是为了逃避混乱的局势。爷爷回乡一边务农，一边成了一名木匠。奶奶说，当老师每个月只有两块钱，木匠的工钱算起来能是老师工资的两倍。爷爷聪敏，跟着做了一段时间的学徒，就做得比师傅好。后来，爷爷亲自设计修建了他们居住了几十年的木房子，那是村子里当时最漂亮的一栋新房子，一直住到伯伯们和爸爸长大成人建了新的砖瓦房。这听起来很像《三只小猪》的故事，只不过从土坯到木材再到砖瓦之间的过渡，现实生活中他们用了几十年的时间。爷爷当时使用的木匠技艺应该快失传了，现在谁还用鲁班尺呢？

提到爷爷的许多往事，奶奶都是用一种崇拜的口吻说的。在一段婚姻关系中，他们这样的状态很稳定。一方做自己，一方做支援，应该就是老一辈所说的互补的关系吧。

听说爷爷年轻时英俊潇洒，能文能武，追着他跑的女孩子也很多。奶奶不知道打败了多少情敌，才能把万人迷爷爷牢牢捆在身边；又或者奶奶其实什么都不用做。爷爷虽然看起来很酷，不说话，个性十足，但是在奶奶身边的时候，他就像个小孩。晚辈们都对爷爷尊敬有加，只有奶奶会对他呼来喝去。"你怎么又这么晚回来，孙女们都在等你吃晚饭。""怎么又戴这个破的帽子，孙女给你照相呢，去换一个好看的。"

大部分时候爷爷都不说话，但会乖乖坐下，或者听话地去换掉帽子。他们之间，一方崇拜，一方依赖，这样相互扶持的关系，看了真的很让人羡慕。我想到了爸爸妈妈，他们之间的不和谐，和他们性格上的过分独立又过分倔强，还是有很大关系的。

大部分的"吹水"是由奶奶说的，爷爷一直在边上压帽檐，帮奶奶加柴火，有时候笑笑，但大部分时候他都没说什么。奶奶一边说着，手上的动作却一点也没停。灶台上的锅直径约莫有1米，80岁的奶奶还能煮满满一锅饲料给鸡鸭。我一开始有点不能接受自己与鸡鸭吃用同一口锅煮出来的食物。奶奶仔细地清洗食材，还和我解释说，现在城里流行的番薯叶，在乡下就是猪吃的饲料，年轻人喜爱的番薯，他们在几十年前早已吃腻。那个年代，他们向往的是压实的白米饭与油腻的红烧肉。

5.奶奶

奶奶是一个很幸福的女人,或者说,奶奶是一个一直强调自己很幸福的女人。和爷爷完全不同,她没上过学,大字不识一个。在她的价值观里,女人生来就是为家庭而活,没有牺牲与否的说法。只要她的孩子健康快乐,对她来说就是莫大的幸福。

奶奶 7 岁就开始做饭了。那时候个子不够高,就搬个小板凳站在灶台前,用比她人还大的锅做饭。不知道奶奶的妈妈是怎么教育奶奶的,她从小就有为家人奉献牺牲的觉悟,并且理所当然地觉得一切都是她该做的。我问了她很多奇怪的问题,比如:家是什么? 你幸福吗? 因为结婚以后生养孩子不能再做自己喜欢的事情觉得委屈吗? 她好像不太理解这些问题的意思,连在一旁帮我翻译的表姐都觉得我在问一些没有意义的问题。在她们看来,家庭,理所当然是一个女人生命的核心。

其实我一直很迷茫,从小我就没有考虑过生而为人的意义。因为没有长辈引导,所以在人生的道路上显得有点太过单纯,或是太过随性。因为不知道什么东西是重要的,所以有时候很自私,只顾自己感受;有时候又很善良,有一股莽撞的正义感。

原生家庭带给我价值观的影响大多负面,但我又属于给点阳光就灿烂的类型,所以只要有人稍微给我一点关心,我就会大肆炫耀,表明自己是很有人爱的。小学四年级,爸爸第一次带我去童装店买衣服。后来除了每年过年,我最期待的就是六一儿童节,因为会有新衣服,而我又可以炫耀我拥有的父爱。我很珍视我所得到的所有关爱,后来才发现,是因为缺少,才会想要炫耀。

她也曾经怀着少女心

我们这一代孩子,有很多奇怪的毛病:强迫症、抑郁症、暴食症等等。因为成长环境,我不免也会关注这些心理问题。后来我发现,这些奇奇怪怪的毛病或多或少都来自同一个"病原体":缺乏安全感。

我曾经怪罪很多人,怪父母,怪朋友,怪恋人,怪他们不能给我足够的安全感。我会歇斯底里,但一次又一次对他人失望之后,我才发现,别人给的从来不叫安全感,勉强算是廉价的依赖。安全感基于独立。你赞扬一棵树迎风的挺拔,却忘了它年复一年形单影只的孤苦。

奶奶就不会有这些奇怪的毛病。她心里只有孩子。姑姑说,小时候他们只有一张床,一个小孩尿床了,奶奶就给他换掉裤子,抱到干的地方,自己躺在湿的床褥上。那是南方湿冷的冬天,没有暖气,甚至没有足够的被褥。奶奶自己要生产很多的安全感吧,毕竟一大家子的孩子等着她去保护。她把自己活成了一棵树。

6. 除夕

其实大家无不紧张。

这是三伯父过世后的第一个春节。虽然三伯母好像已经恢复正常生活,继续骑着男式摩托车到果园里做着原来他们夫妻俩要一起完成的工作。日落回家以后,在院子里追着孙女喂饭。也许这样生命的延续,给予了她更多活下去的力量。对于奶奶、三伯母这样传统的农村妇女来说,家庭才是全部,孩子是责任。

因为乡下没有烟花爆竹的禁令,以前每次过年我不愿意回来,爸爸都会说,带你回去放烟花,然后买满满一整个后备厢的烟花回去。表哥在院子里点,爸爸陪我坐在天台上看。但是三伯父过世后的这个春节，家里是不能放烟花的。

　　大家都没有把这件事情拿出来说。爸爸带了一些酒回来，和伯父堂哥们喝，并没有喝过头。老人上楼以后，大家也都很自觉上楼陪老人看春晚。像往年一样，坐在爷爷奶奶的床尾，挤挤攘攘得佯装并没有少了一个人。

　　奶奶总说，孩子好，才是真的好。她到了这么大的年纪，并不觉得世界这么大，她还想看看；对珠宝首饰和山珍海味也并没有渴求。她最幸福的时候，就是散落在天涯的孩子，在任何节假日或者任何非节假日，回来看她。

　　不知道满满一屋子她身上掉下的肉能不能填补失去的那一块肉的空缺。也许老人早已看淡生死，但是孩子，是她此生为之付出一切的宝贝。

7.祭拜仪式

　　爷爷的仪式很繁杂，一大早就开始了，而我醒得比他晚。

　　我起来的时候，几个伯母和奶奶已经陆续把贡品摆到神龛前的八仙桌上。在他们看来，供奉过神明的食物是受到了保佑的。通常用于供奉的食物上会压一张红纸，或是用红花（当地俗称，其实是苏丹红）点上一个红色小点。红色对于中国人来说一向是吉祥的颜色，不过，这是一个不能点红灯笼的春节。

　　有好多需要供奉的神，天公、土地爷、太祖爷爷和各方我也数不齐全的大仙。今年多了一张遗像。爷爷拿着卜杯站在八仙桌前，嘴里念念叨叨，从保佑橘园说到保佑在外的子孙，保佑儿子身体健康，保佑在外的孙子工作顺利，家里不要再出现灾灾害害。与此同时，他还拿着卜杯不停卜，一直到卜杯呈现一正一反（代表神明答应）为止。

我不知道他是不是把每个人都念了一遍，我站在他旁边举着相机，手已经酸得不行。

除了自家天台的神龛，爷爷还管着村子里祖屋的钥匙。听弟弟说，当时新的祖屋也是爷爷主持重修的。福建人对家族观格外重视。我记得曾经听一个独自在外做生意的同龄男性朋友说，他现在这么拼，有很大一个支撑是为了以后回家能够光宗耀祖。

祖屋里供奉的是刘氏祖先的牌位，在族人看来那是他们的根。祖屋在，他们就知道自己打哪儿来，知道自己的奋斗是为了谁，知道自己做的错事会丢谁的脸。家族对于福建人来说，是牵挂，更是信仰。

故事背后的故事

《幸福在哪里？》是一次寻找幸福的过程。父母的关系造成心理上的阴影，刘倩瑜希望从爷爷奶奶的生活中，找到爱的模样。

奶奶不识字却很幸福，老人家一直都是喜气洋洋的。爷爷沉默但是非常有尊严。他们简朴的信仰里面，孩子的健康幸福和家族的荣耀，是支撑他们走过苦难岁月的最原始的力量。

爷爷奶奶60年相濡以沫，养育了一大家子。可惜，由于父母的关系，爷爷奶奶在刘倩瑜的成长中，是非常陌生的。她说："参加这个纪录片项目，与其说是寻找族印，不如说是对自己重新审视，对自己心中的自私、偏执与仇恨的洗礼。"

不要急，一一去承受，去容纳生活给你的糟糕，你所宽容的人和事都会一步步使你走向一个高度。岁月很公平。

为浩骏的爸爸和妈妈都不会说话,按照医学上的推测,浩骏不会说话的概率比较大。

还记得刚刚出生的浩骏仅仅哭了几下就再也不出声了,并且仅有的几次啼哭声和其他孩子的也不太一样,姑父猜测浩骏很可能还是聋哑人。但是姑姑固执地不愿意相信,立即请医生对浩骏做了新生儿听力检测,结果却显示浩骏的听力为零。一个多月后,姑姑又带着浩骏检测了一次,仍然是不好的结果。县城检测中心的工作人员告诉姑姑,可以前往省城再次检查确认,遗憾的是浩骏仍然没能通过检测。作为这个家庭唯一的孙子,浩骏承载着全家人的希望。可是当一次又一次的听力检测宣告失败的时候,常人无法想象这样的现实对于二爷爷一家来说有多么残忍,甚至不敢想象这样一个三辈人都是聋哑人的家庭到底还有没有希望。

2.零星的希望

没有希望?有希望?自浩骏出生以来,这两种相互矛盾的想法一直揪着全家人的心。直到浩骏1岁左右的时候,我的爸爸偶然得知,植入人工耳蜗是帮助浩骏恢复听力的唯一办法。对于聋哑儿来说,越早植入人工耳蜗,听觉和言语的功能恢复得就越好。医生建议浩骏最好在2岁以前植入人工耳蜗。

可是自费做人工耳蜗需要20多万元,20多万元对二爷爷这个家庭来说几乎是个天文数字。就在全家人不知所措的时候,我们从残联的相关负责人那里得知了"七彩梦人工耳蜗计划"。这是一项由中国残联发起的,专门针对先天性聋哑儿开展的公益救治活动。申请免费的人工耳蜗成为这个家的唯一希望。

　　然而就在准备申请的前一天,浩骏的妈妈却迟疑了。她突然不愿意提及任何关于人工耳蜗的事情,甚至对人工耳蜗产生了强烈的抵抗。家里人尝试了不同的办法,试图向她解释安装人工耳蜗的原理。结果反而更糟,越多的解释对她来说越是一种伤害。直到几天后,她哭着用手语表达:"我听朋友说,医生把做人工耳蜗的人当小白鼠来做实验。有报道说有些实施人工耳蜗手术的病人最后大脑出了问题。我不愿意浩骏经历这样的风险。"或许在很多人看来,这种想法太愚昧,甚至有人会嘲笑怎么有人相信这样的新闻。可是如果从一个母亲的角度出发,你就会明白她的心情。作为母亲,浩骏是她生命的延续。她宁愿浩骏是一个一辈子听不到任何声音的聋哑人,也不愿意让他冒险接受有一丝危险的手术。这个孩子对她来说太不容易,也太重要。

　　几个月过去了,是否继续申请人工耳蜗,家里没有人可以给出一个明确的答案。迟疑和等待让申请迟迟没有交上去,浩骏的妈妈在等待浩骏长大一点,能够听见声音。为了不错过浩骏的语言发育阶段,我爸爸联系了县城的聋哑学校。这里的孩子原本都是聋哑儿,不过幸运的是,他们中的大多数已经安装了人工耳蜗,正在老师的帮助下学习说话。常常是为了一个简单的发音,老师们可能需要重复教上几个月。

　　按照学校的要求,这种特殊教育一般需要一位正常的家长陪同学习,因为家长需要和孩子一起上课,老师在学校教孩子的同时,家长也需要跟着老师学习教学方法,这样更方便家长在回到家后继续教孩子说话。可是这个重任落在谁身上呢?二爷爷一家只有二奶奶和姑姑会说话,二奶奶身体不好,这个陪读的任务无疑落在了姑姑的身上。姑姑有属于自己的家庭,需要挣钱养家和照顾自己的孩子,再说这种特殊教育至少需要两年的时间才能

略见成效。但是如果不能进入聋哑学校学习,未来不能安装人工
耳蜗,浩骏长大了还是不会说话,仍然摆脱不了聋哑人的身份。
只要有一丝希望,我们都会尽力克服困难,选择尝试。就这样,姑
姑每个月都会带着浩骏,赶到十几里路以外的聋哑学校接受
培训。

3. 安装人工耳蜗

　　从 2015 年的 11 月一直到 2016 年的 3 月,纠结等待一直是
这个家庭的主旋律,申请人工耳蜗的事情不得不一推再推。或许
是姑姑几个月以来的坚持打动了浩骏的妈妈,又或许是那些通过
植入人工耳蜗最终听到声音的孩子触动了浩骏的妈妈,2016 年 3
月 6 日,我从家人打来的电话中得知,浩骏的妈妈已经同意为浩
骏申请人工耳蜗。我不记得当时在电话中都说了些什么,只知道
当晚我哭了好久。

　　随后在残联相关工作人员的帮助下,按照安徽省实施贫困聋
儿抢救性康复工程的规定,首先由浩骏的爸爸妈妈填写《知情同
意书》和《人工耳蜗捐赠申请书》,然后全家人带着浩骏前往合肥,
由省残疾人康复研究中心门诊部对浩骏做初步的听力评估,省残
疾人康复研究中心语训部做智力评估和听觉言语能力评估,并且
由安徽医科大学附属医院、省立医院做影像学评估。在 4 月初,
我们收到了由省残联给出的初步审查结果,浩骏顺利地通过了初
步审查。4 月 10 号,我们再次接到通知,浩骏需要前往安徽省立
医院进行复筛,如果复筛通过,省立医院将复筛结果报给项目执
行办公室后,就可以尽快安排手术。庆幸的是,4 月中旬我们终
于收到了最后成功申请的通知。

　　手术的前一天，我爸爸因为公事在身没能及时赶往省立医院，我也远在香港求学，无法立即返回内地。姑姑和姑父都是老实巴交的农村人，平日里几乎没有进过大医院，自然也不知道医院的流程，着急得不知所措。在医院工作人员的细心帮助下，姑姑和姑父顺利地为浩骏办理了各种入院手续。第二天，也就是 5 月 17 日，在全家人的陪伴以及安徽省立医院医务人员的共同努力下，1 岁多的浩骏接受了这场植入人工耳蜗的手术。

4. 术后康复

　　手术以后，医生建议浩骏最好在有声音的环境里长大。如果继续由他的爸爸妈妈抚养，对浩骏的听力和语言发育会有所影响。二爷爷和二奶奶年纪渐渐大了，抚养浩骏的义务落到了姑姑的身上。从此浩骏一直住在他姑姑家中，浩骏的爸爸妈妈也决定前往江苏无锡打工挣钱，定期支付给姑姑一定的抚养费。在姑姑的悉心照顾之下，浩骏很快从手术中恢复过来。只是他一下子还不能适应带在耳朵旁边的助听器，习惯性地用手抓掉。姑姑每天除了要慢慢地帮助浩骏习惯佩戴助听器，还要接送浩骏前往十几里以外的聋哑学校学习。

　　2016 年 7 月，当我再次回到老家看到浩骏的时候，尽管他只是刚刚对声音有了一些微弱的感知，但是这一次，他似乎多了一分灵气。因为这微弱的声音，让他慢慢地感受到这个世界的奇妙和美好。浩骏的爸爸妈妈也终于放下一直以来的担心，如今他们唯一的心愿就是好好挣钱，将来有机会供浩骏读大学。

　　姑姑为了更好地照顾浩骏，在 2016 年 9 月将自己的小摊生意设在聋哑学校附近，上课的时候姑姑会全程陪着浩骏，姑父则在外面经营小摊生意。这也许就是家人的含义，无怨无悔地愿意为家人放弃，为家人谋福。或许再过一段时间，浩骏就和正常孩子一样，可以听到，也可以开口说话。

故事背后的故事

不知道在哪里看到过一个视频，一个天生聋哑的宝宝在安装了助听器后，第一次听到了妈妈的声音。宝宝那么欣喜的样子，让人动容。

有聋哑人的家庭，可能有着常人所无法体会的痛苦。像杨凡哲的堂弟浩骏一样，牵动所有人的心。因为这次纪录片的拍摄，杨凡哲记录下了1岁时的浩骏，那个仍然和他的爸爸、伯伯、爷爷一样生活在无声世界的浩骏，也记录了这个家庭从无声走向有声世界最艰难的阶段。

有一天，浩骏长大了，看到自己1岁时的状态，了解到这段家族的历史，又会是怎样一种心情？虽然不幸天生聋哑，但是希望整个家庭对他的爱，那么多热心人的帮助，会为浩骏托起一个更丰富的人生。

后记：混沌的世界

李宇宏

一

2010 年,我们从美国学成归来落脚香港。那会儿,我的手里有 20 多个对美国顶级专家学者的专访,就想着把这些内容编辑在一起然后出本书。这书最后由江苏人民出版社出版了,并起了一个特别高大上的名字:《读懂中国》。

这本书可以很不夸张地概括我很长时间以来的状态:忧国忧民。怀揣的都是特别宏大的理想,满脑子国家、民族、世界。我是很感激这一部分的积累,关注宏观问题,探索一个可能对中国更好的大未来。

然后阴差阳错,我在香港城市大学媒体与传播系找到了一个很不起眼的岗位,偏离了职业记者的生涯。不过,那会儿自媒体已经开始潮涌而来,最有参与度的是新浪微博。于是我乐此不疲地参与到对每一桩公共事件的热烈讨论中,一桩接一桩,一桩接一桩,然后再来一茬儿。

那会儿如果和周围的学生聊天,我往往会因为他们对某事件没有表现出足够的关切而恨恨地抱怨:"这些事情你都不关注,为什么要学媒体啊你?!"完全是站在道德高地上的责备。但遗憾的是，我慢慢地发现，几乎所有这些大事件，最后都稀里糊涂地不了了之了。而我对这些公共话题的参与热情，终被一个好朋友一盆凉水浇过来："这些和你有什么关系啊?!"

没错。还是回到现实中吧！生活中让人操心的事情还是太多了。要买房子吗？孩子去哪一家幼儿园？哎哟喂大家都在淘宝过"双十一"了，我还没个账号呢！大部分做媒体的朋友都辞职了，好朋友也下海经商了。好不容易约上见个面，人家恨不得半个小时都在发微信讨论业务。偶尔在微信朋友圈发个感想吧，恨不得八百年没有联络过的朋友都会跳出来语重心长地告诉你："要学会保护自己啊。"

最安全的话题，那就只有减肥健身了。哦，对了，新浪微博，早已沦为收藏迅速瘦手臂、瘦肚子、7 天减掉 5 公斤等健身视频的资料库了。

这就是这些年的变化。

但还好，在香港城大教书的这 7 年中，我还是做了一件在我看来很酷而且有意义的事情。这也是这本书的由来。

二

做一件事情很用心用力的时候，我一定会问自己很多遍：为什么要这么辛苦地做这件事情？只有想清楚了其中的意义之后，才可以全力以赴。"族印·家庭相册"口述史纪录片系列，正是让我觉得特别有意义的事情。

我从 2011 年开始带领城大媒体与传播系的研究生做纪录片项目。2013 年年初，原央视《东方之子》的同事周兵导演和城大媒体与传播系合作，要成立一个视觉文献研究中心。当时我给研究生和本科生讲授纪录片创作课程,就想和周兵导演一起合作一个由学生制作的纪录片系列。周兵导演对历史情有独钟,希望纪录片是有历史感的内容。我在这个时候,也开始放下了对"宏大"故事的执念,想看一下历史在普通人身上到底发生了什么。那些乡野巷道间平凡无奇的中国人,他们的生命到底为他们无力逆转的大历史,做了怎样的注脚。

特别值得一提的是,在那一段时间,美国作家、《纽约客》记者 Peter Hessler(何伟)写的《江城》《甲骨文》以及《寻路中国》三本书,带给我极大的震撼。他笔下的中国故事,讲的正是在我以往的关注中被莫名其妙地忽略了的人群。我想,这一次也许我们能用纪录片的形式,记录中国普通家庭的故事。

我给这个项目起了个英文名字 Family Album,我先生给翻译了一个特别棒的中文名字"族印"。我把这一纪录片系列定位为口述史纪录片,心里有个小小的愿望,希望能够做成中国普通家庭的影像故事档案。

到 2017 年,我们完成了近 100 部中国故事短纪录片。近 100 名学生参与了这些纪录片制作。在不到一年的时间里,学生们从选题开始到制作完成,往往在经历初期的高度兴奋、高度发散后,进入第二阶段的茫然与无助,再到几近绝望后醒悟的一刻,最后在公开放映前赶制完成。既有打了胜仗的亢奋,又多少带了几多遗憾的起起伏伏。在这个饱含兴奋、煎熬、失落、顿悟、无助,再重拾信心的过程中,很多学生对家人、自己和社会展开了新的审视、思考与认识。参与制作这些纪录片创作的孩子们,如今都已毕业分散在全国各地甚至世界各地。但是我相信,无论他们现在做什么,以后做什么,他们一定不会忘记,我们曾一起认真走过的这一段旅程。

三

我在给学生讲纪录片创作时，经常说我们可以用一些动词来描述纪录片是做什么的。比如说，可以说这部纪录片努力去记录、观察、探索、发现故事背后的故事。但是，我们这样努力记录、观察、探索、发现社会和我们周边的世界，就一定能为创作者心灵深处的困惑找到一个明确的答案吗？

那么，我们为什么还要做纪录片呢？

几乎每一年，我都会请曾连获两届金马奖最佳纪录片奖的导演周浩先生来给我的学生们做讲座。有一年，一个学生就很真诚地向周浩老师提出了一个问题，她说："我在拍纪录片之前，是希望能够通过拍摄对某些困惑找到一个答案的。但是，拍摄了之后就发现，对一些问题的看法，为什么比拍摄之前更糊涂了呢？"周浩老师，一位纪录片界的哲学家，对这个问题给了一个特别好的答案。他说，这个世界本来就是混沌的，不是非黑即白的。你想通过纪录片拍摄找到一个非黑即白的答案，本身的出发点就是不对的。

我们所有的家庭故事，最感动我的那部分，永远都是学生们通过纪录片的拍摄，和家人从误会走向和解，从不解找到理解，从无知走到认知，抛弃固有的对人或者对事情的执念，看到世界的多样性和复杂性。正如周浩老师点拨的那样，一个看似混沌的世界，其实好过非黑即白的世界。

我们每个人在人生的某个阶段，都会思考三个基本的哲学问题：我是谁？我从哪里来？我到哪里去？我一直觉得，口述史纪录片的创作，可能是学校素质教育最完美的形式之一。特别是在中国,这个创作过程能帮助青年人在快速发展的社会洪流中,运用批判性思维,了解过去,认识自我,思索未来。学生们在拍摄过程中,从一开始打开摄像机简单地记录历史的心理,逐步认识到"谁的事实,为谁的事实,谁来定的事实"的立体与多维,逐渐明白记录历史绝非拍摄表面的事实那么简单。我看到太多年轻人在拍摄后的成长和成熟,他们经历了从初期对外部问题的探索,逐步开始对自己内心的思索和探究,由外及里、由他及己地触及自己灵魂的反思过程。拍摄纪录片的过程,很多时候远远比完成一部作品更重要。

几年的时间里,我的学生从"80后"变成"90后"。他们的关注点从爷爷奶奶的故事,到父母和子女的故事,再到他们自己的故事。

有的学生为了记录一场民事纠纷跟拍大半年;有的学生在短短的假期里往返台湾和大陆进行追访;有的学生为了解开多年的困惑勇敢地回望原生家庭;有的学生在拍完自己的亲人后,纪录片还没有编辑完成,亲人就已离世;也有的学生,替已经年迈的长辈回到东南亚,圆他们回乡的梦。特别感动的是很多学生的家长们,他们亲自带着子女走回自己以前念书的地方、插队的地方、战斗过的地方,倾心讲述他们曾经的过往。

每一年秋季开学,我都会面对一些新的面孔。他们怀着对纪录片极大的热情加入我们的项目,他们从来没有让我失望过。每一年的四月底,我们都会有一个很隆重的放映会。我们有特别设计的海报,放映会对全校和公众开放。每一年都会制作出15～20部片子,放映的时间通常要5～6个小时。我在这大半天的时间里,和学生们一起为已经看了无数遍的他们的故事再一次感动到流泪、开心到大笑。那是我每一年中,最隆重、最有仪式感和最幸福的时刻之一。

四

纪录片是靠视觉语言讲故事。我一直和学生们强调,在纪录片中,一个有意义的画面胜过千言万语。但是,纪录片的呈现也有很多的局限性,比如一些历史背景的交代,故事的讲述也会受时间的限制、情节和节奏的限制以及能够拍摄到的画面及其质量的限制等等。文字在这方面似乎有更大的优势以展示更多的细节。所以,我们每次拍摄结束,都会要求学生写采访后记来补充拍摄的内容。

这本书,就是学生们在他们的采访后记的基础上,重新撰写的家庭故事。学生们都已经毕业,他们还是非常配合地根据纪录片的内容撰写文字作品,并认真地加入了更多的细节。我最后从中选出了30多篇文章,但还是有若干篇文章因为内容敏感或者其他原因最终不能入选,最后只有28个故事得以成书。

书名费尽周折。大概起了20多个名字——别人满意的我不满意,我满意的,出版社不满意。恰巧诗人余秀华和范俭导演来香港中文大学做讲座,我们一顿饭的时间都在讨论这本书的名字。诗人给了我很多启发,我赶紧回去又看了几本诗集。在哄孩子睡觉的时候,忽然"爱与哀愁"这四个字闯进我的脑海,真的是灵光一现的感受。

爱与哀愁,就是每个家庭的故事。每个家庭,都是爱与哀愁的交织。在哀愁中相亲相爱;因为相爱相亲而牵肠挂肚。这本书,讲的就是爱与哀愁。

五

感谢。

感谢我的最可爱的学生们。不管你们的文章最后是否入选这本书，每个参与"族印"纪录片项目的年轻人，遇到你们，是我在城大教书 7 年最开心的事情。特别致谢文章因故没能入选本书的罗颖鸾、张梦怡、张舒、吴幽云、林燕珊、叶玉菁等几位同学。

感谢香港城市大学媒体与传播系提供这个舞台让"族印"项目得以诞生和开花结果。感谢城市大学媒体与传播系李金铨教授的支持和鼓励，每次看到李教授带着我们的青年学者和博士生们坐在我们的放映会看片，我都深感荣幸。感谢 Jan Servaes 教授不遗余力地支持和推广，即使在离开城大之后仍然努力把我们的纪录片推荐给欧洲和美国的学界。感谢我的同事孙浩森，和我一道为"族印"纪录片努力了很多年，并在技术上给予全力的支持。也感谢城市大学媒体与传播系的马骢、程度、张子钰、孙奥云、林芬、梁励敏、姚正宇、沈菲、Kitty Leung、Jessica Ho、林婉莹、假芝云、蒋莉、马宏伟、杨嘉欣、陈成礼、Lawrence Lau、Vicky Chan、Heidi Lam 等同事的支持和鼓励。

感谢我们强大的专家团。国内最优秀的纪录片导演大都来给我们的学生做过讲座。包括项目初始一起合作的周兵导演以及范立欣、周浩、范俭、徐欢、王冲霄、李伦、蔡崇达、黄海波、奚志农、赵一工、徐京、张经纬等等。这些在业界响当当的"大人物"，会连续五六个小时和我们的学生看片，不厌其烦地讨论并给出醍醐灌顶的指导。承蒙你们的厚爱，让我们走到今天。

感谢我的人生导师，耶鲁大学的社会学家 Deborah Davis 教授。每年在香港见到我，Davis 教授的第一个问题都是"说说你在做什么？"这个问题真的在推动我努力做有意义的事情，以期给 Davis 教授一个满意的答案。

感谢香港中文大学中国研究服务中心的熊景明老师欣然为本书作序。熊景明老师是我们"族印"纪录片的伯乐，专门为"族印"纪录片系列在香港中文大学举办放映会，熊老师也是我进入口述史领域的引路人。也感谢香港中文大学中国研究服务中心的高崎老师、陈韬文教授以及当代中国文化研究中心的余国梁博士等一直以来的支持。

致敬北京永源公益基金会"家·春秋"口述史计划的唐建光、渠馨一、向晓静和中国传媒大学崔永元口述历史研究中心的林卉，你们努力为之奋斗的"家·春秋"口述史项目，是对每年站在那个小礼堂领奖的我最大的鼓舞，以及我在这个浊世感受到的存在的意义。

感谢前同事资深媒体人白岩松、经济学家陈志武、耶鲁大学社会学教授 Deborah Davis、香港城市大学李金铨教授以及知名作家蔡崇达在百忙之中阅读此书并撰写推荐语。感谢本书的编辑，浙江大学出版社的王雨吟和张一弛，是你们独具慧眼让这本书得以出版。

特别要感谢我的先生，是严师更是坚强后盾，成就今天的我。感谢我们的儿子，成为能让你为之骄傲的妈妈，是我努力的原动力。感谢我们的父母、兄弟姐妹和好朋友们。你们都在我人生的不同阶段，给予我鼓励和灵感，让我鼓足勇气，努力更努力地走好人生的每一步。

就在本文完成之前，红黄蓝幼儿园虐童事件以及北京的一场大火，再一次成为自媒体讨论的大事件。虽然我们能做的，也就是转发，转发，再转发，我仍然看到了这样做的价值和意义。这也更让我坚信，"族印"纪录片系列记录的个体命运，就是正在行进的历史。

向真理走，就会自由。

2017 年 12 月 8 日凌晨于香港

图书在版编目（CIP）数据

爱与哀愁:说出你的家族故事 / 李宇宏编著. —

杭州:浙江大学出版社，2018.4（2018.6 重印）

ISBN 978-7-308-17956-0

Ⅰ．①爱… Ⅱ．①李… Ⅲ．①家族—史料—中国

Ⅳ．①K820.9

中国版本图书馆 CIP 数据核字（2018）第 015375 号

爱与哀愁:说出你的家族故事

李宇宏 编著

策划编辑	王雨吟
责任编辑	张一弛
责任校对	於国娟
封面设计	ShangshaX 工作室
出版发行	浙江大学出版社
	（杭州市天目山路 148 号　邮政编码 310007）
	（网址:http://www.zjupress.com）
排　　版	杭州中大图文设计有限公司
印　　刷	浙江印刷集团有限公司
开　　本	710mm×1000mm　1/16
印　　张	23.75
字　　数	270 千
版 印 次	2018 年 4 月第 1 版　2018 年 6 月第 2 次印刷
书　　号	ISBN 978-7-308-17956-0
定　　价	49.00 元